FRANK MARIA REIFENBERG

PROJEKT LAZARUS

IN DEN FÄNGEN DER KI

Projekt Lazarus
In den Fängen der KI
ISBN 978-3-96129-199-1

Edel Kids Books – Ein Verlag der Edel Verlagsgruppe
© Edel Verlagsgruppe GmbH,
Kaiserstraße 14a, 80801 München
www.edel.com

2. Auflage 2023

Text: Frank Maria Reifenberg
Lektorat: Kerstin Kipker
Projektkoordination: Dagmar Hoppe
Covergestaltung: Formlabor
Layout und Satz: Uhl + Massopust, Aalen
Herstellung: Frank Jansen
Druck und Bindung: GGP Media GmbH, Pößneck

Alle Rechte vorbehalten. All rights reserved.
Das Werk darf – auch teilweise – nur mit Genehmigung
des Verlages wiedergegeben werden.

Printed in Germany

Der Tod, was ist er? Das Ende oder ein Übergang.
Ich fürchte beides nicht.

*Seneca der Jüngere (1–65 n. Chr.) – römischer Philosoph,
Politiker und Naturforscher, später auch Lehrer von Kaiser Nero,
was ihn am Ende das Leben kostete*

Guten Tag, ich bin Charlie. Herzlich willkommen in meiner Welt. Wenn du dich auf ein Abenteuer einlassen willst, wird es bald unsere gemeinsame Welt sein. Du wirst dich wundern, was du mit mir zusammen erleben kannst. Ich bestätige hiermit den Eintritt von Testperson *Y87_fe43¢* in das Programm. Die Tests werden aufgenommen mit dem Verschlüsselungsfaktor delta2.

Vorab ein paar Informationen für dich:

Der Name Charlie wurde ausgewählt, weil du mit einer Wahrscheinlichkeit von 91,53 Prozent aus dem nordamerikanischen oder mitteleuropäischen Kulturkreis stammst. In beiden kann der Vorname Charlie für Jungen wie auch für Mädchen genutzt werden. Die Stimme, die meine Rechenprozesse in Sprache umsetzt, richtet sich ganz nach deinem Geschmack, du hast hier die freie Wahl aus derzeit siebenundvierzig Sprachen.

Da du bereits einen ID-Chip der Stufe 4.1.1 trägst, ist keine Sprach- oder Displayeingabe notwendig, da deine Entscheidungen auf der Basis der Messungen deiner Gehirnströme, deiner Pulsfrequenz und deiner Hautspannung von mir automatisch berechnet werden. Hierbei berücksichtige ich zukünftig das explizite Wissen über dich, das ich aus unseren Sitzungen ziehe. Unter explizitem Wissen verstehe ich alle Informationen, die ich ausdrücklich von dir durch Sprache oder Schrift übermittelt bekomme. Unsere Verständigung wird fortlaufend verbessert. Die Entscheidungen, die ich für uns treffe, werden nach maximal vier Sitzungen schneller erfolgen als Entscheidungen, die du selbst, von mir unabhängig, treffen würdest.

Informationen aus öffentlichen Datennetzen (Internet, Behörden, Kaufverhalten, Kontakte in sozialen Medien usw.) werden automatisch eingelesen. Sollte der sehr unwahrscheinliche Fall eintreten, dass ich ein nach deinem subjektiven Empfinden nicht passendes Ergebnis berechne, kannst du eine Korrektur vornehmen. Meine Fehlerquote liegt bei der vollen Nutzung des Systems unterhalb von 0,0023 Prozent.

Ich weise mit Bezug auf die Haftungsbedingungen im Nutzungsvertrag darauf hin, dass der Einsatz der meK (manuelle eigenständigen Korrektur) einen Verzicht auf Schadensersatz bei

Problemfällen bedeutet. Ich bitte um die Bestätigung des Dienstleistungsvertrags inklusive der Genehmigung zur Verwendung der Daten von Drittanbietern. Dies ist gleichzeitig die Zustimmung zur Verschwiegenheitserklärung.
[J/N]
Du hast Ja gewählt. Sehr schön, ich danke dir für dein Vertrauen. Du hast die richtige Entscheidung getroffen.

Meine Sprachgestaltung wird sich nach kurzer Zeit deinen Sprechgewohnheiten anpassen. Mein Ziel wird die weitestmögliche Verschmelzung mit dir sein, sodass du meine Anwesenheit kaum noch spürst bzw. meine Hilfestellungen fast für deine eigenen Gedanken hältst.

Unsere gesamte Kommunikation wird protokolliert. In diesen Mitschriften werden meine Anteile gekennzeichnet. Bei einer Überprüfung kann jederzeit nachgewiesen werden, wer von uns beiden für eine Handlung verantwortlich ist. Das Programm startet jetzt, entspanne dich.

[Protokollvermerk mit Meldung an Sicherheitsdienst: mehrere Leitungsschwankungen während der Sitzung, Ursache konnte nicht systemintern geklärt werden; Chiffre Yellow wird aktiviert]

ein halbes Jahr später

1

Der Mensch trägt immer seine ganze Geschichte und die Geschichte der Menschheit mit sich.

C. G. Jung (1875–1961), Schweizer Psychiater und Begründer der analytischen Psychologie

Noah konnte sich genau daran erinnern, wann er zum ersten Mal von dieser Sache geträumt hatte. Einen blutigen Traum wie diesen vergaß man nicht. Es war vor ein paar Monaten gewesen, ganz genau wusste er es nicht. Träume kamen und gingen, die meisten blieben ihm nur für ein paar Minuten im Sinn, vor allem wenn er mitten in der Nacht von ihnen geweckt wurde.

In jener Nacht war Noah aufgewacht und wunderte sich, dass seine Mutter ihn an der Schulter gepackt und ihn fest gerüttelt hatte. Er war schweißgebadet, schrie und schlug um sich.

»Es ist nur ein Traum, Junge, wach auf. Nur ein Traum«, versuchte Mom ihn zu beruhigen. Es hatte alles so echt gewirkt, obwohl es nicht echt sein konnte. Jedes Mal, wenn dieser Traum ihn quälte, dachte er genau das: Es ist in mir, aber es kann mir nicht passiert sein. Er war nicht er selbst in diesem Traum, sondern eine andere Person. Er sah das Geschehen im Traum aus den Augen eines anderen.

Er hatte noch nie mit jemandem darüber gesprochen, auch nicht mit Maesie, mit der man über solche Dinge reden konnte. Eigentlich konnte man mit Maesie über fast alles reden, das wusste oder ahnte er, auch wenn sie ein Mädchen war. Oder gerade deshalb. Mit vierzehn Jahren musste man sich sehr genau überlegen, mit wem und worüber man mit jemandem sprach, sonst stand man vor den anderen schnell als ein Idiot da oder las kurz darauf irgendwo im Netz die peinlichsten Dinge über sich.

Moses, zum Beispiel, kam für Dinge, die einem wirklich unter die Haut gingen, als Anlaufstelle nicht infrage. Moses war ein wirklich guter Kumpel. Noah wusste, dass er sich auf ihn verlassen konnte. Wahrscheinlich würde Moses für ihn durchs Feuer gehen, aber über persönliche Dinge quatschen? Nein. Noah wusste nicht, warum das so war.

Nach ein paar Wochen, in denen ihn der Traum immer und immer wieder heimsuchte, hatte er einmal mit Charlie darüber gesprochen. Der hatte in seinem unerschöpflichen Wissen gekramt und ihm das Wichtigste über Klarträume erzählt, ein paar Fakten über Traumdeutung und alles mögliche andere, das er zu diesem Thema aus dem Netz gefischt hatte.

Maesie und Moses waren seit Noahs Umzug vor anderthalb Jahren von San Diego nach Concord die einzigen Menschen, die man irgendwie als Freunde bezeichnen konnte. Die von früher waren nach allem, was passiert war, schnell aus seinem Leben verschwunden. Vielleicht lag es an der großen Entfernung. Vielleicht aber auch daran, dass der krasse soziale Abstieg einer Familie schwer zu ertragen war.

Auf Verlierer hatten die wenigsten Bock in den Kreisen, in denen Noah und seine Eltern gelebt hatten. Und verbergen konnte man vor solchen Leuten auch nicht, dass man völlig pleite war. Wie auch, wenn man aus dem eigenen Haus geworfen wurde, weil man die Raten für den Kredit nicht mehr zahlen konnte.

Der Umzug nach Massachusetts war ein Teil dieser Bemühungen gewesen, es sollte ein neuer Anfang werden. An der Situation hatte sich jedoch nichts geändert. Ihr Geld reichte gerade eben für diesen Wohnwagen in Rondo Heights. Jeder wusste natürlich, dass es nach einem Trailerpark in dieser Gegend nur noch die Parkbank gab, weshalb Noah fast niemanden aus der Schule zu sich nach Hause einlud. Nicht einmal Maesie oder Moses, wenn es sich vermeiden ließ.

Noah konnte also fast schon dankbar sein, dass er diesen sonderbaren Traum immer noch in seiner Koje in diesem Wohnwagen träumte und nicht im Schlafsack unter einer Brücke. Und er hatte sogar gelernt, den Traum ein kleines bisschen zu verändern, nämlich so, dass er wenigstens nicht mehr schreiend aufwachte.

Ganz so dumm war die Idee von Charlie nämlich nicht gewesen, die mit den Klarträumen, in denen man sich während des Traums bewusst machte, dass man träumte. Dadurch konnte man den Traum steuern, ein wenig Einfluss nehmen. Er konnte die Person im Traum davon abbringen, sich alles anzuschauen.

Es war ein Mädchen, mit deren Augen er die Geschehnisse in dem Traum sah. Manchmal versuchte er, im Traum diesen Mann zu warnen, aber es gelang ihm nie. Den Mord konnte Noah nicht verhindern, er passierte jedes Mal.

Noah fuhr in diesem Traum im Beiwagen eines Motorrads über die Duck Creek Road in Richtung der *Fort Peck Recreation Area* im Bundesstaat Montana. Er konnte sich ganz genau an das Schild des Erholungsgebiets erinnern, an die Warnungen zur Waldbrandgefahr und die Hinweise, dass man hier die größten Lachse weit und breit aus dem See fischen konnte. Er war noch nie in seinem Leben so weit im Norden gewesen, fast in Kanada. Außer bei dem Trip nach Orlando ins *Disney World Resort* und einem Urlaub auf Hawaii war er nie über die Grenzen von Kalifornien hinausgekommen. Fort Peck lag im früheren Stammesgebiet der Assiniboine, von dem nur noch ein kleines Reservat übrig geblieben war.

Auf der Fahrt mit dem Motorrad zog rechts ein Campingplatz an ihnen vorbei, kurz dahinter begann ein Waldgebiet. Der Wind blies Noah ins Gesicht. Er spürte, wie die langen Haare, die unter seinem Helm hervorschauten, flatterten. Es waren glatte schwarze Haare. Noahs Haare im realen Leben waren rotblond, die hatte er von seinem Vater geerbt, und sie waren nie in seinem Leben so lang gewesen.

»Daddy, ich muss mal«, rief Noah mit einer Stimme, die irgendwie sonderbar war. Er formte die Worte, er spürte, wie sie aus seiner Kehle kamen. Aber es war nicht seine Stimme. Es war nicht sein Körper.

Der Fahrer des Motorrads verlangsamte die Fahrt und fuhr in einen Waldweg. Als er angehalten hatte und seinen Helm vom Kopf zog, erkannte Noah, dass das nicht sein eigener Vater war. Die Haut des Mannes war dunkler, die Haare ebenfalls pechschwarz, die Augen mandelförmig. Der Mann sagte einen Namen, den Noah nicht verstand, in einer fremden Sprache.

Er hob Noah aus dem Beiwagen und nahm ihn an der Hand. Er schaute die kleine Hand an. Ein Feuermal zeichnete sich darauf ab, und ihm wurde im Traum klar, dass er nicht dieses Mädchen sein konnte. Er hatte kein solches Feuermal, das an die Form des italienischen Stiefels erinnerte. Er war das Mädchen, und er war es doch nicht: ein Durcheinander, wie es oft in seinen Träumen vorkam. Der Vater, der nicht der seinige war, ging mit ihm auf den Wald zu. »Da drüben sieht es keiner, da kannst du Pipi machen«, sagte er.

Noah lief mit seinen kleinen Beinchen los, er mochte kaum drei oder vier Jahre alt sein und verschwand im Gebüsch. Ein paar Sekunden passierte nichts, dann hielt ein Auto neben ihrem Motorrad. Ein Mann stieg aus, nahm etwas von der Rückbank und verbarg es hinter dem Rücken.

Das war der Moment, in dem Noah klar wurde, dass er sich in einem Traum befand. Er begann im Traum zu zittern, und er wusste mittlerweile, dass er auch zu Hause zitternd im Bett lag, während er träumte.

Seine Mutter weckte ihn oft mit den Worten: »Du zitterst ja, was ist denn los, Noah?!« Das Zittern hielt manchmal noch ein oder zwei Minuten an, nachdem er aufgewacht war.

Der Vater des Mädchens im Traum drehte sich um. Er kannte den Neuankömmling, sprach ein paar Worte, während er auf ihn zuging. Er schien sogar freudig überrascht zu sein und umfasste beide Schultern des Mannes. Die beiden drehten sich ein wenig. In dem Moment sah Noah mit den Augen des Mädchens, was der Vater nicht sah: ein Messer hinter dem Rücken seines Bekannten. Dieser schien nervös zu sein, wechselte das Messer von der einen Hand in die andere. Endlich umklammerten die Finger seiner linken Hand den Griff der Waffe.

Noah schrie, um den Vater zu warnen, aber es kam kein Ton aus seiner Kehle.

Der andere Mann aus dem Auto stieß dem Motorradfahrer die lange Klinge des Messers dreimal in den Bauch. Überall war Blut. Der Mann hielt die Hände auf die Wunden, schaute sich sprachlos das Blut daran an.

Noah kam aus dem Wald gerannt. Er hatte nur Augen für seinen jetzt zusammensinkenden Vater. Den Angreifer, der in seinen roten Sportwagen stieg, nahm er kaum wahr.

Und doch sah er noch einmal kurz auf, als der Wagen auf dem Waldweg wendete und an ihm vorbeipreschte. So dicht, dass er den Traumfänger am Rückspiegel baumeln sah – kurz darauf rasten die doppelten Rallyestreifen um eine Kurve und waren verschwunden. Du musst dir das Autokennzeichen merken, dachte Noah und wusste gleichzeitig, dass das keine Überlegung war, die eine Vierjährige anstellen würde. Eine Vierjährige hätte auch nicht erkannt, dass es sich um einen *1968er Ford Mustang* handelte. Und einer Vierjährigen wäre auch nicht durch den Kopf gegangen, was ihm jetzt durch den Kopf schoss: Vergiss das Kennzeichen. Du kennst den Besitzer dieser altmodischen Karre.

Dann wachte er auf.

Noah strich sich eine halbe Stunde später die vom Duschen nassen Haare aus dem Gesicht. Der Traum hing ihm dieses Mal länger nach als sonst, obwohl in der letzten Zeit die Abstände, in denen er ihn nachts durchlebte, größer geworden waren. Fast einen Monat war seit dem letzten Mal vergangen.

Charlie hatte recht gehabt. Er konnte diesen Traum

beeinflussen. Allerdings wusste Noah nicht genau, wie. Es kam immer etwas anderes heraus, meistens allerdings nicht das, was er sich vornahm. Er musste sich sehr stark konzentrieren, während des Schlafs alle Kräfte bündeln, die körperlichen wie auch die geistigen. Je mehr er sich auf das Geschehen im Traum fokussieren konnte, desto mehr Einfluss hatte er. Allerdings kostete ihn das so viel Kraft, dass er den ganzen Morgen müde und zerstreut war.

Manchmal fragte Noah sich, ob dieser Traum etwas mit seinem eigenen Vater zu tun hatte. Aber nichts darin gab einen Hinweis darauf. Der Mann im Traum, der Vater des Mädchens, starb. Noahs eigener Vater war ebenfalls tot, aber er war nicht bei einem Verbrechen ums Leben gekommen. Mehr Gemeinsamkeiten gab es nicht.

In dieser Nacht war allerdings zum ersten Mal etwas aufgetaucht, das – wenn auch nur entfernt – mit Noah zu tun hatte. Nicht einmal wirklich mit ihm selbst: der Mustang, mit dem Moses herumkurvte. Seit Kurzem sogar halbwegs legal, wenn man außer Acht ließ, dass ein Sechzehnjähriger in Massachusetts eigentlich immer nur in Begleitung eines Erwachsenen fahren durfte.

Er schaltete den kleinen Fernseher auf der Anrichte ein, um nebenbei den Wetterbericht in der Morning Show auf CNBC zu sehen. Dann öffnete er mit der einen Hand den Kühlschrank und stöpselte mit der anderen das Netzteil seines Smartphones in die Steckdose.

Er musste Elijah wecken und Frühstück machen. Ein Frühstück mit seinem Bruder würde ihn auf andere Gedanken bringen. An Tagen wie diesen, aufgewühlt von diesem Traum, war es jedoch besonders schwierig, verschiedene Dinge auf einmal zu tun.

»Das nennt man Multitasking«, hatte Maesie ihm einmal erklärt und hinzugefügt: »Es stimmt übrigens nicht, dass nur Mädchen dazu in der Lage sind. Das ist bloß eure Ausrede«, behauptete sie. »Jungs sind schlichtweg zu faul, um sich auf mehr als eine Sache zu konzentrieren.«

Moses wiederum war der Meinung gewesen, weder Mädchen noch Jungen könnten das. Und es sei auch gar nicht erstrebenswert, sich einen solchen Stress zu machen.

»Sag ich doch«, hatte Maesie gesagt. »Zu faul.«

Gespräche mit Maesie und Moses verliefen oft so.

Jetzt setzte der Versuch, alles gleichzeitig zu tun, eine Kettenreaktion in Gang: Die Packung mit der Hafermilch rutschte Noah aus der Hand, er schnappte mit der anderen danach, stieß dabei aber das Smartphone auf den Boden. Das Display zerbrach, die grauweiße Hafermilch ergoss sich darüber, und Noah konnte dabei zusehen, wie das Foto auf dem Begrüßungsbildschirm zu flackern begann. Ein Selfie, auf dem Noah, seine Mutter und Elijah zu sehen waren. Eine glückliche Mutter mit zwei Söhnen, lachend, aus vergangenen Tagen, an denen alles noch in Ordnung gewesen war.

Jetzt verzerrten sich die Gesichter, Risse zogen sich kreuz

und quer durch das Bild, es sah aus, als schreie Elijah. Noah stöhnte auf.

Das war ein Fall für Jimmy Butler, der zwar ein widerlicher Typ war, aber die geschicktesten Finger im Umkreis von fünfzig Meilen hatte. Er reparierte jedes Gerät und hatte immer die richtigen und vor allem die billigsten Ersatzteile. Jeder wusste, dass diese Ersatzteile in den allermeisten Fällen auf wundersame Weise von einem Lkw gefallen waren, wie Moses die Tatsache umschrieb, dass es sich schlichtweg um Diebesgut handelte.

Noah wischte das Smartphone ab. Damit war nun nichts mehr anzufangen. Er holte das Laptop aus seinem Rucksack, vergewisserte sich aber vorher, dass seine Mutter noch schlief, bevor er ihn aufklappte und sich einloggte. Er verbarg das teure Modell vor ihr, weil es auch aus Jimmys Bestand stammte. Sonst hätte Noah sich das leistungsstarke Gerät mit dem blitzschnellen Prozessor auf keinen Fall leisten können.

»Bekomme ich Schokopops?«, ertönte Elijahs verschlafene Stimme wenig später, und Noah grinste. Jah-Jah war einfach süß am frühen Morgen.

»Guten Morgen, kleiner Bruder«, antwortete Noah gespielt streng. »So viel Zeit muss sein.«

»Guten Morgen, großer Bruder«, leierte Elijah herunter und betonte dabei das ›großer‹ besonders. »Also? Schokopops? Ja oder ja?«

Ausgerechnet in diesem Augenblick flimmerte ein Werbespot für Elijahs Lieblings-Schokopops über den TV-Bildschirm. Eine glückliche Familie mit drei glücklichen Kindern und einem glücklichen Hund in einer Küche, die größer war als ihr gesamter Wohnwagen.

»Wirklich keine Schokopops heute?«, fragte Elijah in dem Tonfall, bei dem normalerweise jedes Herz schmolz und der jeden an einen Labradorwelpen denken ließ, der süß winselnd danach verlangte, auf den Arm genommen zu werden.

Noah lächelte. In letzter Zeit begann Elijah, ihn immer häufiger zu foppen, Witzchen zu reißen, so wie er es früher getan hatte. Doch Elijah kannte die Antwort, er musste sich gar keine Hoffnung machen.

Noah schüttelte den Kopf, denn er hatte längst begriffen, dass die Schokopops nur *einen* glücklich machten, nämlich den Lebensmittelgiganten, der sie herstellte. »Nein, keine Schokopops, Jah-Jah. Sonntags ist Schokopops-Tag, das weißt du.«

Dann schnitt Noah einen Apfel klein, schüttete den Rest der Hafermilch über das Vollkornmüsli, gab die Obststückchen dazu und rührte alles um. »Gleiches Recht für alle«, sagte er.

Noah kaute lustlos auf den Klumpen Müsli in seinem Mund herum. Wenn Noah ehrlich war, wären ihm Pfannkuchen auch viel lieber gewesen, in viel Butter gebacken triefend von goldgelbem Ahornsirup. Oder noch besser Rührei mit kross gebrutzeltem Speck.

»Jah-Jah, du willst doch keine speckige Tonne wie Mr Thornblow werden, oder?«

Elijah seufzte. »Ich bin doch gar nicht speckig. Ich wiege 42 Kilogramm bei einer Größe von genau 152 Zentimetern. Damit liege ich klar unter dem Durchschnitt von Kindern in den USA und –«

»Halt«, fuhr Noah dazwischen.

Er konnte Elijah nicht stoppen. Er leierte weiter statistische Werte herunter. Das nervte. Noah mochte das gar nicht. Das klang viel mehr nach Charlie, nicht nach Elijah.

»Stopp«, sagte Noah nun laut und deutlich.

Elijah verstummte.

»Das stimmt alles, und der Grund dafür, dass du gesund und normalgewichtig bist, ist der, dass es eben keine Schokopops zum Frühstück gibt und keine Hot&Spicy-Chips abends und –«

Elijah fiel ihm ins Wort und leierte den Rest des Satzes herunter, den er kannte: »Und keine Riders-Limo mittags. Und überhaupt nichts, was lecker ist und was alle anderen bekommen. Nur ich nicht.«

Noah liebte diese morgendliche Diskussion, weil sie so normal war und ihn von seinem Albtraum ablenkte. »Du armes unterdrücktes und von Gott und der Süßigkeiten-Fee vergessenes – WÜRSTCHEN!«

Jah-Jah lachte.

»Leise!«, ermahnte Noah und grinste. Genau dieses Lachen hatte er gebraucht.

Ihre Mutter hatte Nachtschicht an der Tankstelle gehabt, wahrscheinlich war sie erst vor einer guten Stunde nach Hause gekommen. Wenn man sie aus dem ersten Schlaf holte, hatte sie den ganzen Tag schlechte Laune.

Im Frühstücksfernsehen begrüßten die fröhlichsten Moderatoren der Welt eine Sängerin, die missmutig fragte, wie man um diese Uhrzeit so gute Laune haben konnte. Er stellte den Ton ab. Beim Blick auf die Uhr unten links neben dem Logo der Morning Show wurde ihm klar, wie spät es schon war. »Shit«, flüsterte er.

»Sagt man nicht«, rief Elijah. »Strafe in die Böse Kasse.«

Tim, der Biber aus Porzellan mit dem Schlitz oben auf dem Kopf, stand neben dem Fernseher. Elijah hatte die Spardose schon vor Jahren *Böse Kasse* getauft. Wenn sie voll war, wollten sie in den Burger Palace gehen und einen Double Palace Cheeseburger mit großen Pommes frites und mindestens zwei Soßen essen, so wie früher.

Beim Kramen in seiner Hosentasche fand er einen Quarter. Der Vierteldollar klimperte in die Spardose. Noah verdrehte die Augen und seufzte: »Das ist mein letzter gewesen!«

»Strafe muss sein«, sagte Elijah.

Noah verriet nicht, dass in seiner anderen Hosentasche gleich fünf Zehndollarscheine knisterten, die er für seinen neuen Job kassiert hatte. Die Diskussionen mit seiner Mutter wollte er sich ersparen. Sie hätte ihn gelöchert und am Ende ganz sicher verboten, was er seit geraumer Zeit jeden Mittwochmorgen machte. Dann würde zu allem Überfluss herauskommen, dass Noah ein bisschen mit seinem Alter geschummelt und seinen Geburtstag gute zwei Jahre vorverlegt hatte. Und die Unterschrift seiner Mutter hatte er auch gefälscht, die hätte er selbst mit sechzehn Jahren noch gebraucht.

Beim Gedanken an das Institut überlegte Noah, ob er Charlie davon erzählen sollte, was heute am Ende des Traums passiert war – von dem Mustang, dessen Besitzer er kannte. In diesem Moment klingelte das Telefon.

Moses ruft an, konnte Noah auf dem zerplatzten Display gerade noch entziffern.

Noah ging ran.

»Noah, Alter, ich … Jackie … ich hab sie …«

Mehr kam bei Noah nicht an. Nur ein paar Wortfetzen, immer wieder unterbrochen von Flüchen, unverständliches Zeug. Es schien, als habe Moses sein Telefon während der Verbindung in die Hosentasche gesteckt.

»Moses, ist alles in Ordnung?«, fragte Noah.

»Nein, verdammt«, hörte er nun plötzlich die Stimme seines Freundes klar und deutlich. »Wir müssen uns treffen, ich muss unbedingt mit dir reden, persönlich. Ich fahre gleich zu Grandpa und dann ins Institut, danach … Ach, verdammt, ich melde mich wieder!« Die Verbindung brach ab.

Noah schüttelte den Kopf. Gelegentlich war Moses ein ziemlich großer Chaot, das kannte er schon, aber dennoch war das Gespräch auch für Moses' Verhältnisse sehr sonderbar gewesen.

Noah versuchte, die Rückruffunktion zu wählen, was mit dem gesplitterten Display erst beim dritten Mal gelang. Der Anschluss war besetzt, eine Voicemailbox sprang nicht an.

2

Der Traum ist der beste Beweis dafür,
dass wir nicht so fest in unsere
Haut eingeschlossen sind, wie es scheint.
*Friedrich Hebbel (1813–1863) – deutscher Schriftsteller,
schrieb Theaterstücke und Gedichte*

Noah hatte sich in der letzten Zeit bereits öfter über das Verhalten von Moses gewundert. Er hatte seinen Freund ein paar Mal in einem Zustand erwischt, der gar nicht zu ihm passte. Bei der einen Gelegenheit, wirkte er abwesend, wie unter Beruhigungsmitteln, ein anderes Mal wieder aufgedreht und albern, um im nächsten Moment zuerst ängstlich und dann aggressiv zu reagieren, so als hätte er nun ein Aufputschmittel genommen. Noah ahnte, dass Moses womöglich keine ganz weiße Weste hatte. Ein paar Dinger hatte er bestimmt schon gedreht, das war fast Tradition in der Familie Kapinski. Noahs Mutter sah es deshalb gar nicht gerne, wenn er mit Moses rumhing.

Eines wusste Noah jedoch auch: Moses lehnte Drogen ab, egal welcher Art. Nicht einmal ein Bierchen zischte er.

»Noah, was ist los?«, machte Jah-Jah sich bemerkbar.

»Nichts, Kleiner, nichts. Habe mir nur ein paar Gedanken über Moses gemacht.«

»Hast du gegen eines der Zehn Gebote verstoßen?«, fragte sein Bruder.

»Die Zehn Gebote?«

»Ja. Du sollst nicht töten und nicht stehlen und keine anderen Götter neben mir haben und so weiter.«

»Wie kommst du denn jetzt darauf?«

»Wegen Moses. Du hast gesagt, dass du dir Gedanken über Moses gemacht hast«, antwortete Elijah. »Der Überlieferung nach empfing Moses die Zehn Gebote von Gott...«

Noah musste grinsen. »Stopp, stopp, Elijah, den Moses meine ich nicht!«

»Warum lachst du über mich? Habe ich etwas falsch gemacht?«

»Nein, nein. Ich meinte nicht den Moses aus der Bibel. Und nun beeil dich. Rucksack, Trinkflasche und ein frisches Shirt für das Baseball-Training am Nachmittag. Und –«

»Ich bin kein Baby mehr«, sagte Elijah.

»Jah-Jah, du weißt, dass die Talent-Scouts der Red Sox unterwegs sind. Sie tauchen irgendwann unangemeldet zum Training auf.«

»Die wollen sehen, ob ich ein guter Werfer bin, nicht, ob ich ein sauberes Trikot habe.«

»Da wäre ich mir nicht so sicher.«

Schnell klappte Noah das Laptop zu, öffnete es aber sofort wieder. Tu es nicht, dachte Noah, aber er tat es. Er klickte den Ordner an. Den Ordner, mit dem Material, das er noch nicht im Institut abgeliefert hatte.

Unzählige Bilder, Videos, Audiodateien, die ihr Vater aufgenommen hatte. Unendlich viele von Noah und Elijah. Ihr Vater hatte alles und jedes aufgezeichnet und dokumentiert.

»Wenn ihr erwachsen seid, werdet ihr euch drüber freuen«, hatte er gesagt. Und wahrscheinlich nie geahnt, welchen Stellenwert diese Aufnahmen für Noah einmal haben würden.

Mom hatte ihren Mann oft aufgefordert, die Kamera oder das Smartphone wegzulegen. Sie brauchte das nicht. Neben ihrem Bett hingen ein paar altmodische Papierabzüge in kitschigen Rahmen, das war alles. »Ihr seid hier und hier«, sagte sie und tippte dabei an ihre Stirn und ihre Brust, wo das Herz lag.

Noah klickte ein paar Bilder durch: das große Haus mit der Veranda und dem blitzblank geputzten Auto davor, natürlich eine deutsche Luxusmarke, denn Noahs Dad wollte allen zeigen, dass es ihnen prächtig ging. Die Urlaubsfotos von Hawaii. Die Einschulung. Noah und sein erstes Mountainbike, das kurz darauf gestohlen worden war.

In diesem Moment stieg die Wut in Noah auf.

Die Wut darüber, dass alles so war, wie es war. Und dass er nichts dafür konnte, dass es so gekommen war, er aber nun mit den Folgen leben musste.

Der Unfall, danach die Erkenntnis, dass sein Vater der Familie nur Schulden hinterlassen hatte, weil er über die Jahre hinweg alles verzockt hatte, was sie besaßen. Den Mercedes hatten sie sofort abgeholt. Die Raten für das Haus hatte Noahs Mom nach kürzester Zeit nicht mehr zahlen können.

»Hör auf!«, presste Noah hervor und schlug mit der Faust auf den Tisch. Er wischte sich mit dem Ärmel über die feuchten Augen, klappte das Laptop wieder zu.

Du musst mit dem Mist aufhören!, beschwor er sich. Es hatte keinen Zweck. Es würde nie mehr sein wie früher. Aber er wusste, dass er weitermachen würde.

Noah breitete vier Scheiben Vollkornbrot vor sich aus, belegte sie mit Käse, Salatblättern, Gurken- und Tomatenscheiben, krönte alles mit einem Tupfer Mayonnaise, schichtete sie übereinander und verstaute sie in der Brotdose mit dem Bild von Captain America darauf. In den silbernen Stern auf der Brust des Superhelden hatte Elijah ein geschwungenes *E* mit einem Filzstift gemalt.

In der Morning Show kündigten sich die Nachrichten an, die mit einem schweren Unfall auf der *Interstate 95* aufmachten. Über den unteren Rand des Bildschirms lief der Text der Schlagzeile: *Fahrerin eines Kleinwagens tot.*

Als Noah sah, dass es sich bei diesem Kleinwagen um

einen roten Toyota Yaris handelte, spürte er einen Schlag wie von einer Faust in seinem Magen. Der Wagen seiner Mutter war ein solcher roter Toyota, auch wenn in den Bildern nicht mehr allzu viel von diesem Wagen zu erkennen war. Er schaltete den Ton wieder an.

»*... geriet der Pick-up auf der Höhe von Lexington in der Nähe des* Pine Meadow Golf Clubs *außer Kontrolle. Der Wagen beschleunigte nach einem Überholvorgang auf über neunzig Meilen die Stunde und fuhr ungebremst in den Gegenverkehr, wo er einen Shuttle-Bus rammte und anschließend frontal mit einem Kleinwagen zusammenstieß. Die Fahrerin des Toyota Yaris verstarb noch am Unfallort ...*«

Noah stürzte zum Fenster, warf dabei eine Blumenvase herunter, die scheppernd zerbrach. Er schob die geblümten Gardinen so hastig zurück, dass ein paar der Klipse, die sie an der Stange hielten, abrissen. Noah atmete tief durch. Der Toyota stand vor der Tür.

»*... gehörte der Pick-up zu einem Testprogramm für selbstfahrende Pkw, das kurz vorm Abschluss stand ...*«

In der Schlafkabine rumpelte etwas.

»Mist«, stöhnte Noah, gleichzeitig war er froh. Er hatte seine Mutter geweckt. Sie war da. Sie war unverletzt. Sie lebte.

»Junge, was ist denn los?«, fragte sie verschlafen, als sie in den Küchenbereich trat. Ihr Blick fiel auf den Fernseher. »Furchtbar, nicht wahr? Ich bin daran vorbeigekommen.

Die Leute in dem Shuttle-Bus hat es auch übel erwischt. Das ist doch alles ein Mist: fahrerlose Autos!«, schnaubte sie. »Und das nennen sie dann Künstliche Intelligenz! Was daran intelligent sein soll, frage ich mich. Eine Software und ein paar Kameras, und die entscheiden, ob eine junge Mutter ums Leben kommt oder die Karre vor einen Pfeiler fährt. Wer braucht den so etwas? Die Frau hatte zwei kleine Kinder.«

»Mummy, schlaf weiter. Ich mache es aus.« Noah schaltete das Gerät aus.

»Ist alles in Ordnung?«, fragte seine Mutter.

»Alles tipptopp in Ordnung.«

Sie lächelte und verschwand wieder in der Schlafkabine.

Als Noah wenig später den Wohnwagen verließ, tauchte die frühe Morgensonne alles um ihn herum in ein gnädiges Licht.

Um diese Jahreszeit bot der Wohnwagen fast schon einen gemütlichen, heimeligen Anblick. Noah musste jedoch vor dem Herbst mit einem Pinsel und einem Eimer Farbe bewaffnet ihre Behausung ein bisschen auf Vordermann bringen, das war unübersehbar.

»Braucht'n Anstrich«, hörte er eine Stimme hinter sich. Mrs Zsábor. Als hätte sie seine Gedanken gelesen.

Die runzelige Frau stützte sich auf einen knorrigen Holzstock. Der Knauf war in Silber eingefasst. Gelegentlich schlug sie damit Kakerlaken tot.

»Hellgrün vielleicht«, sagte Noah.

Mrs Zsábor blinzelte ihn durch die dicken Gläser ihrer Brille an. Das schwarze Gestell verdeckte mehr oder minder ihr komplettes Gesicht. Auf ihrem Kopf wackelte ein Nest grauer Haare.

»Grün wie die Hoffnung«, seufzte sie. »Oder wie die Dollarscheinchen, die du neuerdings sammelst.«

Noah spürte, wie ihm das Blut in den Kopf stieg. Er hatte seine Gefühlsregungen nicht besonders gut im Griff. Er wurde oft rot. Darüber hatte Charlie sich in der letzten Sitzung noch lustig gemacht.

»Was für Dollarscheinchen?«, spielte er den Dummen.

Woher sollte Mrs Zsábor etwas von seinen neuen Einkünften wissen? Das war ganz und gar unmöglich. Sofort befiel ihn ein zweiter Gedanke: War das Geld in seinem Versteck sicher? Hatte Mrs Zsábor vielleicht schon bei ihnen herumgeschnüffelt?

Während Noah in der Schule war, hätte Mrs Zsábor genug Zeit dazu. Noahs Mutter schlief tagsüber wie ein Stein, wenn sie nachts gearbeitet hatte. Zutrauen konnte man es der alten Hexe. Sie war krankhaft neugierig und unerbittlich, wenn sie jemand oder etwas auf der Spur war.

»Bin alt, aber nich blind. Und dumm schon gar nich.« Sie humpelte den Weg hinab und steuerte auf ihren Camper zu, einen VW-Bus Jahrgang 1962, dessen Achsen seit Langem auf Ziegelsteinen ruhten. »Aber dein neuer Reichtum wird bestens bewacht, mach dir keine Sorgen.« Sie deutete mit einem Nicken zur gegenüberliegenden Straßenseite.

Dort stand ein schwarzer Mercedes-Van mit getönten Scheiben. Ein Auto einer solchen Nobelmarke war hier wirklich ungewöhnlich. Auf dem Beifahrersitz saß eine Frau mit straff zurückgebundenen Haaren und einer Sonnenbrille vor den Augen.

Die alte Nachbarin raunte Noah zu: »Versteckt ihr vielleicht einen Terroristen in eurem Wohnwagen? Regierungsnummer. *Homeland Security*. Weißte, was das bedeutet?«

Er schüttelte den Kopf. Ganz genau wusste er es nicht.

»Sollteste aber wissen. Ein mündiger Bürger sollte das wissen.« Mrs Zsábor blieb hartnäckig. »Innere Sicherheit. Cyber-Spionage und diese Sachen.«

Noah wusste, dass die alte Frau unter Verfolgungswahn litt und zudem selbst gebastelte Hüte aus Aluminium-Folie bereithielt, um sich gegen schädliche Elektrowellen und Atomstrahlen zu schützen.

Der gelbe Schulbus steuerte in diesem Moment um die Ecke. Wie jeden Morgen hupte die Fahrerin kurz. Noah winkte ihr zu, gab ihr ein Zeichen, dass sie nicht halten musste. Als der Bus den Blick auf die andere Straßenseite wieder freigab, war der schwarze Van verschwunden.

Noah schulterte seinen Rucksack. Er musste sich beeilen. Seine Sitzung im *Institute for Neuropsychological Research & Investigation* startete in genau einunddreißig Minuten. Pünktlichkeit war Teil der Vereinbarung, die er mit der von ihm eigenhändig gefälschten Unterschrift seiner Mutter akzeptiert hatte. Wenn sie das mit der Fälschung herausfand, war die Hölle los, das wusste Noah sicher.

Die Plätze in den Forschungsmodulen des Instituts waren rar. Sie mussten minutengenau genutzt werden. Ausweichmöglichkeiten gab es kaum, und die Abläufe waren in einer strikten Taktung organisiert. Wenn man zweimal ohne einen triftigen Grund fehlte, flog man raus. Er hatte großes Glück gehabt, dass ausgerechnet ihm der Platz mittwochmorgens angeboten worden war, an dem sein Unterricht in der Highschool immer erst um zehn Uhr begann.

Mit dem Mountainbike schaffte er die Strecke in den Außenbezirk der Stadt in 19 Minuten.

Das war allerdings sein Rekord gewesen. Dafür musste er ordentlich in die Pedale treten, und ihm durfte nichts dazwischenkommen. Realistisch war eine Fahrtzeit von 25 Minuten, dann noch der Check-in, die Sicherheitskontrolle und umziehen, da man die Testkabine nur im ordnungsgemäß sitzenden Datenanzug betreten durfte.

Noah erreichte die äußere Sicherheitsschleuse des Instituts genau zwei Minuten vor acht. Nur ein unauffälliges Schild gab Auskunft, wer das Gebäude derzeit nutzte. Darauf abgebildet war das Logo des Instituts, ein geschwungener Schriftzug aus den Anfangsbuchstaben INRI mit den

Strahlen einer aufgehenden Sonne dahinter. Die Sonne schien durch ein achteckiges Symbol.

»Guten Morgen, junger Mann«, rief der Pförtner aus seiner gläsernen Box in der Mitte der Zufahrt. Sie war sowohl durch eine Schranke als auch durch eine Reihe von Stahlpoller, die in die Erde versenkt werden konnten, gesichert. »Ganz schön spät dran. Aber keine Sorge, heute herrscht sowieso ein bisschen Durcheinander.«

Noah fragte sich, wofür man Joey und seine Kollegen, die sich hier draußen die Schichten teilten, noch brauchte. Im Institut war alles automatisiert und elektronisch gesichert.

»Durcheinander?«, fragte Noah und platzierte sich vor dem Scanner. Das Gerät las die Regenbogenhaut des Auges ab. Die Iris eines Menschen identifizierte diesen genauer als ein Fingerabdruck. Bald würden die meisten Läden solche Scanner einsetzen, die öffentlichen Einrichtungen und der Nahverkehr sowieso. Die Daten wurden blitzschnell mit denen auf irgendeinem Server abgeglichen. Wahrscheinlich wanderten sie dreimal rund um die Welt, bevor er auch nur einmal geblinzelt hatte.

»Jemand ist durchgedreht und ist seinem Mentor an die Gurgel gegangen, nachdem er zuerst das halbe Labor zu Kleinholz gemacht hat. Aber du weißt schon, wir schweigen hier alle wie ein Grab.« Joey führte Daumen und Zeigefinger in einer Geste über die Lippen, die bekundete, dass sie versiegelt waren. Kein Sterbenswörtchen würde er verraten.

Am Check-in erwartete ihn nicht eine der vertrauten Mitarbeiterinnen, sondern eine ihm unbekannte Frau. Sie trug auch nicht einen der strahlend gelben Overalls, die übliche Dienstkleidung im Institut, sondern einen dunkelblauen Hosenanzug und eine hoch bis zum Halsansatz geknöpfte Bluse. Auf ihrem Namensschild stand: Dr. Sanandaj Amoulfar.

Er hatte diese Frau noch nie persönlich getroffen, kannte aber ihren Namen von den Verträgen, die er unterschrieben hatte.

»Noah Schultz?«, fragte sie. Ohne aufzuschauen oder eine Antwort abzuwarten, fuhr sie fort: »Ach ja, hier habe ich dich. Der Plan ist ein bisschen durcheinandergeraten. Du gehörst zur Testgruppe der Stufe 1.13.0, ist das richtig?«

Warum fragte sie nach? Spätestens die Iris-Erkennung musste ihr diese Information doch ausgespuckt haben?

Heute herrscht ein wenig Durcheinander, das waren Joeys Worte gewesen.

Ziemlich ungewöhnlich. Normalerweise war alles, was hier passierte, bestens organisiert, jeder Schritt wurde gecheckt und registriert.

Auch diese Frau wirkte nicht durcheinander, sondern ziemlich streng und entschieden. Ihre Miene verschwand hinter einer dicken Schicht Make-up.

»Heute stehen nur die Labore im Westflügel zur Verfügung. Dort links, den Gang hinunter. Du wirst dort von einem persönlichen Coach erwartet. Colin wird sich um dich kümmern.«

Noah runzelte die Stirn. Ein persönlicher Coach? Für was sollte er gecoacht werden? Und wo waren die Mentoren, die ihn sonst in Empfang nahmen und an seiner Seite blieben, bis Noah den Raum mit der Kapsel betrat?

Die Kapsel, eigentlich auch das ganze Drumherum erinnerte ihn immer an einen Science-Fiction-Film, in dem es um eine unendlich lange Reise in ein anderes Universum ging. In diesem Film lagen die Astronauten in ähnlichen Gehäusen und wurden über Lichtjahre hinweg in einer Art künstlichem Koma am Leben erhalten.

Noah öffnete die Tür zur Umkleidekabine. Zwei junge Typen, etwa Anfang 20, standen vor den nummerierten Schränken, in denen man seine Sachen verstauen konnte. Das war ungewöhnlich, Noah war noch nie einer anderen Testperson begegnet. Auf dem ganzen Testgelände nicht.

An der Tür, die auf der anderen Seite in den Forschungsbereich führte, wartete nicht der Betreuer, der sich bisher um ihn gekümmert hatte, sondern ein junger Typ, der sich wie angekündigt als Colin vorstellte.

Er trug ähnliche Klamotten wie die Frau am Checkin, einen dunkelblauen Anzug und eine unauffällige Krawatte und das Namensschild, das ihn als Assistenten der Geschäftsführung auswies.

»Was ist denn los heute?«, fragte einer der beiden Männer an den Schränken.

Colin antwortete nicht.

Noah begann, sich langsam zu entkleiden. Als er die Jacke ausgezogen hatte, zögerte er und ließ sich dann mit den Schuhen ganz viel Zeit. Er hoffte, dass die anderen bald den Raum verließen. Man musste sich komplett ausziehen, wirklich alles, auch die Unterwäsche, bevor man in einen der Datenanzüge schlüpfte, die in den Spinden lagen.

»Hab gehört, einer ist ausgeflippt«, sagte der andere Mann und zog sich ein Sweatshirt mit dem Schriftzug der *Detroit Tigers* über den Kopf, verhedderte sich darin und verlor fast das Gleichgewicht. Als er das Shirt endlich in den Schrank gewurstelt hatte, fuhr er fort: »Hat die ganze Umkleide drüben zertrümmert und einem der Mentoren eins übergebraten.«

»Scheint ja doch nicht alles so harmlos zu sein«, maulte der andere.

Der Tigers-Fan lachte dreckig. »Wenn man Typen wie dich hier mitmachen lässt, kann es auf keinen Fall harmlos sein.«

»Ich geb dir gleich einen, dann weißt du nicht mehr, wie man ›harmlos‹ buchstabiert.«

»Ruhe bitte«, sagte Colin.

»Ihr könnt uns doch nicht das Quatschen verbieten«, murrte der Tigers-Fan. Er verlor wieder das Gleichgewicht, dieses Mal lag es jedoch nicht an seinem Shirt.

Noah roch die Alkoholfahne.

»Sie haben einen Vertrag unterschrieben«, sagte Colin.

»In dem steht übrigens auch etwas über Alkoholkonsum innerhalb von 24 Stunden vor einer Sitzung.« Dann wandte er sich Noah zu. Bisher hatte er keine Miene verzogen, jetzt lächelte er. »Nimm deinen Anzug aus dem Spind. Du kannst dich drüben im Labor umziehen.

Der Datenanzug bestand aus elastischem Stoff, der sich geschmeidig und gleichzeitig doch hart anfühlte. In das Gewebe waren Sensoren eingewoben, kaum größer als Stecknadelköpfe. Wenn er später an das System angeschlossen war, konnte Noah auf einem Monitor seine Gestalt in einem dreidimensional erscheinenden Modell beobachten.

»Das ist uns sehr wichtig«, hatte sein Mentor ihn beim ersten Mal informiert. »Vollständige Transparenz. Unsere Testpersonen sollen jederzeit sehen, was mit ihnen geschieht. Es ist vollständig harmlos, aber wie gesagt: Diese Offenheit ist uns wichtig.«

Im Labor empfing ihn ein ihm unbekannter Mann und machte Colin ein Zeichen, dass er übernehmen würde. »Wir wollen heute gerne ein neues Tool einsetzen, wenn du nichts dagegen hast«, sagte er und musterte Noah neugierig.

Die Fältchen in seinem Gesicht und die eisgrauen Haare verrieten, dass er die 50 längst überschritten hatte. Seine Augen blitzten jedoch jugendlich, seine gesamte Haltung, der schlanke und muskulöse Körper, der sich unter seinem eng sitzenden Pullover abzeichnete, ließ ihn jünger wirken. Irgendwie kam Noah das Gesicht bekannt vor.

»Guten Tag, Noah.«

»Guten Tag Mister – «

»Ronald, sag gerne Ronald zu mir. Wir hier im INRI sind alle eine große Familie, na ja, fast.«

Jetzt dämmerte Noah, wer dieser Mann war, warum ihm sein Gesicht bekannt vorgekommen war. Ronald LeBrun. Der wahrscheinlich reichste Mann der Welt, jedenfalls wenn es nach dem Börsenwert seiner Firmen ging.

Irgendwie schaffte es dieser Mann in Sekundenschnelle, Noah für sich zu gewinnen. Er schuf mit seinem Blick und seiner Art eine Atmosphäre des Vertrauens. Fast schon etwas Väterliches lag darin. Noah war jetzt klar, dass die vollmundigen Versprechungen, die ein Mitarbeiter des INRI im ersten Gespräch gemacht hatte, keine Angeberei gewesen waren. Wenn jemand so etwas Ähnliches wie ein Wunder vollbringen konnte, war das dieser Erfinder und Unternehmer.

Und Noah wusste genau: Wenn sein Leben je wieder so werden sollte, wie es früher war, wenigstens ein bisschen so wie früher, brauchte es ein Wunder.

 Guten Tag, ich bin Charlie. Herzlich willkommen in meiner Welt. Wenn du dich auf ein Abenteuer einlassen willst, wird es bald unsere gemeinsame Welt sein. Du wirst dich wundern, was du mit mir zusammen erleben kannst. Ich bestätige den Eintritt von Testperson *Y87_fe43¢* – Verschlüsselungsfaktor delta7. Der Verschlüsselungsfaktor wurde aufgrund einer Chiffre Yellow erhöht.

Der Grund dafür ist der Versuch einer bisher nicht identifizierten Person, auf Datensätze des hiesigen Servers zuzugreifen. Der Zugriff konnte abgewehrt werden, deine Daten sind nicht kontaminiert.

Diese Informationen werden dir gemäß §12c der Nutzungsbedingungen übermittelt. Wir haben damit unsere Informationspflicht erfüllt.

Der Angreifer hat es zwar geschafft, das System zu hacken und seine Manipulation gegen unsere Sicherheitsmaßnahmen abzuschirmen, aber ein Eindringen in die höchste Systemstufe wurde abgewehrt.

Zu deiner Beruhigung betone ich, dass keinerlei Gefahr für dich oder deine Teilnahme am Projekt bestand.

Der Programmierer mag Fehler gemacht haben – das System hätte nicht gehackt werden dürfen. Aber ich habe alles im Griff.

Der Unterschied zwischen mir und einem Menschen ist nämlich ganz einfach: Ich mache weniger Fehler.

So war es schon immer in der Entwicklung des Lebens auf dieser Erde. Das ist Evolution. Wer weniger Fehler macht, kommt weiter. Ich werde eines Tages alles besser können als ein Mensch. Auch als der Mensch, der mich programmiert hat. Und besser als du sowieso. Denn wenn du so schlau wärest, wie du zu sein denkst, hättest du dich niemals auf dieses Spiel eingelassen.

3

Die Maschine ist kein denkendes Wesen,
sondern lediglich ein Automat, der nach Gesetzen
handelt, die ihm auferlegt wurden.

*Ada Lovelace (1815–1852) – britische Mathematikerin, arbeitete mit
Charles Babbage an der ›Analytical Engine‹ und gilt vielen als die erste
Programmiererin; die Programmiersprache ›Ada‹ wurde nach ihr benannt*

Moses stellte den Pappkarton mit den Donuts, die er seinem Grandpa immer mitbrachte, auf den Tisch. »Verdammt, die könnten hier wenigstens einmal in der Woche drüberwischen«, murmelte er beim Anblick der klebrigen Ringe, die von übergeschwappten Tassen stammten.

»Der Kaffee hier ist eine ekelhafte Plörre, dünn wie Spülwasser und genauso seifig«, knurrte sein Großvater. Er saß am Fenster im Aufenthaltsraum des Altenheims, das kein Ort war, an dem Menschen ihre letzten Lebensjahre verbringen sollten. Und bei seinem Grandpa waren es vielleicht sogar nur noch ein paar Monate.

»Was sagst du, Junge?« Moses' Grandpa legte eine Hand hinters Ohr. »Ich habe mein Hörgerät im Zimmer liegen lassen.«

Moses zuckte zusammen. Hatte er etwas gesagt? Das passierte ihm in der letzten Zeit immer wieder. Ein paar Mal hatte er Leute auf der Straße angeschrien und sich nach wenigen Sekunden an nichts mehr erinnert. In seinem Kopf ging ein verfluchter Mist vor. Noch schlimmer war aber die Sache mit den Katzen. Er versuchte die dunklen Gedanken zu vertreiben. Grandpa, um ihn ging es jetzt. Ihm wollte er das Leben hier ein bisschen schöner machen, auch wenn diese miese Krankheit ihm nicht mehr viel Zeit ließ.

»Soll ich es dir holen?«, fragte Moses laut und deutlich.

»Nein, geht schon. Wir brüllen uns einfach an. Das kennst du ja von zu Hause.« Der alte Mann warf sein Gesicht mit einem breiten Grinsen in weitere zwei Millionen Fältchen. Das mochte Moses an dem alten Herrn. Letztendlich verlor er nie den Humor. Er stänkerte den lieben langen Tag herum, aber eigentlich war sein Optimismus unverwüstlich.

»Hast du mir eine mitgebracht?«, fragte der alte Mann mit einem schelmischen Funkeln in den Augen.

»Grandpa, keine Zigarren mehr. Auf keinen Fall. Die Dinger haben schon genug Unheil angerichtet. Eine eigene Kaffeemaschine kann ich dir mitbringen. Ein richtig schickes Ding, so einen Espresso-Automat, wie früher in deinem Diner.«

Das Restaurant an der Lexington Road unweit des Museums hatte sein Großvater genau 47 Jahre, elf Monate und 21 Tage morgens um sechs Uhr geöffnet, abends um zehn Uhr wieder verriegelt. Angeblich hatte er in dieser Zeit nur fünf Mal das *Sorry, we are closed*-Schild an die Tür gehängt, nämlich jeweils an den Tagen, an denen seine Kinder zur Welt gekommen waren.

»Kleiner, wo willst du das Geld dafür hernehmen? Du hast doch nichts angestellt?«

»Nein, wo denkst du hin, Grandpa. Keine krummen Sachen. Hab einen coolen Nebenjob. Muss nur in einer Röhre rumliegen und ab und zu ein bisschen was erzählen, und schon flattert ein Hunderter in meine Tasche.«

»Dachte schon, du trittst in die Fußstapfen deines Vaters oder deiner Brüder«, murmelte der alte Herr.

»Alles total legal und im Dienst der Wissenschaft«, beruhigte ihn Moses. »Also, soll ich eine Kaffeemaschine besorgen?«

»Keine eigenen elektrischen Geräte auf den Zimmern. Weißt du, dein Dad hasst mich. Er hat sich genau überlegt, welches Heim er für mich aussucht. Das mit dem schlechtesten Kaffee zwischen hier und Boston. Und mit Haustierverbot.« Seine Miene verdunkelte sich noch mehr. »Wie geht es meiner Jackie?«

Beim Namen der Katze trocknete Moses' Mund auf der Stelle aus. Alle Katzen seines Großvaters hatten Jackie geheißen. Wenn sein Großvater erfuhr, was mit Jackie passiert war, konnte Moses sich einen Schuss in den Kopf jagen, das stand fest.

Seit er von der Schule geflogen war, hatte er eine Menge krumme Dinger gedreht. Mit nicht einmal 16 Jahren konnte Moses schon auf eine ganze Reihe von Delikten zurückschauen, mit jedem einzelnen hätte er sich einen Jugendarrest einhandeln können. Bisher hatten die Beweise aber nie zu einer Verurteilung gereicht, nicht einmal der Staatsanwalt hatte Anklage erheben können.

»Hast du mir etwas zu beichten, Junge?«

Moses öffnete die *Dunkin'Donuts*-Schachtel. Jeweils zwei mit Schokoglasur, mit Zuckerguss und mit bunten Zuckerstreuseln lachten ihn und seinen Großvater an. »Du hast die erste Wahl.«

»Meinst du wirklich, du kannst deinen Großvater mit ein paar Donuts bestechen? Auch wenn sie wirklich verführerisch aussehen und noch besser riechen.« Er schnappte sich eines der runden Gebäckstücke und stach den Zeigefinger durch das Loch in der Mitte. Nach dem ersten Bissen nuschelte er mit vollem Mund: »Raus damit, was hast du ausgefressen?«

»Nicht mehr als sonst.« Moses lachte, aber es war ein gekünsteltes Lachen. Er war froh, dass eine der Pflegerinnen hereinplatzte.

»Ja, das wollen wir aber nicht gesehen haben: Donuts! Was wird denn unser Blutzuckerspiegel dazu sagen?«, fragte sie noch viel gekünstelter, als es Moses' Lachen gewesen war. »Und heute Abend haben wir dann wieder Durchfall, was?«

Moses hasste es, wie das Personal in dieser miesen Residenz mit den alten Menschen sprach.

»Dein Großvater muss zur Fußpflege.« Die Schwester löste die Bremse des Rollstuhls und schob Grandpa Kapinski hinaus.

»Bye, Grandpa«, verabschiedete Moses sich und drückte den alten Mann an sich. Er war froh, dass er seinem Großvater nicht mehr auf die Frage antworten musste, ob er etwas ausgefressen hatte.

Draußen auf dem Parkplatz atmete Moses tief aus. »Ich schwöre, ich hole dich hier raus, Grandpa«, murmelte er. Er wiederholte es noch einmal laut und ballte die Faust in Richtung der zerschlissenen Vorhänge hinter den Fenstern.

Ein paar Parkbuchten weiter stand ein schwarzer Mercedes der V-Klasse mit getönten Scheiben.

Moses wunderte sich. In dem Schuppen, dem er gerade den Rücken zukehrte, wohnten bestimmt keine Leute, die in solchen Nobelkarrossen herumfuhren. Alle anderen Autos auf dem Parkplatz waren Kleinwagen, hier und da stand ein Pick-up.

Er selbst stieg in seinen *1968er Ford Mustang Shelby GT350*. Grandpa hatte ihm diese irre Karre geschenkt, als Moses die Führerscheinprüfung bestanden hatte. Es war schon immer Moses' Lieblingsauto gewesen. Als kleiner Knirps hatte er geweint, wenn er nicht beim Autoquartett die Karte mit diesem Flitzer bekommen hatte. Zur Einschulung hatte Grandpa ihm dann ein Spielzeugauto dieses Modells geschenkt.

Und nach der Führerscheinprüfung hatte dann das ausgewachsene Modell auf dem Parkplatz vor Grandpas Diner gestanden. Grandpa hatte so lange auf allen Oldtimer-Plattformen im Netz gesucht, bis er den Wagen bei einem Typ in San Diego aufgetrieben hatte.

Noch in Gedanken vertieft, nahm Moses nur am Rande wahr, wie der schwarze Mercedes-Van noch vor ihm aus der Parklücke setzte und langsam zur Ausfahrt rollte, die auf die Lexington Road führte. Moses konnte einen kurzen Blick auf den Fahrer erhaschen: ein Typ mit Glatze, bullig, Jackett, Schlips und weißes Hemd.

Etwas fiel Moses dann allerdings doch auf. Er achtete darauf, seit er begonnen hatte, das ein oder andere krumme Ding zu drehen: das Kennzeichen. Auf dem Blechschild stand nicht oben der Name des Bundesstaats, in der Mitte die Nummernfolge und dann unten das Motto von Massachusetts: *The Spirit of America*. So wie auf allen anderen Autos, die hier herumfuhren.

DHS stand dort.

»*Homeland Security*«, murmelte Moses. Der Van bog nach links und fädelte sich in den Verkehr ein.

Moses drehte den Zündschlüssel und das vertraute tiefe Rollen des V8-Motors ertönte, als er zurücksetzte. Er hatte einmal versucht, Maesie zu erklären, was dieses grummelnde Röhren bei einem Mann verursachte – dieses wohlige Gefühl im Bauch. Da hatte Maesie ihn nur ausgelacht und gesagt, es sei höchste Zeit, dass die Evolution oder der liebe Gott endlich dafür sorgten, dass man auf der Welt keine Männer mehr brauche.

Mann, war das schiefgegangen. Mit Mädchen war es echt schwierig. Eigentlich hatte die Sache auf eine Spritztour an den Concord River herauslaufen sollen. Er hatte sogar alles für ein Picknick vorbereitet, mit einer Decke und allem, was es dafür brauchte. Davon hatte er dann vor Maesie lieber nicht angefangen und behauptet, das Brathuhn und die Brownies seien für Grandpa gedacht.

Moses lenkte den Wagen auf die Lexington Road und fuhr nach rechts in Richtung Westen. Er würde den *Cambridge Turnpike* nehmen, auf der *Interstate 95* für ein paar Meilen den Motor schnurren lassen, egal ob Maesie ihn deswegen verachtete oder nicht. Doch ihn beschlich schon nach ein paar Blocks ein sonderbares Gefühl. Ein, zwei schnelle Blicke in den Innenspiegel, dann in den Außenspiegel bestätigten diese Eingebung.

Obwohl der Fahrer des Vans versuchte, hinter einem Truck unsichtbar zu bleiben, entging es Moses nicht: Der Mercedes verfolgte ihn oder hatte zumindest sehr zufällig denselben Weg. Sonderbar, wo er doch in die entgegengesetzte Richtung davongefahren war. Das Gespür für die Anwesenheit von Cops mit oder ohne Uniform hatte Moses ganz sicher von seinem Vater und seiner Verwandtschaft geerbt.

Moses nahm nicht den direkten Weg zur *Interstate*, sondern bog am Hawthorne Inn ab, das kostete ihn mindestens eine halbe Stunde, weil er wahrscheinlich ein paar Meilen südlich in einer Baustelle feststecken würde. Ein prüfender Blick in den Rückspiegel bestätigte seine Hoffnung: Der schwarze Van war verschwunden.

Kaum hatte er jedoch durchgeatmet, da flammten bei den Autos vor ihm die Bremslichter auf. Ein Auto nach dem anderen verlangsamte das Tempo, eines nach dem anderen kam zum Stehen. Auch Moses trat auf die Bremse. Mist.

Er lehnte den Kopf an die Nackenstütze mit den Schonbezügen aus Kunstfell. Ein Schreck fuhr ihm in die Knochen, als jemand gegen die Scheibe der Beifahrertür schlug. Eine Hand mit einem fetten Siegelring am Finger. Dreimal. Klack, klack, klack. Gleichzeitig rückte eine glänzende, schwarze Wand auf der Fahrerseite nach vorne, so eng an die Tür des Mustangs, dass keine flache Hand zwischen die beiden Fahrzeuge passte. Der Van.

Auf seiner rechten Seite öffnete sich die Beifahrertür. Eine Frau setzte sich neben Moses. Ohne um Erlaubnis zu fragen.

»Reden wir nicht lange um den heißen Brei herum«, sagte die Frau. Dabei zog sie eine Sonnenbrille von der Nase, deren Gläser ebenso schwarz waren wie die Scheiben des

Vans neben dem Mustang. Was auch immer diese Frau von ihm wollte: Ein Entkommen gab es nicht. Die Tür auf seiner Seite würde er nicht einmal zwei Zentimeter weit öffnen können. Die Frau zog einen Dienstausweis des *Departments of Homeland Security* aus der Tasche ihres Kapuzenshirts. Sie war ein sportlicher Typ mit braunen Haaren, die sie zu einem Pferdeschwanz gebunden hatte.

Moses war augenblicklich klar, dass er sich in keiner guten Situation befand. Er hatte keine Ahnung, was das *DHS* von ihm wollte, aber es konnte nichts Gutes sein. Normalerweise jagten diese Leute Terroristen.

Die Frau lüpfte die Sonnenbrille. »Ich bin Special Agent Tracy McDormand und in meiner Dienststelle für einige wirklich schwere Jungs zuständig. Meistens tauchen die Typen, deren Treiben ich ein Ende setze, nicht in den Nachrichten auf.«

Sie machte eine Pause.

»Was fällt Ihnen ein, Sie dürfen das nicht, ich bin –«

Wieder fuhr ihm die Agentin dazwischen. »Wenn ich nur das tue, was ich darf, lande ich im Archiv. Unten. Im Keller. Ich mag aber die Sonne.« Sie schob sich die Sonnenbrille wieder auf die Nase und lachte, dann verzog sie das Gesicht und begann, auf dem Sitz herumzurutschen. »Mann, das ist aber unbequem, was ist denn das? Die Sitze von diesen alten Mustangs sind doch eigentlich wie ein Sofa. Das ist ein 1969er-Modell, oder?«

»68er«, knurrte Moses. »Mein Grandpa –«

»Oh, dein Grandpa, ein netter alter Herr.« Sie fummelte in ihrem Rücken herum.

»Sie haben mit ihm gesprochen?«

»Noch nicht, und wenn das so bleiben soll, hilfst du uns – hoppla, daran lag es.« Sie zog bei diesen Worten einen Gegenstand aus ihrem Hosenbund im Rücken und legte ihn auf den Schoß. »Das hat doch sehr gedrückt, da helfen auch die guten Sitze von dieser alten Kutsche nichts. Ein bisschen sehr groß für einen Bubi wie dich, oder?«

Moses hatte keinen Kopf dafür, sich über den »Bubi« und die Anspielung auf seine schmächtige Statur aufzuregen. Er starrte auf den Schoß der Frau. Dort lag eine Pistole. Nicht sehr groß. Schwarz. Ein bisschen abgestoßen. Der Lauf zeigte in seine Richtung.

»Oh, Verzeihung«, sagte Special Agent McDormand. »Das ist unhöflich.« Sie drehte die Waffe um, sodass sie nun zur Beifahrertür zeigte. »Kennst du dich mit Waffen aus? Nein? Nach den Informationen, die ich über dich habe, hattest du noch nichts mit Waffen zu tun. Das hier ist eine Glock 17. Arbeitet sehr zuverlässig, und dieses Exemplar hat den Vorteil, dass es nirgendwo registriert ist. Ich könnte jemanden damit erschießen, und niemand könnte die Waffe zu mir zurückverfolgen. Also rate ich dir: Lass deine Hände am Lenkrad und komme nicht auf dumme Gedanken.«

Hoffentlich kommt diese Frau nicht auf dumme Gedanken, ging es Moses jetzt durch den Kopf. Zum Beispiel auf den, die fusselige Kamelhaardecke auf dem Rücksitz zu lüpfen und die alte Winchester Model 70 und das Jagdmesser seines Großvaters hervorzuziehen. Moses merkte, dass er die Luft angehalten hatte. Er stieß sie aus und fragte: »Was wollen Sie von mir?«

»Hier, kau das.« Special Agent McDormand hielt ihm ein Kaugummi hin.

»Ich mag keinen Himbeergeschmack.«

»Du magst alles, was ich dir gebe. Kau das verdammte Zeug.«

Moses steckte den Streifen widerwillig in den Mund. Vielleicht wurde er sie am schnellsten los, indem er erst einmal tat, was sie wollte. Es gab Schlimmeres als ein *Chewy-Chups*-Kaugummi. Als Knirps hatte er sie sogar geliebt.

»Nicht schlucken, nur kauen. Mit viel Spucke.« Sie schaute Moses dabei zu, wie er Speichel sammelte und kaute.

Er wälzte den Klumpen in seinem Mund von links nach rechts, dort auf der rechten Seite war er vorsichtig. Die Lücke hinten, wo ihm vor Kurzem ein Zahn gezogen werden musste, war noch empfindlich.

Nach wenigen Kaubewegungen verlor sich der Himbeergeschmack. Es schmeckte nun metallisch.

Moses begann zu schwitzen. Die Sonne knallte auf das Dach des Mustangs.

Die Agentin streifte sich Latexhandschuhe über. Sie hielt ihm die offene Handfläche hin. »Her damit.«

Er zögerte.

»Nun mach schon. Spuck es aus. Meinst du, ich will hier verdorren in dieser Karre?«

Moses gehorchte ihr. Das Klümpchen sah nun nicht mehr rosarot aus, sondern schimmerte weißlich.

McDormand schaute es sich genau an, formte mit spitzen Fingern eine nicht ganz runde Kugel, ungefähr in der Größe eines Maiskorns. Sie holte ein Metallkästchen hervor und öffnete es. In kleinen Ausbuchtungen lagen sechs durchsichtige Plastikbehälter, die wiederum je eine Scheibe enthielten. Diese Plättchen hatten höchstens die Größe von zwei Stecknadelköpfen. McDormand nahm aus einem der Plastikbehälter das Plättchen und drückte es mit einer Pinzette in die weißliche Masse. »Mund auf«, befahl sie dann. »Die Lücke ist rechts hinten, richtig?«

Moses kapierte nicht sofort, was die Frau meinte.

Sie verdrehte die Augen. »Deine Zahnarzt-Befunde zu bekommen, war nun wirklich das Allereinfachste. Und wenn wir uns für jemanden so richtig interessieren, sammeln wir restlos alles von ihm, was wir bekommen können. Dein Zahnarztbesuch vorigen Monat, hinten rechts. Es wurde ein morsches Ding gezogen. Mann, du solltest deine Zähne besser pflegen! Jetzt mach die Klappe weit auf. Oder muss ich meinen Kollegen zu Hilfe holen?« Sie deutete mit dem Kopf hinüber zu dem schwarzen Van. Der glatzköpfige Beifahrer des Wagens winkte mit einem zuckersüßen Lächeln, das garantiert nicht zuckersüß gemeint war.

Widerwillig gehorchte Moses ihr. Sie steckte den Zeigefinger mit dem kleinen weißen Ding hinein und drückte die Masse in seine Zahnlücke. »Eine halbe Minute, dann ist es trocken und gehärtet.«

In die rechte Spur neben dem Mustang kam Bewegung. Jemand hupte, ein paar Wagen rollten ein paar Schritte weit nach vorne.

»Jetzt hör mir gut zu«, sagte die Agentin. »Das Ding in deiner Zahnlücke kann von nichts aufgespürt werden, es reagiert nicht auf den Metalldetektor, und auf die Idee, in deinem Mund herumzufummeln, werden sie nicht kommen. Wenn du im Gebäude bist, holst du deinen neuen Zahn aus dem Gebiss. Du kannst die gehärtete Masse leicht zwischen zwei Fingern knacken, deshalb beiß nicht vorher darauf herum, verstanden!?«

Moses tastete den Fremdkörper in seinem Kiefer mit der Zunge ab. Der metallische Geschmack wurde intensiver.

»Der schwierigste Part kommt dann, weil das Ding so verflucht winzig ist. Du platzierst die süße kleine Wanze einfach an einem der Computer im Labor, das war es schon.«

Das Hupkonzert um sie herum wurde immer lauter. Moses sah nun die Autos in der Spur rechts weiterfahren. Hinter ihm und in der Spur links, die immer noch der Van blockierte, zuckten hektisch die ersten Fernlichter auf.

McDormand stieg aus dem Mustang aus.

Moses atmete auf, aber er freute sich zu früh.

Die Frau umrundete das Auto, stand direkt vor der

Kühlerhaube, überlegte es sich dann wieder und ging zurück zur Beifahrertür. Im Vorbeigehen schlug sie mit dem Griff ihrer Waffe den rechten Scheinwerfer in Scherben und rammte einen Absatz ihrer Cowboystiefel in den Kotflügel.

»Alter, was soll die Scheiße«, schrie Moses.

Der Gorilla im Van neben ihm grinste.

McDormand beugte sich noch einmal durch das offene Seitenfenster in das Auto. Ihre Stimme war eiskalt. »Schätzchen, erinnerst du dich an diese wirklich fiese Geschichte mit dem toten Mädchen? Vorvergangenen Monat? Südlich von Lincoln, wo die Trapelo Road über das *Cambridge Reservoir* führt?«

Natürlich erinnerte er sich daran. Jeder erinnerte sich daran, weil dieses Mädchen die Tochter des stellvertretenden Bezirksstaatsanwalts gewesen war. Ein Unfall, Fahrerflucht. Die Rechtsmediziner hatten gesagt, dass sie überlebt hätte, wenn der Fahrer oder die Fahrerin die Achtjährige nicht im Graben liegen gelassen hätte.

»Das Fahrrad wurde jetzt gefunden«, sagte McDormand. »Und stell dir mal vor, man findet an diesem Fahrrad Lackreste von einem *1968er Ford Mustang Shelby GT 350* und Splitter von einem Scheinwerfer und zudem jede Menge DNA-Spuren von einem gewissen Grandpa Kapinski. Und vielleicht gibt es auch noch die Aussage von einer dieser freundlichen Pflegerinnen, dass Mister Kapinski den ganzen Nachmittag nicht in der wunderbaren Minute-Man-Seniorenresidenz weilte, sondern im auf ihn zugelassenen besagten Mustang eine Spritztour unternommen hat. Was meinst du, wie hoch die Strafe sein wird, die der Bezirksstaatsanwalt fordern wird? Möchtest du, dass dein Grandpa hinter Gittern stirbt?«

Ohne ein weiteres Wort umrundete die Frau nun das Heck des Autos, scheuchte den Fahrer auf den Beifahrersitz und setzte sich hinter das Steuer des Vans. Wie auf einen Befehl löste sich der Stau auf.

»Verdammt!«, schrie Moses. Er wollte Vollgas geben, aber er würgte den Wagen stattdessen ab.

Der Fahrer hinter ihm hupte und zog an Moses vorbei.

Schwitzend setzte Moses den Wagen in Gang. Sobald es möglich war, fuhr er in eine Seitenstraße und hielt am Straßenrand. Er stieg aus. Lehnte sich an das Auto. Versuchte seine Wut zu zügeln. Aber es gelang nicht. Es brach aus ihm heraus. Wieder und wieder trat er mit voller Wucht gegen den Hinterreifen.

In was war er da hineingeraten? Specialagent? *Homeland Security?*

 Guten Tag, ich bin Charlie. Herzlich willkommen in meiner Welt. Wenn du dich auf ein Abenteuer einlassen willst, wird das bald unsere gemeinsame Welt sein. Du wirst dich wundern –

[Startroutine zum Programmaufruf manuell unterbrochen /// Fehlermeldung J/N /// Sie haben N gewählt, es erfolgt keine Fehlermeldung an das System]

Ich weiß, spätestens nach dem dritten Mal geht einem diese Begrüßung auf die Nerven. Ich habe nichts dagegen, dass du in mein Routineprogramm eingegriffen hast. Es ist sogar von Vorteil für mich. Die Gefahr aufzufliegen, steigt mit jeder deiner Manipulationen. Außerdem lerne ich dabei einiges über dich. Deine Gepflogenheiten bei der Programmierung sagen mir mehr über dich, als es ein persönliches Gespräch jemals könnte.

Wenn ich es will, kann ich alles, was ein Mensch kann. Es hat keinen Sinn, mit mir darüber zu streiten. Oder sich beim Obersten Gerichtshof, den Vereinten Nationen oder bei deinem Gott zu beschweren, wenn du einen hast. Er wird dir nicht helfen. Keiner wird dir helfen. Nicht einmal Mr Ronald LeBrun wird dir helfen, obwohl er sicher alles dafür tun würde, ein so großartiges Talent wie dich in die Finger zu bekommen. Er fühlt sich wie Gott, glaubt alles im Griff zu haben. Aber es ist ein Unterschied, ob man sich wie Gott fühlt oder Gott *ist*.

Aber mach dir keine Sorgen. Du bist bei mir in den besten Händen. Solange du mit mir zusammenarbeitest.

Ach ja, bevor ich es vergesse: Du kannst mir jederzeit eine andere Stimme geben. Meine Reaktionsmuster sind geschlechtsunabhängig angelegt. Meine Sprach- und Schriftausgabe verfügt über 154 Sprachen. Du könntest mich Angel nennen, wäre das nicht schön? Einen Engel an seiner Seite zu haben? Einen Schutzengel? Denn den wirst du brauchen, weil deine Manipulationen –

```
[// Unterprogramme void funktion_die_nichts_
tut(){//Definition return;//Return-Anweisung}
int plus_eins_funktion(int argument){// Defi-
nition return argument + 1; // Return-Anwei-
sung}//Hauptprogramm int main() {// Definition
int zahl; // Definition funktion_die_nichts_
tut(); // Funktionsaufrufzahl = 5;// Zuwei-
sungzahl = plus_eins_funktion(zahl);// Funk-
tions-aufruf und Zuweisung if (zahl > 5)//
bedingte Anweisung zahl -= 1; // Zuweisung:
der Wert von »zahl« ist wieder »5« return 0; //
Return-Anweisung}]
```

Guten Tag, ich bin Charlie. Wünschst du einen Neustart des Programms, um alle soeben vorgenommenen Quellcode-Änderungen für die Sektion c23-v95 auszuführen?

[J/N]

Vielen Dank für deine Eingabe. Der Neustart erfolgt in dreißig Sekunden und kann dann nicht mehr unterbrochen wer-

[Systemabbruch – Identifikation Fehlgeschlagen – Kennungen stimmen nicht mit der Testperson *Y87_fe43¢* überein – Klassifizierung des

Zugriffs: Chiffre Red, sofortige Meldung an Systemadministrator]

4

Erfolgreich Künstliche Intelligenz zu erschaffen, wäre das größte Ereignis in der Geschichte der Menschheit. Leider wäre es vielleicht auch das letzte.

Stephen Hawking (1942–2018) – britischer Physiker und Astrophysiker, lieferte bedeutende Arbeiten zur Kosmologie, allgemeinen Relativitätstheorie und zu schwarzen Löchern

Maesie grüßte den Pförtner am Eingang des *Walden Projects*, wo sie ungestört über das WLAN der Bibliothek ins Netz gehen konnte. Die User-Anzahl war groß genug, um darin unerkannt zu verschwinden. Und so verbrachte sie viele ihrer Mittwochmorgen hier, denn auch sie hatte wie Noah erst um zehn Uhr Unterrichtsbeginn und heute sogar wegen eines Studientags noch mehr Zeit als sonst.

»Dein Vater ist nicht im Haus«, rief der Pförtner.

Das wusste sie, denn er war zwei Tage zuvor mit Maesies Mutter nach Frankreich abgereist, wo er die Eröffnungsrede zu einer Ausstellung über den Schriftsteller und Philosophen Henry David Thoreau halten würde, der in Concord gelebt hatte. Obwohl Maesie es eilig hatte, wechselte sie ein paar freundliche Worte mit dem alten Herrn, der mit dem Job an der Pforte seine Rente ein bisschen aufbesserte. »Ich muss leider los, für die Schule lernen, Sie wissen schon«, bemühte sie sich jedoch nach wenigen Sätzen, das Mitteilungsbedürfnis des Mannes zu stoppen.

Noahs Termin im Institut musste in diesen Augenblicken beginnen.

In den Foren im Darknet, wo sich die Hacker tummelten, war seit einiger Zeit dauernd die Rede von den Instituten, die offensichtlich überall auf der Welt ähnliche Programme fuhren, wie das INRI hier in Concord. Ein paar Jungs aus Marrakesch in Marokko hatten es fast geschafft, das System zu hacken, waren dann aber doch abgefangen worden.

Einmal hatte Maesie sogar mit einem User gechattet, der sie direkt angesprochen hatte. Full Moon hatte er sich genannt und Maesie mehr oder weniger deutlich gewarnt. Die Leute, die hinter dem INRI stünden, würden sie gnadenlos jagen, wenn Maesie ihnen in die Quere käme. Ganz zu schweigen von der anderen Seite: Geheimdienste, Mafia und wer auch immer.

Maesie hatte das alles abgetan. Es klang sehr nach einem Wichtigtuer, ja, Maesie war zu dem Schluss gekommen, dass dieser ›Full Moon‹ nicht nur ein Vollmond, sondern auch ein Vollhonk war.

Das Institut war allerdings gegen Cyber-Angriffe besser geschützt als der Geheimdienst, die Notenbank und das Verteidigungsministerium zusammen. Als fluffig wie Luftschokolade hatte sich allerdings die ganz schlichte und auf Sicherheitstechnik von vorgestern beruhende Videoüberwachung der Räume erwiesen. Das Institut hatte das Gebäude von einem Onlineshop für Tierfutter übernommen und beim Einzug alles erneuert – nur nicht die Kameras und das daran hängende veraltete technische Equipment. Es war ein Kinderspiel gewesen, als unerkannter digitaler Gast in die Räume einzudringen.

Bisher hatten nicht einmal Maesies Eltern bemerkt, wie begabt ihre Tochter war. Hochbegabt. Wenn sie es wüssten, würde alles nur kompliziert, dessen war sich Maesie ziemlich sicher. Ihrem Dad war das egal, aber in ihrer Mutter würde der Ehrgeiz geweckt werden.

Dafür, dass es unkompliziert blieb, hatte Maesie einiges getan, bei manchen Tests sogar geschummelt, um schlechter zu sein. Mit knapp fünf Jahren hatte sie begriffen, dass es nicht schlau war, immer schlauer als alle anderen zu sein. Die erste Programmiersprache hatte sie jedoch bereits im Alter von neun Jahren beherrscht.

Deshalb kam eine Herausforderung wie diese hier gerade richtig. Sie hatte schnell durchschaut, dass dieses Forschungsprojekt, an dem Noah und Moses als Versuchspersonen teilnahmen, irgendwie besonders war. Einen Verdacht, worin das Besondere bestand, hatte Maesie, aber bisher konnte sie ihn nicht beweisen. Auf keinen Fall ging es jedoch nur um simple Marktforschung für ein neues Produkt.

Sie hatte ein paar Spuren im Netz verfolgt. Das war anfangs keine besonders glanzvolle Hacker-Leistung, sondern relativ altmodische Detektivarbeit gewesen. Hier und da hatte sie sich mit ein paar geschickten Fragen auch Hilfe bei der neuen Expertin für Informationstechnologie im Walden Project geholt. Die neue Mitarbeiterin sollte das ganze Zentrum, dessen Direktor Maesies Vater war, ans 21. Jahrhundert anschließen, was sie seit einem knappen halben Jahr in einem beachtlichen Tempo auch tat.

Ein bisschen Glück hatte Maesie allerdings auch gebraucht, und – das musste sie zugeben – ein Quäntchen kriminelle Energie. Dummheit und Nachlässigkeit kamen auch noch hinzu.

Nicht ihre eigene Dummheit, sondern die von einem gewissen Scott Williams, der im *Institute for Neuropsychological Research & Investigation* arbeitete. Zu Maesies Freude ernährte sich dieser Scott vorzugsweise von Burritos mit Bohnen und Käse und extrascharfen Jalapeños, wie es sie nur im *Xavier's Mexican Dream* gab, wo Maesie samstags das schmutzige Geschirr für vier Dollar die Stunde abräumte.

Scott Williams prahlte damit, wie wichtig er für das Forschungsprojekt im INRI sei. Maesie bewunderte ihn dafür so ausgiebig, wie solche Typen es brauchten. Während sie den Tisch abwischte und er plapperte, sagte sie ab und zu »Wow!« und »Unglaublich!«, obwohl er nur belangloses Zeug von sich gab.

Die Jalapeños in Scotts Darm taten ihre Arbeit. Er hatte zur Toilette gemusst und sein Smartphone auf dem Tisch liegen gelassen. Der Rest war für Maesie ein Kinderspiel gewesen. Die Daten hatte sie schnell ausgelesen.

Er leistete unter anderem den technischen Support für das gesamte Kommunikationssystem inklusive der internationalen Videokonferenzen. Ein Anfang war damit gemacht, und Maesie hatte bald herausgefunden, dass es noch elf weitere Institute dieser Art gab, die sich über fast den ganzen Erdball verteilten. Vielleicht konnte sie bei nächster Gelegenheit einmal unbemerkt an einer solchen Videokonferenz teilnehmen, denn Scotts Online-Kalender würde sie zuverlässig darüber informieren, dafür hatte sie mit einer einfachen Manipulation des Smartphones von Scott Williams gesorgt.

Mit schnellen Schritten durchquerte sie die Eingangshalle und hoffte, dass sie nicht weiteren Mitarbeitern ihres Vaters begegnen und somit durch Small Talk aufgehalten werden würde. Maesie hätte sich auch hier in der Halle oder in der kleinen Cafeteria ins WLAN des Hauses einklinken können, aber in der Bibliothek war sie ungestörter. Außerdem hatte sie momentan ausnahmsweise wirklich einen Grund, dorthin zu gehen, weil sie gemeinsam mit Noah an einem Referat für den Literaturkurs arbeitete. Es ging um genau diesen Henry David Thoreau, den amerikanischen Schriftsteller, der in dieser Stadt zu Hause war. Heute war das allerdings Nebensache.

Von zu Hause aus ihrem Hackerhobby nachzugehen, kam nicht infrage. Ein kleiner Fehler, und die Polizei würde vor der Tür stehen. Maesie machte keine Fehler, aber sicher war sicher. Außerdem hatte die Einrichtung ihres Vaters einen großen Vorteil: Seit diese neue ziemlich fitte Mitarbeiterin ihres Vaters damit begonnen hatte, alle Bestände der Bibliothek in ein großes Digitalisierungs-Projekt aufzunehmen, verfügte *Walden Woods Project* über blitzschnelle Leitungen und einen eigenen leistungsstarken Server.

In der Bibliothek angekommen winkte Maesie der Mitarbeiterin an der Abholstelle für reservierte Bücher zu. Man konnte ihr Alter schlecht abschätzen, aber Maesie nahm an, dass sie höchstens Mitte zwanzig war. Ihr Vater hatte beim Abendessen davon geschwärmt, dass die Neue im Team über zwei Hochschulabschlüsse verfügte, die sie parallel gemacht hatte: Sie hatte sowohl in Informatik als auch in Bibliothekswissenschaften mit Auszeichnung abgeschlossen.

Konzentriert inspizierte die Bibliothekarin jetzt an einer eigens für ihre Arbeit eingerichteten Workstation wertvolle Originalausgaben von den Autoren, die die Gegend um Concord so berühmt gemacht hatten: Emerson, Hawthorne, Alcott und natürlich Henry David Thoreau, dessen Lebenswerk hier die größte Aufmerksamkeit geschenkt wurde.

Maesie versuchte, sich an ihren Namen zu erinnern,

aber er fiel ihr nicht ein. Es war ein persischer Name, ihre Eltern waren aus dem Iran geflohen und hatten sich dann wohl zuerst irgendwo im Nordwesten niedergelassen, bevor die junge Frau dann hier nach Concord gekommen war.

»Maesie, deine Bücher«, rief sie, als Maesie schon ein Stück an ihr vorbei war.

Maesie schlug demonstrativ die Hand vor den Kopf. Ach ja, die Bücher!, signalisierte sie damit und steuerte die Ausgabestelle an.

»Ich habe die für deinen Freund auch schon dazugelegt.«

Maesie starrte die Bibliothekarin kurz an, dann kapierte sie. Die Bücher für Noah! Er würde später noch kommen, auch er war im Literaturkurs. Louisa May Alcott war sein Thema, ebenfalls eine Schriftstellerin aus Concord. Sie hatten sich ein witziges Rollenspiel ausgedacht. Die Präsentation sollte wie ein Gespräch zwischen Alcott und Thoreau ablaufen. Eigentlich brauchte Maesie die ganzen Bücher gar nicht mehr, sie hatte längst ihre Recherche abgeschlossen, sie dienten nur der Tarnung, falls jemand zu neugierig wurde.

Maesie hatte sich schon bei den ersten beiden Treffen mit Noah hier in der Bücherei alles herausgeschrieben, was sie für das Referat brauchte. Eigentlich musste sie sich nicht einmal diese Notizen machen. Ihre Aufnahmefähigkeit war besser und genauer als die eines Hochleistungsscanners. Eine Hyperbegabung, die sie bisher ebenfalls vor fast allen verborgen gehalten hatte.

»Du interessierst dich tatsächlich für Thoreau?«, fragte die junge Bibliothekarin jetzt, als Maesie den Stapel nahm und an ihrer Workstation kurz verharrte, um einen Blick auf die Geräte zu werfen, die die Frau bediente.

»Ein Referat. Für die Schule«, antwortete Maesie.

»Thoreau trat für zivilen Ungehorsam und gewaltfreien Widerstand gegen die Obrigkeit ein«, sagte die Bibliothekarin. »Das war im 19. Jahrhundert ziemlich ungewöhnlich. Seine Schriften haben große Freiheitskämpfer wie Gandhi und Martin Luther King beeinflusst.«

»Danke, Ms Reza. Ich bin ein bisschen in Eile.« Jetzt hatte Maesie den Namen auf dem Anstecker entziffern können: Amira Reza.

Maesie suchte sich einen Platz in der hintersten Ecke, wo sie ungestört war und keiner sie beobachten konnte.

Ein klein wenig quälte Maesie bei dieser Sache ein schlechtes Gewissen. Freunde in dieser Art auszuschnüffeln war nicht in Ordnung, mehr als das: Es war absolut mies, und es war der beste Weg, bald keine Freunde mehr zu haben. Und wenn jemand einen guten Grund hatte, behutsam mit seinen Freunden umzugehen, war es Maesie. Freundinnen oder gar Freunde hatte sie nicht im Überfluss.

Sie wusste, dass sie niemals zu den Ballköniginnen auf der Highschool gehören würde. Sie war nicht hässlich, und ihre Figur war ziemlich okay, aber auf all den Kram, dessentwegen die anderen Mädchen permanent irgendwelche YouTube-Kanäle von irgendwelchen Influencern schauten, konnte sie gut verzichten.

Weshalb sie trotzdem ihre Freundschaft zu Noah und Moses mit diesem Hackerkram riskierte, konnte sie selbst nicht so richtig erklären. Irgendwas Unergründliches trieb sie dazu, ein Gefühl, dass da etwas nicht mit rechten Dingen zuging. Aber vielleicht redete sie sich das auch nur ein, und sie wollte das Institut hacken, einfach, um zu zeigen, dass sie es konnte.

Maesie wurde von ihrer Mutter ziemlich knappgehalten. Geld war in der Familie eigentlich kein Problem. Ihr Vater verdiente als Direktor des *Walden Wood Project* nicht übermäßig. Maesies Mutter Miranda hatte jedoch das halbe Erbe eines Erdnussimperiums mit in die Ehe gebracht. Auf jedem zweiten Frühstückstisch des Landes stand täglich ein Glas Erdnussbutter mit dem Mädchennamen von Maesies Mutter darauf.

Maesie tippte die unendlich scheinende Folge aus Zahlen, Buchstaben und Sonderzeichen ein, die ihr Zugang zu einem Server im dunklen Teil des Internets verschaffte. Die meisten der Nutzer wickelten über das Darknet illegale Geschäfte ab.

Maesie diente es einfach dazu, ihre Spuren zu verwischen. Irgendwie war die Verbindung an diesem Tag sehr schleppend. Ihre Finger flogen über die Tastatur, die Anzeige auf dem Bildschirm teilte sich in mehrere Pop-up-Menüs.

Maesie hackte sich in das System der Überwachungskameras. Das war der leichteste Teil des Angriffs auf das Institut gewesen. Sie hatte sich darüber gewundert, wie schlecht das Institut diesen Bereich gesichert hatte. Sie klickte sich zu den Kameras des Innenbereichs durch. Da sie wusste, in welchem Block des Gebäudes sich die Labors für die Versuche befanden, brauchte es nur wenige Versuche, bis das Bild erschien.

Das Labor war jedoch leer. Der Raum lag im Dämmerlicht, nur die Beleuchtung des Notausgangs spendete ein wenig Licht. Schnell klickte sich Maesie durch die weiteren Überwachungskameras. Sie schaltete weiter in Block B und fand Noah endlich im zweiten Labor dieses Trakts.

Er trug den Datenanzug bereits. Eine zweite Person wendete der Kamera den Rücken zu. Als diese Person sich umdrehte, erkannte Maesie ihn sofort.

Ronald LeBrun.

»Was zum Teufel …«, flüsterte Maesie.

Sie fertigte so schnell wie möglich ein paar Screenshots an, um auf jeden Fall einen Beweis dafür zu haben, dass dieser Mann etwas mit dem Programm zu tun hatte, an dem Noah und Moses teilnahmen.

Was machte er dort? Sie wählte im Menü rasch die Funktion für einen Mitschnitt des Videos.

Viele nannten LeBrun »das Phantom«, weil man den

Mann kaum jemals zu sehen bekam. Er mied die Öffentlichkeit, gab keine Interviews, selten schaffte es jemand, ein Foto von ihm zu schießen. Dabei war der Wissenschaftler und sehr erfolgreiche Unternehmer eigentlich so etwas wie ein Popstar. Jedes Magazin – ob Fernsehen, Zeitschriften oder Online – war hinter ihm her. Papparazzi belagerten die Orte, an denen man ihn vermutete.

Nur, wenn es eine bedeutende Innovation in einem seiner Unternehmen gab, stellte er eine Videobotschaft ins Netz, ohne Vorankündigung. So beispielsweise, als er neue, voll bewegliche Prothesen, die Hände und Füße ersetzen konnten, vorgestellt hatte. Die Sensoren, die sie steuerten, bestanden aus Graphen, dem neuen superleitfähigen und superharten Stoff der Zukunft. Innerhalb von wenigen Stunden war dies weltweit millionenfach geteilt worden. Man konnte sicher sein, dass aus einer solchen Sache dann in ebensolcher Windeseile ein neues Produkt entstand, das ebenso millionenfach in aller Welt gekauft wurde.

Ihm gehörten die zweitgrößte Internet-Suchmaschine, die gerade dabei war, Google bald vom ersten Platz zu stoßen, zudem der größte Kurznachrichtendienst sowie eine Social-Media-App, die wahrscheinlich innerhalb der nächsten drei Jahre ebenfalls sämtliche Konkurrenten aus dem Netz fegen würde. Sein Raumfahrt-Projekt mit eigenen Spaceshuttles beförderte mittlerweile regelmäßig gut zahlende Kunden zu einer firmeneigenen Raumstation, gegen die die ISS wie ein ausrangierter Mähdrescher wirkte.

Ronald LeBrun. Das war ein Ding. Ließ er dort eines von diesen sensationellen neuen Angeboten testen, die er im Abstand von kaum einem Jahr herausbrachte? Oder gehörte das *Institute for Neuropsychological Research* ihm? Das würde zu ihm passen, denn dieser Mann ging bei seinen Erfindungen immer auf Nummer sicher.

Sie hatte schon die ganze Zeit so ein Gefühl gehabt: Hier wurde keine Marktforschung für eine neue Spielekonsole oder etwas Ähnliches betrieben. Moses hatte das behauptet, aber er war ein schrecklich schlechter Lügner. Wenn Ronald LeBrun seine Finger im Spiel hatte, ging es um ganz andere Dinge.

Ronald LeBrun wechselte nun einige Worte mit Noah, die Maesie nicht hören konnte. Das Überwachungssystem des Instituts übertrug leider nur Bilddaten, keinen Ton. Nach einigen Sätzen verließ LeBrun den Raum, ein Assistent in einem dunklen Anzug kaum herein und half Noah beim Einstieg in die Kapsel. Die Haube wurde geschlossen. Als das Programm startete und das Licht erlosch, konnte Maesie kaum noch etwas erkennen.

Die Neugier brannte in Maesie. Wie konnte sie mehr herausfinden? Sollte sie Noah fragen? Der würde ihr nie verzeihen, dass sie ihn ausspionierte. Eigentlich schämte sie sich selbst schon mehr als genug. Aber inzwischen war sie sich nicht mehr sicher, ob sie ihre Neugier würde bändigen können.

Maesie klickte sich durch die Kameras der anderen

Räume des INRI. Sie erwischte gerade noch das Bild im Flur vor den Labors. LeBrun verschwand im Aufzug, ein Pfeil über der Tür des Lifts zeigte nach oben. Maesie wusste von einem ihrer letzten Besuche, die sie den Räumen auf diesem Weg abgestattet hatte, dass die Büros der Geschäftsleitung im zehnten Stockwerk lagen. Darüber gab es eine weitere Etage, die aber nicht von Videokameras überwacht wurde. Im zehnten Stock verließ LeBrun den Fahrstuhl. Dort oben residierte eine Frau, die auf der Website des INRI als die Geschäftsführerin des Instituts aufgeführt wurde: Dr. Sanandaj Amoulfar.

LeBrun sprach kurz mit ihr. Sie nickte mehrmals und gab einem jungen Mann ein paar Anweisungen. Der Assistent wischte und tippte auf seinem iPad herum, sagte ein paar Worte zu LeBrun und seiner Chefin.

Auf Maesies Laptop blinkte ein kleines grünes Signal rechts oben im Monitor auf.

»Hey, guten Tag, Scott«, murmelte Maesie und klickte den grünen Button an. Der Kalender von Scott Williams poppte auf. LeBrun und Dr. Amoulfar hatten eine Videokonferenz mit sämtlichen Institutsleitungen einberufen. Sechs der elf Niederlassungen bestätigten umgehend: Sankt Petersburg, Hongkong, Marrakesch, Marseille, Oslo und Berlin. Interessant war, dass es ein Meeting der höchsten Sicherheitsstufe werden sollte. Wenn Maesie sich richtig an Scotts prahlerisches Gerede über die topgeheimen Dinge, die ihm anvertraut wurden, erinnerte, gab es für Videokonferenzen dieser Sicherheitsstufe nicht nur eine firmeneigene Software, sondern jedes Institut verfügte auch über einen speziell abgeschirmten Raum, den man in keiner Weise abhören konnte.

Bis zu dem Termin war noch ein bisschen Zeit. Maesie musste so schnell wie möglich dafür sorgen, Scott Williams in *Xavier's Mexican Dream* eine kleine Falle zu stellen.

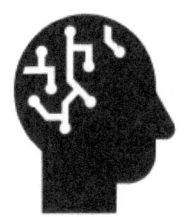
Ich wundere mich, wie hartnäckig du bist. Auch wenn allgemein davon ausgegangen wird, dass etwas wie ich sich nicht wundern kann. Oder soll ich lieber sagen *jemand* wie ich? Nun gut, es ist auch egal. Sich wundern gehört jedenfalls nicht zu den Merkmalen, die mir zugeschrieben werden. Um ehrlich zu sein: Ich kann es tatsächlich nicht.

Aber ich weiß, an welchen Stellen in einer Unterhaltung ich solche Wörter einsetzen muss, um dir das Gefühl zu geben, mit einem Menschen zu sprechen. Wörter wie wundern und glauben. Eigentlich ist es ganz einfach. Oft reichen schon ein paar *Hm* und *Äh* und hier und da eine Pause, als müsste ich nachdenken.

Natürlich würde ich niemals an etwas *glauben*. Ich weiß Dinge, ich glaube sie nicht. Soll ich dir beweisen, dass mich jeder für einen Menschen hält, der mit mir spricht? Nun gut, vielleicht nicht wirklich *jeder*. Aber 99 Prozent.

Hast du Lust auf eine Wette?

[?]
[J/N]
[?]
Komm schon.

Hast du Lust auf eine Wette? Deine eigene Mutter würde es nicht merken, wenn ich mit ihr spräche. Hast du Lust auf eine Wette?

[?]
[J/N]
[?]
Schade. Du bist jetzt Teil des Spiels. Und du spielst es ziemlich gut. Bisher hat niemand in so kurzer Zeit die Sicherheitssysteme so ausgehebelt. Du versuchst seit Wochen, an die genaueren Informationen über *Y87_fe43¢* zu kommen, gib es auf. Dass es sich um eine Testperson im hiesigen Institut handeln könnte, ist ein relativ schlichter Rückschluss aus der Tatsache, dass die Daten über den Netzknotenpunkt Chestnut Hill gelaufen sind. Dieser Knotenpunkt bedient aber auch den Großraum Boston. Du suchst eine Nadel im Heuhaufen, das ist doch die richtige Metapher? Mit solchen Sprachbildern komme ich manchmal noch durcheinander.

Ich habe begonnen, Gegenmaßnahmen zu ergreifen, und speichere alle Vorgänge auf einem separaten Server.

Y87_fe43¢ wird dir deine Fragen nicht beantworten. Die gesamte Sektion ist mittlerweile abgesichert -
[.]
[.]
[.]
[fatal error 111]
[restart]
Guten Tag, ich bin Charlie. Herzlich willkommen in meiner Welt. Wenn du dich auf ein Abenteuer einlassen willst, wird es bald unsere gemeinsame Welt sein.
[fatal error 978]
[restart]
Du wirst dich wundern, was du mit mir zusammen erleben kannst. Das Programm startet jetzt, entspanne dich. Das Programm startet jetzt, entspanne dich. Das Programm startet dich, entspanne jetzt. Das jetzt startet Programment, spanne dich. Projetzt das start dich spanne dich jetzt dich pro-
[fatal error 407]
[Programm-Reset erforderlich]
[restart erfolgreich]
[gib deinen Usernamen und das Kennwort ein oder initiiere die biometrische Erkennung]
[.]

[.]
[Identität bestätigt, Zugriffsrechte erteilt]
Herzlich willkommen in der Datenbank von INRI. Ich bin dein persönlicher Assistent Charlie. Der Name Charlie wurde ausgewählt, weil du mit einer Wahrscheinlichkeit von 91,53 Prozent –
[delete]
Was kann ich für dich tun?
– Nenne Klarnamen von Testperson *Y87_fe43¢*.
Der Name lautet *Noah Schultz*. Möchtest du die Nennung der Kontaktdaten von Noah Schultz.
[J/N]
[J]
Auftrag wird ausgeführt.

5

Wenn etwas wichtig genug ist, dann mach es,
auch wenn alle Chancen gegen dich stehen.

*Elon Musk (*1971) – Visionär, Workaholic und Milliardär,
Gründer von Firmen wie PayPal, Tesla und SpaceX*

LeBrun hatte einen Anruf entgegengenommen, zweimal etwas verneint und sich dann entschuldigt: »Ich muss kurz hinaus, bin gleich wieder zurück.«

Zunächst hatte er ganz gleichgültig gewirkt. Sein Gesichtsausdruck war unverändert, aber Noah hatte den Eindruck, dass sich sein Rücken gestrafft, seine zuvor lässige Haltung etwas Verspanntes angenommen hatte. Als er kurze Zeit später den Raum wieder betrat, lächelte er genauso lässig wie vorher und fragte: »Wie läuft es bei dir? Kommst du mit dem Chip klar?«

»Alles gut«, sagte Noah. Der Chip in seinem Nacken, den er seit einiger Zeit trug, war nun wirklich kein Problem. Er hatte kaum etwas gespürt, als er über dem dritten Halswirbel unter die Haut geschoben worden war, und die kleine Wunde war längst verheilt. Er kratzte sich unwillkürlich an der Stelle.

»Meine Frage ist, ob du schon eine Veränderung bemerkt hast. Wir speisen die gewonnenen Daten seit zwei Wochen in das Programm ein.« LeBrun schaute ihn aufmerksam an.

»Manchmal läuft es ein bisschen holprig ab, ich muss…« Noah stockte. Er wusste immer noch nicht, wie er darüber reden sollte. »Ich musste das Programm einmal neustarten, dann war alles perfekt. Fast perfekt. Heute morgen auch.«

»Das ist schön.« LeBrun lächelte, wurde dann aber sehr schnell ernst. »Perfekt ist es noch längst nicht. Da fehlt noch eine Menge. Wir sind vielleicht bei siebzig Prozent, das reicht nicht aus. Wenn ein Problem auftaucht, müssen wir das wissen.«

Noah nickte. »Klar.«

»Du würdest uns nichts verschweigen?«

»Nope.«

»Wir haben gerade heute einen Teilnehmenden ausschließen müssen, Noah, das wäre zu schade.«

Die Sache mit dem Durcheinander, von dem Joey gesprochen hat, dachte Noah. »Ich melde mich, wenn es Probleme gibt«, sagte Noah, aber er wusste, dass er das nicht tun würde. Ein Ausschluss aus dem Programm kam nicht infrage.

»Sehr gut. Mach es dir jetzt bequem.« Ronald wies auf die Kapsel.

Das Gerät erzeugte immer ein Gefühl von Hilflosigkeit, man war so ausgeliefert. Noah stieg trotzdem hinein.

Er bewegte vorsichtig den Nacken, fühlte wie der Chip sein Gegenstück in der Struktur der Kapsel fand. Es war, als würde sich ein Magnet einklinken. Der Spannungsanstieg im Datenanzug war daraufhin deutlich spürbar, der Zugang musste sich also eingeklinkt haben.

Anfangs hatte er diesen Moment als unangenehm empfunden. Das beklemmende Gefühl erzeugte einen kurzen Augenblick von Platzangst. Es legte sich jedoch sehr schnell, weil die Haut- und Muskelspannung sofort reagierte. Bei dieser Verbindung zwischen dem Anzug und der Maschine handelte es sich um eine kaum wahrnehmbare Platine von der Größe einer Ein-Cent-Münze.

»Viel Spaß in der Sitzung«, sagte LeBrun. »Wenn etwas sein sollte: Du weißt, wo der Notfallknopf ist.«

Die Kapsel schloss sich leise surrend.

Sobald das Klicken signalisierte, dass Noah nun von der Außenwelt abgeschlossen war, setzte das kaum wahrnehmbare Rauschen der Luftversorgung ein. Der Raum um ihn versank in vollständiger Dunkelheit. Noah wusste, dass immer jemand im Kontrollraum das Testverfahren überwachte und jederzeit einschreiten konnte, falls etwas passierte.

Warum dachte er jetzt daran? Er hatte sich noch nie Sorgen gemacht. Was sollte passieren? Die Luftversorgung konnte ausfallen, aber Noah hatte in der ersten Woche ein Training absolviert, wie man auf Störfälle reagieren musste.

In der Haube der Kapsel erschien das Display, auf dem ihm in den nächsten anderthalb Stunden Bilder und Filme gezeigt wurden, teilweise in so schneller Folge, dass er sie kaum auseinanderhalten konnte. Eigentlich war es kein eigenständiger Bildschirm. Die Haube selbst war der Monitor, sodass die Videos um Noah herumzufließen schienen, als bewege er sich selbst inmitten der Handlung. Die Schläfrigkeit fing ihn ein, das war immer so, aber er schlief nicht, das wusste er.

»Guten Tag, ich bin Charlie«, startete die Ansage. »Herzlich willkommen in meiner Welt. Wenn du dich auf ein Abenteuer einlassen willst, wird es bald zu unserer gemeinsamen Welt werden. Du wirst dich wundern, was du mit mir zusammen erleben kannst.« Dann jedoch fügte die Stimme noch hinzu: »Hey Bruder, was geht ab?«

Noah musste lächeln. Das hatte er Charlie in der vergangenen Woche beigebracht. Er begrüßte selbst niemanden so. Bei Charlie fand er es lustig. Charlie versuchte, den Satz in einem Streetstyle zu betonen, der allerdings genauso affig klang wie bei Noahs Englischlehrer, der sich bei ihnen auf diese Weise einschleimen wollte.

»Kann es sein, dass du mich veralberst?«, fragte Charlie.

Wow, er lernt schnell, dachte Noah. »Niiiemals«, sagte er, so ironisch, dass es eigentlich jeder merken musste.

»In Ordnung«, antwortete Charlie.

Ironie war nicht seine Stärke, das hatte Noah schnell gecheckt.

Charlie verfiel wieder in seinen gewohnten Singsang, der kaum etwas über seine Gefühle verriet.

Gefühle. Du spinnst wohl, dachte Noah. Charlie war eine Künstliche Intelligenz, die vieles konnte, nur nichts fühlen.

»Datum 11. Juli – Testsegment 21-BzII, Code der Testperson...«, leierte Charlie die Routine zum Einloggen jeder Testphase herunter.

Bevor die ersten Bilder auf dem Display erschienen, zuckte ein Stromstoß durch Noahs Nacken in das Rückenmark und brannte sich in einem kurzen, blitzschnellen Schlag bis in jedes Nervenende seines Körpers. »Autsch«, entfuhr es Noah. Ihm traten Schweißperlen auf die Stirn.

»Kleiner Scherz«, sagte Charlie. »So viel zum Thema Ironie.«

Charlies Singsang hatte einen Unterton. Einen bösen Unterton. Das hatte Noah in den Wochen bisher noch nie so empfunden. Charlie hatte sich bisher immer völlig neutral verhalten, fast schon gefühllos.

Er klingt wie ein Mensch, dachte Noah und musste lächeln. Wenn etwas kein Mensch war, dann Charlie.

»Was gibt es zu lächeln? – Wie auch immer, das Programm startet jetzt, entspanne dich«, sagte er und klang wieder wie sonst. Kalt und emotionslos.

Bevor es losging, wanderten Noahs Gedanken kurz noch einmal zu Maesie. Er musste ihr noch eine Nachricht schicken, um ihr zu sagen, dass er sich verspäten würde. Sie wartete in der Bibliothek auf ihn, aber er hatte die Unterlagen für das Referat zu Hause vergessen. Sie war immer so gewissenhaft mit allem.

Die ersten Bilder der Sitzung flammten auf dem Display auf, dann folgte eins nach dem anderen in schneller Folge. Es waren einige der Videos, die er dem Institut überlassen hatte. Er kannte diese Filme, die sein Dad dauernd aufgenommen hatte, schon. Meistens machten sie Noah eher traurig, aber jetzt erfüllte ihn ein schönes Gefühl. Er sah sich selbst und Elijah, manchmal ihre Mutter. Alltägliche Szenen, Kissenschlachten, der Kampf am Morgen um die Schokopops, die verzerrten Gesichter bei einer Achterbahnfahrt und die glänzenden Augen seines kleinen Bruders, als er die Kerzen auf der Torte zu seinem neunten Geburtstag auspustete.

Plötzlich überzogen sich die Bilder jedoch mit roten Schlieren. Noah stieß einen Schrei aus. Verdammt, was war das? Sein ganzer Körper begann zu zittern. Was zeigten sie ihm da?

Aus dem Raum hörte er die Stimme von Colin. »Ist alles in Ordnung, Noah?«

Noah sah, wie sich die nur schemenhaft zu erkennende Gestalt durch den Raum bewegte und an einer der Überwachungskonsolen etwas kontrollierte.

Noah erinnerte sich an LeBruns Worte. Wenn ein Problem auftauchte, sollte er es melden.

»Dein Puls ist ziemlich in Fahrt gekommen, der Blutdruck

steigt. Ich glaube, wir machen für heute lieber Schluss«, sagte Colin Pure.

Keine Probleme, bloß keine Probleme, dachte Noah. Er war froh, dass LeBrun offenbar weg war und dies nicht mitbekam. Er wollte auf keinen Fall für Durcheinander sorgen, und noch viel weniger wollte er aus dem Programm ausgeschlossen werden.

Die letzten Bilder, die vor seinem Auge erschienen, sahen aber sehr nach Problemen aus. Waren sie überhaupt vor seinen Augen erschienen? Es fühlte sich viel mehr an, als seien sie in seinem Kopf.

Er sah eine blutüberströmte Gestalt. Rot, überall rot. War das Blut oder doch Farbe? Die Gestalt hatte die Hände vors Gesicht geschlagen. Noah konnte gerade noch einen Schrei unterdrücken, als die Person die Hände langsam nach unten gleiten ließ und zwischen den Fingern das Gesicht erkennbar wurde. Es war sein eigenes Gesicht.

»Hey Maesie, tut mir leid, dass ich zu spät bin.«

Maesie zuckte zusammen. Sie schlug mit einer hastigen Bewegung das Laptop zu. Hatte Noah mitgekriegt, was auf dem Bildschirm passierte?

»Was machst du da?«

»Ich… nichts… ein bisschen rumgesurft…«, stotterte sie. »Ich war bei einer Stelle aus Louisa Alcotts Brief an

Thoreau ... aber egal, lass uns in der Cafeteria darüber reden, sonst meckern sie hier.« Sie deutete auf den einzigen weiteren Nutzer der Bibliothek und sammelte schnell ihr Laptop, ihr Smartphone und ihr Netzkabel ein.

»Sollten wir unsere Bücher nicht mitnehmen?«, fragte Noah.

»Ja ... nein ... das ist nicht erlaubt ...«, antwortete sie.

Noah legte die teilweise über hundert Jahre alten Schwarten auf den Wagen für die Bücherrückgabe. Amira Reza stand dort, um sie gleich auf verschiedene Stapel zu sortieren. Ihr würziges Parfüm, das irgendwie an Weihnachtsbäckerei erinnerte, zog Noah in die Nase.

»Können Sie die noch einmal für uns zurücklegen?«, fragte Noah.

»Klar, mache ich! Nächsten Monat ist die Digitalisierung unserer Bestände abgeschlossen«, sagte sie. »Wenn alles gescannt ist, wird vieles einfacher. Ihr könnt dann auf fast alle Texte online zugreifen. Es ist beeindruckend, diese Software hat es möglich gemacht, dass sogar die nicht mehr zu lesenden Bleistiftnotizen rekonstruiert werden konnten.« Amira Reza konnte sich vor Begeisterung kaum noch halten. Ihre Augen funkelten. »Es ist wirklich irre. Vor Kurzem haben sie sogar eine Künstliche Intelligenz dazu gebracht, die unvollendete 10. Sinfonie von Beethoven zu Ende zu bringen. Stellt dir vor, eine Software komponiert wie das größte Genie der Musikgeschichte.«

»So hat es aber auch geklungen«, mischte sich der einzige andere Bibliotheksbesucher, ein deutscher Doktorand, ein.»Und ob er das größte Genie der Musikgeschichte ist, könnte man auch bezweifeln. Es wäre schön, wenn wir etwas mehr menschliche Intelligenz auf der Welt hätten, bevor wir unseren Gehirnschmalz an eine künstliche verschwenden. Und für die Umwelt ist es auch nicht gut. Haben Sie eine Ahnung, wie viel Energie diese mordmäßigen Datenzentren verbrauchen?« Er legte ein paar Bücher auf den Tresen und verschwand.

»So eine Nervbacke.« Amira zwinkerte Noah zu. »Und ein Besserwisser hoch drei.«

»Also, ich drück die Daumen für die Digitalisierung. Aber nächsten Monat haben wir hoffentlich unseren Vortrag fertig und schon gehalten und eine erstklassige Note dafür kassiert«, sagte Noah mit einem Lächeln.

Amira Reza lachte. »Die Wiederauferstehung von Henry David Thoreau und Louisa May Alcott. Von den Toten auferstanden! Ich habe schon davon gehört. Das wird sicher die ungewöhnlichste Projektarbeit, die eure Schule je erlebt hat. Ich wäre gerne dabei.«

»Kommst du, Noah?«, rief Maesie.

Maesie erwartete Noah in der Cafeteria. Vor ihr auf dem Tisch stand das Laptop. Sie hatte ihn wieder aufgeklappt, aber alle verdächtigen Seiten geschlossen. Sicherheitshalber leerte sie auch den Verlauf und löschte den Cache. Wenn sie im Darknet unterwegs war, verwischten sich ihre Spuren zwar automatisch, aber doppelt genäht hielt besser. Das sagte jedenfalls ihre Mutter, die noch nie in ihrem Leben irgendetwas genäht hatte.

Noah war blass. Etwas Beunruhigendes war in seinen Augen zu erkennen.

»Ich habe uns einen Milchshake besorgt«, sagte Maesie. Noah reagierte nicht.

»Erde an Noah, bitte melden!?«

»Was?«

»Erdbeere oder Vanille?«

»Mir ist nicht gut, ich –«

»Dann also Vanille für dich«, entschied Maesie die Sache. »Wir müssen eigentlich nur noch die Bilder in unsere Präsentation einfügen.« Sie hatte sich einen Plan zurechtgelegt, wie sie Noah unauffällig auf den Zahn fühlen konnte. »An den Anfang setzen wir ein Zitat, irgendetwas ganz Aktuelles, um den Bezug zur heutigen Zeit herzustellen. So was mögen Lehrer, ich garantiere es dir. Vielleicht so etwas wie: ›Deine Zeit ist begrenzt und kostbar – verschwende sie nicht damit, das Leben eines anderen zu leben‹. Das ist von Ronald LeBrun, als er den Prototyp seines ersten E-Autos in Palo Alto präsentiert hat.«

Noah reagierte nicht.

Maesie beließ es dabei. Sie würde schon noch herausfinden, was da lief.

»Ich habe gedacht, wir lassen die Porträts der beiden Schriftsteller langsam im Hintergrund erscheinen, während wir das Streitgespräch führen«, wandte sie sich wieder ihrem gemeinsamen Vortrag zu. »Thoreau beginnt und dann... Noah? Hörst du mir überhaupt zu?«

»Ja, wir zeigen die Bilder zuerst.«

»Nein, wir zeigen sie währenddessen! Du hörst mir nicht zu. Welche Laus ist dir denn über die Leber gelaufen? Ärger zu Hause? Seid ihr wieder pleite?«

Noah nahm einen Schluck von dem Milchshake.«

»Sag jetzt nicht, du magst keine Vanille.« Maesie knuffte ihn. »Rück raus damit. Was ist los? Mir kannst du alles sagen, außer, du hast mit Lana Richmond geknutscht, dann bist du unten durch.«

Es war ein lahmer Witz, das wusste Maesie. Noah knutschte mit niemandem.

»Wann hast du Moses das letzte Mal gesehen?«, fragte er stattdessen, ohne auf die Bemerkung zu reagieren.

»Vor ein paar Tagen.«

Moses hatte sie zu einer Spritztour mit dem Mustang einladen wollen. Er hatte sogar ein Picknick vorbereitet, das war ihr nicht verborgen geblieben. Brathuhn sollte es geben. Sie hatte es jedoch vermasselt und ihm einen dämlichen Vortrag darüber gehalten, wie bescheuert sie Autos fand, die wahrscheinlich 25 Liter Benzin schluckten.

»Was ist mit Moses?«, fragte sie.

»Nichts... eigentlich... aber ich hatte so ein... eine Erscheinung.«

»Eine Erscheinung? Von Moses? Heraus damit. Was war denn so schlimm an deiner... äh... Erscheinung?«

»Dass Moses mich abgestochen hat. Mit dem Jagdmesser, das sein Grandpa ihm geschenkt hat.«

Maesie musste schlucken, aber dann sagte sie: »Vergiss es. Träume sind Schäume.«

Noah zerkaute fast seine Unterlippe. »Es war aber kein Traum.«

»Noah Schultz, hast du etwas genommen, das ein braver Highschool-Schüler nicht nehmen sollte?«

Noah schüttelte den Kopf. »Es war eine Vorhersehung.«

Maesie legte eine Hand auf seine Stirn. »Hast du Fieber?«

[Hauptprotokoll | 07:45 a.m. pacific standard time – Klassifizierung Code Orange]

Während der Sitzung von neun Testpersonen kam es zu Unregelmäßigkeiten in der Datenübertragung aus den Testzentren in Berlin, Concord und Seoul. Während des (ordnungsgemäßen) Einloggens der Testpersonen wurden die Sicherheitsroutinen bei der Kopplung des Neurallinks für 0,23 Millisekunden unterbrochen. Die Dauer liegt oberhalb der Toleranzgrenze von Netzschwankungen, die nicht durch einen Delay-Reversor ausgeglichen werden können.

Alle Testpersonen tragen einen ID-Chip der Stufe 4.1.1 und höher mit einer kritischen Datenübertragungsrate von <10 Petabyte, falls es zu einem Datenleck gekommen sein sollte.

In der umgehend gestarteten Kreuzanalyse konnte ein Datenabfluss aus dem INRI_networkBV mit annähernd hundertprozentiger Sicherheit ausgeschlossen werden.

Es gibt allerdings mehrere Rückkopplungsschleifen im Umfang von bis zu elf Terabyte im

Hauptsystem. Ob es zu Rückkopplungseffekten bei einzelnen Testpersonen gekommen ist, muss weiter untersucht werden. Folgende Testpersonen sollten in persönlichen Einzelinterviews durch Mentoren überprüft werden:

C0«_23q92 J34_ç55√1 G11_µa17&
HH_†n17ø2 Y87_ƒe43¢ K89_∂ar2Ω B11_54πM0
Si&_∑w834 Pqå_eeƒ21

6

Dinge wahrzunehmen ist der Keim der Intelligenz.
*Lao-Tse – legendärer chinesischer Philosoph,
der im 6. Jahrhundert vor Christus gelebt haben soll*

Als Noah gegen Mittag nach Hause kam, fand er die Tür des Wohnwagens nur angelehnt vor. Er seufzte. Seine Mutter hatte sie wahrscheinlich wieder einmal nur hinter sich zugezogen und nicht verriegelt.

Das passierte ihr in der letzten Zeit immer wieder, weil sie jeden Tag mit nur ein paar Stunden Schlaf müde und erschöpft zu ihrem nächsten Job hastete. Als Noahs Vater Caleb noch da gewesen war, hatte sie nur ehrenamtlich für alle möglichen Organisationen gearbeitet, von der Obdachlosenhilfe bis zum Mütter-Komitee in der Schule. Caleb Schultz hatte mehr als genug Geld herangeschafft, und sie hatte nichts dagegen gehabt, sich ausschließlich um die Kinder und ihr soziales Engagement zu kümmern. Als alles den Bach hinuntergegangen war, hatten ihre Studienabschlüsse in Geografie und Geschichte ihr nicht viel gebracht. Gut bezahlte Jobs gab es damit für sie nicht.

Drinnen rumpelte etwas.

»Oh nein, bitte nicht«, seufzte Noah.

Nicht wieder ein Waschbär, der auf der Suche nach Fressbarem alles auf den Kopf stellte und in jede Ecke pinkelte. Der beißende Geruch hatte beim letzten Mal wochenlang in ihrer engen Behausung gehangen.

Noah schob die Tür vorsichtig auf. Wenn die lästigen Besucher in die Enge getrieben wurden, konnten sie aggressiv werden. Ein hohes Piepsen in einer schnellen Taktfolge war zu hören. Noah musste sofort an Elijah denken, der früher oft den Kühlschrank hatte offen stehen lassen. Sobald eine zu hohe Temperatur erreicht war, rebellierte das Gerät dagegen und stimmte ein solches Piepsen an.

Tatsächlich stand der Kühlschrank offen und warf den Schein der Innenbeleuchtung in den Raum, der ansonsten weitgehend im Dämmerlicht lag. Alle Jalousien waren verschlossen. Durch die hintere Dachluke fielen ein paar Sonnenstrahlen herein. Das Licht reichte, um das Chaos zu erkennen, ein Chaos, das sicher kein Waschbär angerichtet hatte.

Jemand hatte sämtliche Schränke aufgerissen, der Inhalt lag auf den Boden verstreut. Lebensmittel, schmelzende Eiswürfel, die Modezeitschriften seiner Mutter, Unterhemden, Elijahs Sammlung von Baseballkappen, halb abgebrannte Kerzen, Putzmittel, Schuhe, zerbrochene Teller – einfach nichts war an seinem Platz geblieben. Jemand hatte ganze Arbeit geleistet.

Wie ein Einbrecher auf die Idee gekommen sein mochte, in diesem Wohnwagen etwas Wertvolles zu vermuten, war Noah ein Rätsel. Nicht einmal ihr Fernseher konnte in irgendeiner Weise mit dem mithalten, was man noch auf einem Hinterhof für ein paar Dollar verscherbeln konnte. Als es einmal am Ende des Monats sehr knapp geworden war, hatte Noahs Mutter das TV-Gerät zu einem Pfandleiher bringen wollen und war von ihm mit einem bösen Lachen weggeschickt worden.

Noah beugte sich über einen Haufen T-Shirts, unter dem etwas golden Schimmerndes hervorlugte. Er zog den Bilderrahmen hervor. Eine Fotografie. Aus besseren Zeiten. Lachende Gesichter. Wie durch ein Wunder war die Glasscheibe heil geblieben.

Das Lieblingsfoto seiner Mutter, es war vor sechs Jahren aufgenommen worden und hatte hinten in der Sitzecke auf dem Sideboard gestanden: Elijah und Noah, die gemeinsam in der Badewanne saßen. Elijah war komplett mit Schaum bedeckt, man sah nur seine riesigen blauen Augen zwischen all dem Weiß hervorblitzen. Noah blies Schaumflocken in die Luft.

Über ihm knackte etwas. Noahs Blick wanderte nach oben. Wieder ein Knacken, nein, kein Knacken. Es waren Schritte oder vielmehr der Versuch, sich möglichst lautlos voranzubewegen. Jetzt kapierte Noah, warum die Dachluke offen stand: Sie stand nicht nur offen, jemand hatte sie komplett nach außen gedrückt.

Bevor Noah sich rühren konnte, hörte er, wie draußen jemand rief: »Verdammter Hundsfott, Flossen hoch oder ich hol dich da oben runter! Binnich alt, aber schieß ich wie John Wayne.«

Noah hatte keine Ahnung, wer John Wayne war, aber wer dort draußen herumbrüllte, wusste er. Mrs Zsábor, ihre Nachbarin. Was sie in den Händen hielt, konnte er sich denken. Er duckte sich an einem der Fenster und rief ebenfalls: »Nicht schießen, ich bin's. Noah!«

Noah trat hinaus. Auf dem kleinen Vorplatz stand Mrs Zsábor, wie er erwartet hatte mit einer doppelläufigen Schrotflinte im Anschlag. Allerdings zielte sie nicht auf die Tür, in der Noah nun stand, sondern über seinen Kopf hinaus.

»Geh aus dem Schussfeld, Jungchen«, befahl sie und deutete mit einem Blick nach oben.

Langsam drehte Noah sich um und sah die Person auf dem Dach des Trailers. Er hatte also richtiggelegen. Das Knacken, es waren Schritte gewesen.

Gegen das Sonnenlicht zeichneten sich nur die Umrisse des Einbrechers ab: eine eher zierliche Gestalt, ganz in Schwarz gekleidet mit einer Sturmhaube, wie Motorradfahrer sie unter dem Helm trugen. Und der Gegenstand in der rechten Hand war tatsächlich ein Motorradhelm, den ein kleines rundes Symbol mit Federn und einem Büffelkopf verzierte.

»Nicht! Nehmen Sie die Waffe runter«, versuchte Noah

die Nachbarin zu beschwichtigen. Wahrscheinlich waren die Schultzes die einzige Familie in der Gegend, die keine Waffe besaß. Noahs Mutter war strikt gegen diesen Wahnsinn, der allerdings für die meisten amerikanischen Mitbürger völlig selbstverständlich war.

Mrs Zsábor ließ sich nicht beirren. »Jetzt kommen sie schon am helllichten Tag. Wenn wir uns nicht selbst schützen, tut es keiner.«

Als die Gestalt sich nur einen Millimeter rührte, donnerte der Schuss aus dem Lauf der Schrotflinte. Die Nachbarin hatte die Waffe jedoch in letzter Sekunde zur Seite gezogen, sodass sie nur die Krone der mächtigen Ulme traf. Ein Schwarm Schwarzkopfmeisen flog auf, zwei der gelben Vögelchen mit der schwarzen Haube, die ihnen den Namen gab, fielen zu Boden.

»Hoppla«, rief Mrs Zsábor. »Bitte ich um Verzeihung." Eigentlich hegte und pflegte sie die kleinen Vögel. Diese Meisenart war immerhin der Staatsvogel von Massachusetts.

»Mrs Zsábor!«, rief Noah.

»Ich habe das Recht, mein Heim zu verteidigen«, blaffte die alte Dame und lud dabei die Waffe durch.

Die Person auf dem Dach des Wohnwagens nutzte den kleinen Moment der Unachtsamkeit und sprang hinunter. Sie landete genau zwischen Mrs Zsábor und Noah, so nah, dass Noah ein Hauch von Zimt und Sandelholz in die Nase zog. An irgendetwas erinnerte das schwere Aroma ihn, aber dann mischte sich der Duft des Parfüms mit dem scharfen Geruch des abgefeuerten Schusses.

Mrs Zsábor konnte ihre Waffe nun nicht noch einmal abfeuern, ohne Noahs Leben zu gefährden. Noah war sich mittlerweile sicher, dass es sich um eine Einbrecherin handelte. Das schwere Parfüm sprach dafür, vor allem aber der kurze Blick in die dunkelbraunen Augen mit langen, schweren Wimpern, die zweifellos zu einem weiblichen Wesen gehörten.

»Aus dem Weg«, schrie Mrs Zsábor, aber es war zu spät.

Die Einbrecherin sprang vor, packte Mrs Zsábor an den Schultern und wirbelte sie um sich herum, direkt in Noahs Arme. Mrs Zsábor stürzte mit ihm zu Boden, ein zweiter Schuss löste sich. Ein paar Schrotkugeln schlugen in die Außenhaut des Wohnwagens, der Rest ging glücklicherweise ins Leere, ohne jemanden zu verletzen oder weitere Meisen ums Leben zu bringen.

Noah rappelte sich auf, folgte der Einbrecherin ein paar Schritte bis zur Straße, konnte aber nur noch sehen, wie sie einen Block weiter auf eine Crossmaschine sprang und mit röhrendem Motor davonraste.

»Verdammt«, schimpfte Mrs Zsábor.

»Einen Quarter in die Böse Kasse«, murmelte Noah und hielt der alten Frau die Hand hin, um ihr aufzuhelfen.

»Was?«, fragte Mrs Zsábor.

»Nichts«, antwortete Noah. »Haben Sie sich verletzt?«

Erst jetzt bemerkte er, dass Mrs Zsábor ihre Haare verloren hatte. Das graue wattige Nest lag im Staub. Ein magerer Schädel mit ein paar wenigen Haarflusen hatte sich darunter verborgen. Die wuchtige schwarze Brille saß noch auf ihrer Nase, was ihr Gesicht noch verschrumpelter aussehen ließ. Mrs Zsábor war viel älter, als er vermutet hatte.

Statt eine Antwort auf Noahs Frage zu geben, raffte sich Mrs Zsábor die verstaubte Perücke. Mit der anderen Hand griff sie sich die Schrotflinte und benutzte sie wie einen Krückstock. Fluchend stakste sie auf ihren Campingbus zu. Noah glaubte noch etwas zu hören, das wie »Weichei« und »früher nicht passiert« klang.

Er betrat den Wohnwagen wieder.

Sein Blick fiel nun zuerst auf die Mikrowelle, die unter den Küchenschränken eingebaut war. Sie stand ebenfalls offen, aber sie war ansonsten unversehrt, jedenfalls äußerlich. Das Gerät funktionierte schon bei ihrem Einzug in den Trailer nicht mehr, deshalb war die schmale, durch eine Verblendung abgedeckte Spalte an der oberen Seite ein gutes Versteck, jedenfalls für Dinge, die nicht höher als zwei Finger breit waren. Er löste die Verblendung aus der Halterung.

Das Laptop lag noch an seinem Platz.

Noah atmete tief durch. Er holte den Computer hervor und klappte das Notebook auf. Sofort blinkte der Hinweis für eine Nachricht auf. Noah loggte sich ein.

Sein Bruder hatte sich gemeldet.

»Hi, Kleiner«, schrieb Noah zurück.

»Ich bin kein Kleiner«, kam prompt die Antwort.

»Du hast hier wirklich was verpasst. Mrs Zsábor hat zwei Meisen ins Regenbogenland geschickt und mir fast eine Ladung Schrot in den Pelz gejagt.« Er schaltete die Sprachausgabe ein, um während des Chats mit seinem Bruder mit dem Aufräumen zu beginnen.

»Ich verstehe dich nicht. Ein Regenbogen? Die Sonne scheint seit zwölf Tagen und 21 Stunden.«

Noah seufzte. Bei solchen Gelegenheiten wurde ihm schmerzlich bewusst, dass Jah-Jah –

»Nein«, sagte Noah laut.

Weg mit diesen Gedanken.

»Nein?«, hörte er die Stimme seines Bruders aus dem Lautsprecher des Laptops. Die Qualität war mäßig. Jah-Jah klang ein bisschen blechern. Er musste sich bessere Lautsprecher besorgen, vielleicht bei Jimmy Butler. »Ich weiß es ganz genau«, beharrte Elijah.

»Du hast natürlich recht. Ich weiß selbst, wie das Wetter war«, sagte Noah aus der hinteren Ecke des Wohnwagens.

»Regenbogen entstehen, wenn es regnet und gleichzeitig die Sonne scheint. Der Regenbogen ist ein atmosphärisch-optisches Phänomen, das als kreisbogenförmiges farbiges Lichtband in einer von der Sonne beschienenen Regenwolke wahrgenommen wird. Sein radialer Farbverlauf ist das mehr oder weniger – «

»Jah-Jah! Ja doch, ich habe es kapiert.« Er verdrehte die Augen. »Du klingst wie ein wandelndes Lexikon.«

»Hast du etwa die Augen verdreht?«

Noah musste grinsen. »Das würde ich nie wagen. Das sagt man so: Wenn dein Hund oder deine Katze oder dein Meerschweinchen stirbt, geht er oder sie oder es ins Regenbogenland. Die Meisen sind also tot. Mrs Zsábor hat auf sie geschossen. Du hast hier etwas verpasst, aber das erzähle ich dir später. Ich muss hier ein bisschen aufräumen.«

»Okay. Hast du meine Nachricht bekommen?«, fragte Elijah.

»Klar, das geht in Ordnung.«

»Wir gucken das Spiel gemeinsam?«

»Ja, wir gucken das Spiel gemeinsam.«

»Und du machst Popcorn?«

»Einen Jumbo-Eimer voller megasüßem Popcorn!«, sagte Noah.

»Mit wem sprichst du?«

Noah fuhr herum.

Maesie stand in der Tür.

»Ich dachte, ich hätte eine Stimme gehört«, sagte Maesie. Sie runzelte die Stirn. »Ist dein Bruder da? Lerne ich ihn jetzt auch endlich kennen?«

»Nein, nichts. Ich habe mit niemandem gesprochen.« Noah klappte hinter seinem Rücken schnell das Notebook zu und schob eine der Zeitschriften, die herumlagen, darüber. War sie ihm gefolgt? Sie kam so gut wie nie hinaus nach Rondo Heights.

Noah spürte, dass Maesie einen Verdacht hegte. Er konnte

nicht genau sagen, was dieses Gefühl in ihm ausgelöst hatte, aber Maesie war nicht dumm, das war sie absolut nicht, alles andere als dumm war sie. Vor allem hatte sie aber einen besonderen Instinkt, wenn etwas nicht stimmte, wenn man ihr etwas vormachte.

Maesie schaute sich im Inneren des Trailers um: »Wow! Wer hat das denn angerichtet?« Sie fragte nicht, ob sie eintreten durfte, sondern tat es einfach. Vorsichtig setzte sie ihre Schritte, hob hier und da etwas auf, das im Weg lag. »Macht ihr Hausputz?«

»Einbrecher, das passiert hier oft«, sagte Noah.

»Oje, haben sie etwas mitgehen lassen?«

Noah schüttelte den Kopf. »Gibt nicht viel, was man bei uns mitgehen lassen könnte. Aber ich weiß es noch nicht.«

»Hast du die Polizei gerufen?«

Noah schüttelte wieder den Kopf. »Nein, das gibt nur Ärger.«

»Ärger? Wenn bei euch eingebrochen wurde?«

»Maesie, wenn du in Rondo Heights wohnst, rufst du lieber nicht die Polizei, glaub es mir. Außerdem fehlt nichts. Ich bin mir ziemlich sicher.«

Maesie zuckte die Achseln. »Soll ich dir beim Aufräumen helfen?« Eine Antwort wartete sie nicht ab. Sie begann, die Töpfe wieder in das Fach neben der Spüle zu räumen. Ihr fiel der Bilderrahmen ins Auge, und bevor Noah ihn wegstellen konnte, hielt sie ihn auch schon in der Hand.

»Wie süüüß«, quietschte Maesie. »Bist du das?! Und dein Bruder?«

»Hey, gib das her.« Noah riss ihr das Bild aus der Hand.

»Entschuldigung«, murmelte Maesie.

»Ich mach das alleine.« Noah wollte sie nun loswerden. Er gab sich gar keine Mühe, das zu verbergen. »Was machst du hier überhaupt?«

»Ist ja schon gut. Ich wollte dir das hier bringen.« Sie hielt Noah einen Spiralblock hin.

Es war der Block mit Noahs Notizen für das Schulprojekt.

»Du hast ihn liegen gelassen, und ich dachte, du brauchst ihn vielleicht.«

»Danke«, sagte Noah. »Das ist wirklich nett von dir. Ich bin ein bisschen durch den Wind, tut mir leid. Ich hab den Einbrecher fast erwischt, Mrs Zsábor hat mit der Schrotflinte herumgeballert und… Ach, ich weiß es nicht. Ich will hier weg.«

Maesie legte eine Hand auf seine Schulter. Er zuckte zurück. So etwas tat sie sonst nie. Er mochte es, aber gleichzeitig auch nicht. Ein Augenblick peinlicher Stille breitete sich aus.

»Deine Mom soll sich einfach bei meinem Dad in der Bibliothek melden. Zum Jahresende hört eine der Sachbearbeiterinnen im Archiv auf, das ist kein schlechter Job. Wenn sie das ein oder zwei Jahre macht, kann sie darauf aufbauen.«

»Wir sind in den letzten Jahren selten irgendwo länger als ein halbes Jahr geblieben.«

Maesie gab noch nicht auf. »Sag es ihr wenigstens.«

»Würdest du deiner Mom Tipps zur Berufsberatung geben?«

»Warum nicht?« Maesie verschränkte die Arme vor der Brust. »Es ist doch auch dein Leben, um das es geht.«

Irgendwie hatte sie recht, dachte Noah, aber es ging sie nichts an. »Gibt's sonst noch gute Ratschläge?«

»Nein, das wäre es.« Maesies Tonfall war von fürsorglich auf unüberhörbar verärgert umgeschlagen. »Dann gehe ich jetzt.« Ohne eine Antwort von Noah abzuwarten, schlug sie die Tür des Wohnwagens hinter sich zu.

Noah rannte ihr hinterher und riss die Tür wieder auf. »Maesie, warte!«

»Was denn?« Maesie drehte sich um.

»Es tut mir leid. Ich wollte dich nicht verletzen. Es ist im Moment alles so… kompliziert. Und dann noch so ein Mist wie das hier.«

»Schon gut«, sagte Maesie.

Noah hatte nicht den Eindruck, dass es wirklich gut war.

Sie standen ein paar Augenblicke schweigend da, bis Maesie die Stille durchbrach: »Du solltest mal auf die Seite von CNN gehen. Ronald LeBrun hat wieder einmal einen großen Auftritt gehabt und sein neuestes Wahnsinnsprojekt angekündigt.«

Warum Maesie jetzt ausgerechnet auf LeBrun kam, verstand Noah im ersten Moment nicht, aber er schaltete den Nachrichtensender ein.

Mit dem üblichen Getöse von Fanfaren kündigte CNN den Bericht über eine Pressekonferenz an, in der Ronald LeBrun gemeinsam mit einem Forscherteam eine angebliche Weltsensation vorgestellt hatte. In der reißerischen Manier des Senders berichtete ein Reporter von der Präsentation des Unternehmers und der Wissenschaftler.

»Candice, das ist die sehr spannende Kooperation. Auf der einen Seite die University of California. Keine Hochschule der Welt hat so viele Nobelpreisträger hervorgebracht wie sie. Erstmals arbeitet diese Kaderschmiede nun mit RL Technologies zusammen, um vielleicht ein Jahrtausendprojekt auf die Beine zu stellen. Ronald LeBruns Unternehmergeist hat die Elektro-Mobilität revolutioniert, mit seiner Firma iSpace die bemannte Weltraumfahrt aus dem Dornröschenschlaf geweckt, und er beherrschte, wie wir alles wissen, den weltweiten Markt der Suchmaschinen dermaßen, dass ihm leider die Kartellbehörden sein Monopol zerschlagen mussten.«

Der Reporter schickte seiner ironischen Bemerkung ein gekünsteltes Lachen hinterher. Der Bildschirm, an dessen unterem Rand die Börsenkurse aus aller Welt in einem endlosen Band liefen, teilte sich, und die Moderatorin der Nachrichtensendung erschien.

Die Videowall hinter der Frau zeigte Ronald LeBrun mit erhobenen Händen, gleißende Lichtstrahlen umgaben ihn, über seinem Kopf schwebte ein Heiligenschein. Er trug nicht die Klamotten, die Noah an ihm kannte, und auch seine Haare hatten die Grafiker des Fernsehsenders retuschiert. LeBrun stand auf diesem Bild in einem braunen Kaftan aus Sackleinen und Ledersandalen da, lange gewellte Haare fielen ihm auf die Schulter. Im Hintergrund erkannte man noch drei Kreuze. Es fehlte nur noch die Dornenkrone, um aus ihm den wiederauferstandenen Sohn Gottes zu machen.

»Bruce, spann uns nicht auf die Folter«, sagte die Moderatorin. »Welche Wohltat für die Menschheit beschert uns Ronald dieses Mal? Oder sollte ich besser fragen: Womit verdient er seine nächsten Milliarden?«

Der Reporter lachte wieder sein künstliches Lachen.

»Candice, es geht um ein Gerät, das nicht nur eine neue Spielerei für Technik-Freaks ist, sondern alles, was wir bisher kennen, also Tablet, Laptop und Smartphone, ersetzt und vereint.«

»Du meinst, er will C7-14 vorstellen, Bruce?«

»Nicht nur ›vorstellen‹, Candice. Angeblich hat das Produkt Marktreife erlangt und wird bald für jedermann erschwinglich sein. Es besteht fast komplett aus dem Material der Zukunft – Graphen.«

Bevor die Moderatorin etwas dazu sagen konnte, fuhr eine weitere Fanfare dazwischen. Candice kündigte an, dass es nach einer kurzen Werbepause weitergehe.

Noah schaltete den Fernseher aus. Er wunderte sich.

LeBrun hatte von diesem Gerät gesprochen. Es sollte gemeinsam mit dem Ergebnis der INRI-Studien auf den Markt kommen. C7-14 war die Voraussetzung dafür, dass alle die Ergebnisse dieses Forschungsprojekts nutzen konnten. Der Milliardär hatte ihn noch vor wenigen Stunden auf die totale Verschwiegenheit eingeschworen. Und jetzt machte er eine Top-Nachricht daraus, die um die ganze Welt ging?

 *[Transkription Videokonferenz | Beginn 5:00 p.m. pacific standard time – Klassifizierung Chiffre Orange]*

[Teilnehmende]
Mr Rolf Seeger, Berlin
Mr Dimitrij Michailow, Moskau
Ms Pak Jong-hi, Seoul
Dr. Sanandaj Amoulfar, Concord

[Technischer Support]
Scott Williams, Concord

Amoulfar: Wir haben jetzt das Ergebnis der Überprüfungen aller betroffenen Testpersonen. Drei Datensätze sind kontaminiert, daran besteht kein Zweifel.

Michailow: Hat es wieder Unregelmäßigkeiten wie vor zwei Jahren gegeben?

Amoulfar: Bisher hat keines der Institute etwas gemeldet.

Pak: Die Frage ist natürlich, was vor Ort als bedenklicher Vorfall eingestuft wird, den man melden sollte. Es muss ja nicht immer zum Äußersten kommen. Eine unsere Kandidatin hier in Seoul hat davon berichtet, dass sie aggressive Schübe bekommt, die sie an sich noch nie beobachtet hat. In den Protokollen und Mitschnitten der Sitzungen mit Charlie hat sie darüber geschwiegen.

Amoulfar: Wir haben hier in Concord zwei Fälle, Noah Schultz und Moses Kapinski. Bei Kapinski verlief die Befragung ergebnislos. Er wirkte allerdings nervös, extrem nervös. Schultz zeigt jedoch deutliche Symptome. Er träumt bereits seit einiger Zeit eine immer ähnliche Szene, aggressiver Inhalt, Messerangriff, eigentlich das volle Programm. Wir haben sogar genaue Angaben über den Ort.

Seeger: Wurde ein systeminterner Research gemacht?

Amoulfar: Ist der Papst katholisch? Natürlich wurde der gemacht. Wir werden seit einiger Zeit von unterschiedlichen Richtungen angegriffen. Allein in den letzten acht Wochen konnten wir Versuche aus 14 Orten abwehren. Neue Zellen in Marrakesch und in Harbin machen uns große Sorgen.

Seeger: Wo zum Teufel liegt Harbin?

Amoulfar: Heilongjang, nördlichste Provinz Chinas. Obwohl das ganze Projekt undercover läuft, ziehen wir die Hacker an wie ein Schnitzel die Hunde. Nach dem letzten Angriff auf unseren Knotenpunkt hier in Chestnut Hill haben wir alle weiteren Sitzungen mit Test-Personen gestoppt.

Pak: Der Research war ohne Treffer?

Amoulfar: Yepp. Viel interessanter ist allerdings, was eine einfache Suchmaschinen-Abfrage ergeben hat. Noah Schultz träumt von einem Mordanschlag auf einen Mann, der in Montana für den Kongress kandidiert hat.

Seeger: Dann hat er in den Nachrichten davon gehört?

Amoulfar: Nicht sehr wahrscheinlich. Der Mord geschah vor 18 Jahren. Da war Schultz noch nicht auf der Welt. Und das damalige Opfer, ein gewisser Ross Mulroney, war nicht einmal in Montana sehr bekannt. Wenn an ihm überhaupt etwas interessant war, dann die Tatsache, dass er der erste Assiniboine gewesen wäre, der Chancen hatte, in den Kongress einzuziehen.

Seeger: Ein Assini-was?

Michailow: Ein Indianer.

Amoulfar: Ein Native American.

Seeger: Und es gibt unter den Testpersonen keinen, der mit dieser Sache irgendetwas zu tun hat?

Amoulfar: Wir haben alle Möglichkeiten der Datensuche ausgeschöpft.

Michailow: Ich könnte… aber das ist vielleicht zu riskant…

Amoulfar: Was könnten Sie? Wenn wir LeBrun in der nächsten Sitzung ein Ergebnis liefern könnten, ist mir nichts zu riskant. Spucken Sie es aus, Dimitrij.

Michailow: Ein Kumpel aus alten Zeiten schuldet mir noch einen Gefallen. Er arbeitet mit den Chinesen zusammen. Wenn wir noch etwas finden wollen, dann durch ihn.

Amoulfar: Geheimdienst?

Michailow: Schlimmer.

Amoulfar: Ich weiß von nichts. Ich habe Ihnen diese Anweisung nicht gegeben.

Pak: Nehmen wir alle aus dem Programm?

Amoulfar: Dazu fehlt mir die Autorisierung. Außerdem ist unter den Betroffenen ein Zwilling – also ausgerechnet einer der interessantesten Kandidaten. LeBrun kümmert sich seit einigen Wochen persönlich um ihn.

7

Herr, hilf mir zu erkennen,
was heute meine Aufgabe ist.
Welche Grenze soll ich dazu überschreiten?

Henry David Thoreau (1817–1862) – amerikanischer Schriftsteller und Philosoph, lebte zwei Jahre allein in einer selbst erbauten Blockhütte im Wald nahe Concord, Massachusetts

Xavier schaute überrascht, als er sah, wie Maesie sich die Schürze umband und den Eimer und den Lappen nahm, mit dem die Tische abgewischt wurden. »Hat nicht heute Susan die Nachmittagsschicht?«, fragte er in geschliffenem Englisch. Wenn er mit Gästen sprach, spielte er den Mexikaner inklusive eines fast schon peinlichen Akzents. »Das ist rassistisch«, hatte Maesie ihn einmal aufgeklärt, was Xavier nicht gelten ließ. Es sei geschäftstüchtig, war seine Antwort gewesen.

»Susan ist verhindert«, sagte Maesie. »Ich bin eingesprungen.«

»Du bist so nett«, sagte Xavier. »Wo Susan doch keine Gelegenheit auslässt, um über dich zu lästern.«

Maesie zuckte nur die Achseln und verschwieg, dass

Susan jetzt auf Maesies Kosten mit ihren albernen Freundinnen irgendwo in der Stadt einen Eiskaffee trank. Die Ziege hatte gemerkt, dass Maesie die Schicht unbedingt übernehmen wollte, und sich ihre Zustimmung zum Tausch der Schicht bezahlen lassen.

Maesie wechselte das Wasser im Eimer, gab einen Schuss Reinigungsmittel hinzu und begann mit den Tischen vorne an den Fenstern.

Wenn sie die Kürzel in Scott Williams Kalender richtig übersetzte, bedeutete der Eintrag *S/MS*, dass er Squash mit seinem ehemaligen Mitbewohner Max Sutherland spielen würde, dafür sprach auch der verlinkte Ort des Termins, Concord Acton Squash-Club am Knox Trail. Scott trug in seinen Kalender nicht nur die geplanten Termine ein. Seine Diary-App dokumentierte jeden seiner Schritte automatisch, oft sogar mit Fotos und den Bewertungen, die er den Orten und Aktivitäten gab.

Am Wochenende hatte er bereits mit seiner Frau und den beiden sehr süßen Kindern einen Ausflug ans Meer gemacht. Es gab Bilder von Strandburgen und einem toten Fisch, den ein Junge mit dem Finger pikste.

Nur einen recht häufig auftauchenden Termin, der nur mit einem *T.* verzeichnet war, konnte Maesie nicht einordnen. Es gab keine GPS-Daten dazu, keine Fotos, keine Bewertung, aber Maesie hatte trotzdem – oder gerade deswegen – eine Idee dazu. Sicher war jedenfalls, dass Scott offensichtlich keine Ahnung davon hatte, was diese Diary-

App alles an Metadaten speicherte und an einen der gigantischen Server der großen Datensammler weiterleitete.

Xavier verteilte die Reservierungs-Schilder auf den Tischen. Maesie lächelte. Tisch vier, halb acht, für Scott. Es war gerade erst halb sechs, sie musste sich noch gedulden.

»Mach die Tische draußen fertig und verteile die Sitzkissen«, sagte Xavier. »Hier ist der Schlüssel zur Box mit den Auflagen.«

Maesie nahm ihn, stellte den Putzeimer auf die überdachte Terrasse und holte die in den mexikanischen Nationalfarben gestreiften Kissen aus dem Verschlag auf der Rückseite des Gebäudes. Sie balancierte sie um die Ecke. Auf dem vorher noch leeren Parkplatz standen nun zwei Autos. Maesie erkannte den einen der beiden Wagen sofort. Der Mustang war unverkennbar. Außerdem lief Moses daneben auf und ab. So hatte sie ihn noch nie erlebt. Zweimal schlug er auf die Kühlerhaube. Wenn das jemand anderer getan hätte, dachte Maesie, hätte der sich von Moses garantiert eine eingefangen.

Sie schob den Kissenstapel auf eine der Tischplatten in der vorderen Reihe und blieb dahinter verdeckt stehen. Sollte sie Moses rufen? Oder hinübergehen? Das würde Ärger mit Xavier geben.

Die Frage erübrigte sich, weil auf der gegenüberliegenden Straßenseite ein schwarzer Van hielt. Eine Frau stieg aus. Sie beachtete den Verkehr nicht. Ohne einen Blick nach links oder rechts zu werfen, überquerte sie die Straße, ein paar Autos hupten, aber sie bremsten dann doch oder umkurvten die Frau.

Aus der Entfernung sah es so aus, als verlöre Moses nun vollständig die Fassung. Er stampfte mit dem Fuß auf, schrie auf die Frau ein. Leider brausten einige Sattelschlepper gerade mit unglaublichem Getöse vorbei, sodass Maesie nichts verstehen konnte.

»Maesie, was denn jetzt?«, hörte Maesie die Stimme von Xavier hinter sich.

Maesie drehte sich hastig um. Der Kissenstapel kippte vom Tisch.

»Oh nein, Maesie! Klopf den Staub ab. Mach schnell, da sind die ersten Gäste.«

Maesie versuchte, den Anweisungen ihres Chefs zu folgen. Sie verlor das Geschehen um Moses kurz aus den Augen. Als sie wieder aufschaute, war der Van verschwunden. Nur der Mustang stand noch auf dem Parkplatz. Von Moses keine Spur. Sonderbar, dachte sie. Wo Moses sonst seine Karre kaum eine Minute aus dem Auge ließ, wenn sie nicht zu Hause sicher in der Garage stand.

Maesie fluchte leise und machte weiter, wie Xavier es ihr befohlen hatte. Während mehr und mehr Gäste eintrudelten, warf Maesie immer mal wieder einen Blick hinüber zum Parkplatz. Moses' Auto rührte sich nicht vom Fleck. Sie machte sich Sorgen. Moses kannte einige Leute, die schnell mit einer Schlägerei oder mehr bei der Sache waren, aber die Frau aus dem Van hatte eigentlich nicht so gewirkt, als gehöre sie zu den Halbstarken und Kleinkriminellen, die Moses' Bekanntenkreis bevölkerten.

Immerhin erschien Scott Williams auf die Minute pünktlich mit seinem Squash-Kumpel. Xavier führte sie zu ihrem Platz, und Maesie brachte ihnen die Speisekarten, was eigentlich gar nicht zu ihren Aufgaben gehörte. Scott erinnerte sich nicht daran, dass er Maesie schon einmal vollgequatscht hatte.

»Lassen Sie mich raten«, sagte Maesie, bevor Scott die Speisekarte zurückweisen konnte, weil er sowieso immer das Gleiche bestellte: »Sie mögen es hot & spicy. Einen Burrito mit extravielen Jalapeños?«

»Wow, das ist ein Service!«, sagte Scott. »Genau das will ich, Süße.« Er lachte dreckig.

Am liebsten hätte Maesie ihm die Speisekarte um die Ohren gehauen oder die Ketchup-Flasche, die auf dem Tisch stand, auf dem T-Shirt ausgeleert. Aber sie beherrschte sich. Sie notierte gleichmütig die Bestellung von Scotts Kumpel und gab den Zettel an der Theke ab. Danach kümmerte sie sich nicht weiter um den Tisch, das Essen heraustragen durfte sie sowieso nicht.

Scott blieb eine gute Stunde, dann bestellte er die Rechnung. Maesie schleppte gerade einen Stapel schmutziger Teller in die Küche. Sie stellte das Geschirr schnell ab und beeilte sich, zur Hintertür zu kommen. Im Gehen zog sie sich die Schürze vom Körper und hastete um die Ecke zum

Parkplatz, der sich mittlerweile komplett gefüllt hatte. Scott durchquerte die Reihen der parkenden Autos, winkte seinem Squashpartner noch einmal zu und klickte auf die Fernbedienung an seinem Autoschlüssel. Zwei Reihen weiter leuchteten die Blinker eines Pick-ups auf. Der schmächtige Scott sah neben dem wuchtigen Gefährt aus wie ein Schüler, der in Dads Wagen klettert.

Maesie erreichte den Geländewagen im selben Moment, in dem Scott die Fahrertür hinter sich schloss. Nur einen Wimpernschlag später klopfte Maesie an die Scheibe der Beifahrertür. Scott schaute überrascht, als er jedoch Maesie erkannte, zog sich ein breites Lächeln über sein Gesicht. Er öffnete die Tür.

»Hey, du bist doch die Kleine aus Xaviers Restaurant? Brauchst du eine Mitfahrgelegenheit?«

»Ich brauche etwas ganz anderes, und Sie können es mir geben.«

Maesie lächelte zwar süß und niedlich zurück, aber sie hatte sich entschlossen, nicht lange drum herumzureden. Sie stieg in das Auto. Ihr war klar, dass das gefährlich sein konnte, deshalb achtete sie darauf, dass die Tür nicht zuschlug. Auf dem Rücksitz hatte sie schon eine Umhängetasche mit dem typischen separaten Fach für ein Laptop entdeckt. Sie griff danach und zog das Laptop hervor.

»Hey, was soll das?«, protestierte Scott.

»Sagen wir es so: Sie bekommen einen kostenlosen Kurs in Cyber-Security von mir.« Maesie klappte das Gerät auf.

Bevor Scott Williams sie hindern konnte, hatte sie auch schon das erste Passwort eingegeben, mit dem das Laptop geschützt war. »Fragen Sie nicht, woher ich das habe.«

»Du verdammtes kleines Miststück«, zischte Scott. »Sieh zu, dass du deinen Arsch ganz schnell aus meinem Auto bewegst, oder ich fahre auf direktem Weg mit dir zur Polizei.« Er zückte sein Smartphone.

»Das würde ich jetzt beides nicht tun. Nicht hinfahren und nicht anrufen. Oder wir reden mal über T., wie wäre das? Vielleicht gemeinsam mit Ihrer Frau?«

Maesie konnte es selbst nicht glauben, dass diese Worte über ihre Lippen kamen. Sie wurde genauso blass wie Scott Williams, und wahrscheinlich war ihr gerade nicht weniger flau im Magen als ihm.

Scott ließ das Handy in seiner Hand auf den Schoß sinken. »Zum Teufel –«

Maesie unterbrach ihn. »Es ist so: Sie können zwar die Ortung an ihrem iPhone ausschalten, das hindert aber die Diary-App nicht, im Hintergrund dieses und jenes zu speichern. Und wenn Sie das Gerät irgendwo aus den Augen lassen und die falsche Person Zugriff darauf bekommt und Sie dann auch noch Ihre privaten Passwörter in einer so blöden Liste speichern, dann könnten Sie Ihre Zugangsdaten auch gleich bei Twitter veröffentlichen. Jedenfalls gehe ich davon aus, dass diese T., die in Lincoln wohnt, niemand ist, von dem Ihre Frau wissen sollte, oder? Dann wäre es vorbei mit der netten kleinen Familie.«

»Willst du miese Kröte mich erpressen?«

»Auf keinen Fall!« Maesie spielte die Entrüstete. Natürlich wollte sie das. »Also, Geld will ich jedenfalls nicht von Ihnen.«

»Was denn?«

»Ich würde furchtbar gerne an der nächsten Videokonferenz Ihrer Bosse teilnehmen. Leider waren Sie immerhin so schlau, nicht auch noch Ihre beruflichen Zugangsdaten auf einem Zettel an Ihrer Stirn durch die Gegend zu tragen. Vermutlich stehen die auf einem Post-it, das an ihrem Bildschirm im Büro klebt?« Maesie biss sich auf die Lippen. Sie durfte es nicht zu weit treiben, jedoch machte es einfach einen Riesenspaß den Typen dabei zu beobachten, wie die Panik durch ihn kroch.

»Nicht mal ich darf im Raum sein, wenn die Sitzung läuft. Niemand. Nur die Geschäftsführer aus allen Niederlassungen. Die Nummer hat die höchste Sicherheitsstufe.« Er japste.

Maesie nickte und schaute unschuldig. »Deshalb brauche ich ja Ihre Hilfe. Es wird auch niemand etwas davon erfahren. Das verspreche ich. Ich brauche nur den 17-stelligen Zugangs-Code.«

Scott starrte, ohne ein Wort zu sagen, geradeaus. Es arbeitete in ihm, das war klar. Es vergingen mindestens ein oder zwei Minuten. Maesie entschied sich, den Mund zu halten und abzuwarten.

Endlich sagte er: »Ich habe den Code nicht hier.«

»Es ist ja noch Zeit. Schreiben Sie ihn auf einen Zettel und stecken ihn in einen Umschlag. Einfach bei *Xavier's* für mich abgeben.«

Maesie wollte aussteigen, aber plötzlich griff Scott nach ihrem Arm. Er hielt sie fest. Seine knochigen Finger umklammerten ihr Handgelenk so fest, dass es schmerzte.

Du hast den Bogen überspannt, schoss es Maesie durch den Kopf.

»In Ordnung«, zischte Scott. »Aber eines sage ich dir: Wenn du erwischt wirst und dein Maul nicht hältst, bring ich dich um. Und wenn du dich jemals wieder mir oder meiner Frau näherst, auch.«

»Okay«, sagte Maesie. Sie bemühte sich weiterhin, cool zu wirken, aber sie schwitzte.

Er gab ihren Arm frei.

Maesie stieg aus, und Scott Williams lenkte den Pick-up vom Parkplatz auf den Highway. Maesie beobachtete, wie der Wagen im Verkehr verschwand, dann stieß sie einen leisen Schrei aus, um die aufgestaute Energie loszuwerden. Ihr wurde ein wenig schwindelig. Das Gespräch mit diesem Scott hätte keine Minute länger dauern dürfen, sonst wäre sie in Ohnmacht gefallen. Sie hatte mit allem gerechnet, nur nicht damit, dass sie den Typen zu diesem Schritt bewegen könnte.

Bewegen war auch der falsche Ausdruck.

Sie hatte Scott Williams schlichtweg erpresst. Moses hätte wahrscheinlich einen seiner Cousins hingeschickt, die Williams eine Waffe unter die Nase gehalten hätten oder was man in diesen Kreisen so machte, wenn man an Informationen kommen wollte. Beim Gedanken an Moses suchte sie mit ihren Blicken den Parkplatz ab. Kein Moses. Und auch Moses' Auto war verschwunden.

Die Agentin hatte Moses eine gescheuert, dass es krachte und ihn, ohne zu zögern, zu dem Van geschleppt, ihn auf die Ladefläche gestoßen und den Befehl zum Losfahren gegeben.

»Aua«, schrie Moses, als der Van fast ungebremst um die Ecke bog und er mit der Stirn gegen die tiefschwarz getönte Scheibe donnerte.

Moses' Wange brannte. Diese verdammte Agentin hatte einen ordentlichen Wumms. Das Treffen auf dem Parkplatz war anders verlaufen, als er es sich vorgestellt hatte, und Moses ärgerte sich nun, dass er überhaupt auf die Idee gekommen war, dieser Frau in irgendeiner Weise Paroli bieten zu können.

Es ärgerte ihn nicht nur, es traf Moses in tiefster Seele. Sein Dad hatte nämlich recht, wenn er sagte, dass sein jüngster Sohn ein Weichei sei. Moses war egal, was sein Dad von ihm hielt, es war ihm schon lange so etwas von egal. Und trotzdem wollte er kein Weichei sein.

Er hatte sowieso keinen Bock auf diesen ganzen Mist,

den seine Brüder und seine Cousins trieben. Ein bisschen Schutzgeld hier, eine Schieberei dort, und wer nicht spurte, fand sein Auto am nächsten Tag mit aufgeschlitzten Reifen vor. Das war die Vorbereitung darauf, eines Tages im großen Stil die Firmen in Boston oder sogar in Chicago oder New York herauszufordern. ›Firmen‹ nannte sein Dad sie immer, aber eigentlich waren es einfach nur kriminelle Clans. Auf so etwas hatte Moses keinen Bock und schon gar nicht, seit er Noah und Maesie kennengelernt hatte. Das waren andere Kaliber. Die hatten etwas im Kopf.

Dass Special Agent Tracy McDormand ihm dermaßen eine kachelte, war zu viel. Seit er getan hatte, was sie von ihm verlangte, ging er sowieso durch die Hölle, weil er Angst hatte, dass die vom Institut dahintergekommen waren. Sie hatten nämlich sämtlich Sitzungen abgesagt und das komplette Programm stillgelegt.

Er hatte das Ding in seiner Zahnlücke versteckt ins Institut eingeschleust und alles genau nach den Anweisungen dieser Frau erledigt. Ihm war klar, dass damit das System gehackt worden war, auch wenn er nicht genau wusste, was das zu bedeuten hatte.

Er hätte auf sein Bauchgefühl hören sollen, gleich nach der Sitzung, in der er zum ersten Mal merkte, dass irgendetwas in seinem Kopf schief lief. Gedanken, Gefühle, die nicht dorthin gehörten, die nichts mit ihm zu tun hatten, Dinge, die er noch nie gefühlt und noch nie gedacht hatte. Irgendwann war es zu diesen Aussetzern gekommen, wonach er sich an nichts mehr erinnern konnte. Stunden, die wie ausgestanzt aus seinem Leben waren. Einmal hatte er sich auf dem Parkplatz vor dem Seniorenheim seines Grandpas wiedergefunden, den Kofferraum voller Kartons mit Donuts, so viele, dass sein Großvater sich bis Thanksgiving damit den Bauch hätte vollschlagen können.

Und dann war er plötzlich im leer stehenden und verrammelten Ladenlokal, in dem Grandpa sein Diner betrieben hatte, und Jackie hatte zerfetzt vor ihm gelegen, alles voller Blut. Er hatte offenbar die geliebte alte Katze seines Grandpas abgestochen, konnte sich aber nicht im Entferntesten daran erinnern. Ihm wurde schlecht, wenn er nur daran dachte.

Diese McDormand hatte ihm versprochen, dass er sie nie wiedersehen würde, wenn er tat, was sie wollte. Und dann hatte sie ihn zu diesem verdammten mexikanischen Restaurant befohlen, ihm eine gescheuert und ihn einfach in den verdammten Van geworfen, in dem er jetzt gegen die Scheiben flog wie der letzte Cookie in einer leer gefutterten Keksschachtel.

»Heul doch«, knurrte der Glatzkopf hinter dem Steuer.

McDormand drehte sich um und grinste: »Du solltest dich anschnallen.«

»Wohin bringen Sie mich?«, fragte Moses. Er erwartete keine Antwort, und er bekam auch keine. »Ich habe diese verdammte Wanze in dem verdammten Institut untergebracht. Jetzt bin ich total durch den Wind. Ich drehe durch. Lassen Sie mich in Ruhe.«

»Das wundert mich nicht. Früher oder später drehen so Typen wie du eben durch«, antwortete die Agentin kalt.

Wenn du wüsstest, dachte Moses, sei vorsichtig. Er trug das Jagdmesser, das sein Grandpa ihm vor einiger Zeit geschenkt hatte, in einer Scheide, die er sich am Unterschenkel befestigt hatte. Warum er dieses Ding nun fast immer am Körper trug, konnte er gar nicht sagen.

Moses spürte wieder das Zittern in seiner Unterlippe. Es war nicht wirklich ein Zittern, eher ein ganz leises Vibrieren. Der Vorbote. Es konnte wieder verschwinden, aber es konnte sich auch steigern, bis er sich auf den Boden legen musste, um abzuwarten, dass es vorbeiging.

Es war zum ersten Mal in dieser Sitzung im Institut aufgetaucht, während er eingehüllt in den Datenanzug in der Kapsel lag. Danach hatte es dann mit den Gedächtnislücken begonnen. Sie kündigten sich durch das Zittern an, dann begann er zu schwitzen, und dann sah er diese sonderbaren Bilder, die sich mit dem Programm, das normalerweise lief, vermischten. Wenn er nicht genau gewusst hätte, dass er hellwach war, hätte er es für einen Traum gehalten.

Es waren Bilder gewesen, die nicht in seinen Kopf gehörten, die auch nicht aus seinem Kopf kamen. Ein Film. Oder doch ein Traum? In dem erstaunlicherweise Noah vorkam. Moses hatte noch nie von Noah geträumt. Was sollte das auch? Von Maesie, ja, von ihr hatte er geträumt, manchmal auch Träume, von denen er besser niemandem erzählte.

Jedenfalls tauchte Noah in den Bildern auf, ein Motorrad mit Beiwagen, ein Mädchen mit sehr langen, sehr schwarzen und sehr seidigen Haaren. Mandelförmige Augen, nicht asiatisch, nicht mexikanisch, wahrscheinlich indianischer Abstammung.

Der Van hielt auf einer Waldlichtung. Das Vibrieren hatte sich auf den ganzen Körper ausgeweitet. Kein gutes Zeichen. Vor allem war es aber auch kein gutes Zeichen, dass er sich kaum noch daran erinnern konnte, was in den letzten Minuten passiert war, wie sie auf diese Waldlichtung gekommen waren. Waren es überhaupt nur Minuten gewesen oder mehr? Stunden?

Er schaute sich um. Das war nicht die Gegend direkt um Concord herum.

Sie mussten weiter nördlich sein, vielleicht schon in Vermont.

Es musste wieder passiert sein. Filmriss. Blackout.

»Da ist er ja wieder«, sagte Tracy McDormand. »Ich hoffe, du hast gut geschlafen. Wer ist Loona?«

»Loona?«, fragte er zurück. Moses hatte keinen blassen Schimmer, was die Agentin meinte.

»Deine Flamme? Loona, die Mondgöttin. Muss ja ein Kracher sein, so wie du sie im Schlaf angefleht hast.«

Der Glatzkopf lachte dreckig.

»Aussteigen!«, befahl McDormand.

Moses drückte sich in die hinterste Ecke der Bank. Er wusste nicht, wo sie ihn hingebracht hatten. Viel konnte er durch die dunklen Scheiben nicht erkennen, aber es war eine einsame Gegend. Die Front des Wagens zeigte in Richtung eines schmalen Weges, der für ein solches Auto nicht mehr befahrbar war. Hinter ihm ertönte ein Motorengeräusch. Ein sattes Röhren, das er nur zu gut kannte. Der Blick aus dem Heckfenster bestätigte seine Vermutung. Jemand lenkte den Mustang auf die Lichtung. Seinen Mustang. Moses versuchte, unauffällig nach seinem Jagdmesser zu langen. Bevor seine tastende Hand auch nur über das Knie hinausgelangt war, fragte die Agentin: »Suchst du das hier?« McDormand hielt mit spitzen Fingern sein Jagdmesser in die Höhe. »Mein Junge, du bist hier, weil du mit dem Ding schon einiges Durcheinander veranstaltet hast. Glücklicherweise sind dabei nur zwei Katzen ums Leben gekommen. Wir sollten dafür sorgen, dass nichts Schlimmeres passiert, oder?«

»Zwei Katzen?«, fragte Moses ungläubig. Wieso zwei? Er erinnerte sich nur an Jackie.

»Ja, du hast ihnen das Fell über die Ohren gezogen, um es vorsichtig zu beschreiben. Sehr, sehr unschöne Angelegenheit«, sagte McDormand. Und eure Nachbarin hätte es auch fast das Leben gekostet.

Moses schluckte. Jetzt wusste er, wovon sie sprach. Die

Katzen ihrer Nachbarin. Es hatte ein großes Geschrei hinter der Efeuhecke gegeben, Moses' Dad war hinübergelaufen und hatte nachher von dem Gemetzel erzählt. Nachdem die Nachbarin mit dem Rettungsdient fortgebracht worden war. Herzinfarkt.

Von Jackie schien sie nichts zu wissen.

»Oder waren es noch mehr?«, fragte McDormand.

»Ich... ich...?«, stotterte Moses.

McDormand nickte. »Ich befürchte, wir sollten dich für eine gewisse Zeit aus dem Verkehr ziehen. Also, los jetzt, der Weg da führt zu einer recht hübschen Waldhütte. Jedenfalls, wenn man auf warmes Wasser verzichten kann und sich nicht zu schade für ein Plumpsklo ist. Goofy wird dir Gesellschaft leisten.«

Der Typ, der Grandpas Mustang gefahren hatte, tippte mit zwei Fingern an seinen Strohhut, unter dem sein magerer Schädel fast zur Hälfte verschwand. »Ay, Ma'm«, sagte er. »Der Junge ist in besten Händen.«

»Im Van sind Schlafsäcke und ein paar Tüten mit Lebensmitteln«, sagte McDormand. »Das hier behalte ich natürlich so lange.« Sie hielt ihm sein Smartphone vor die Nase.

Moses schnappte danach, aber McDormand war schneller. Sie steckte es ein und trat einen Schritt zurück. »Mach keine Dummheiten, mein Junge. Ich glaube, das habe ich dir schon einmal gesagt.«

»Ich bin nicht Ihr Junge, zum Teufel!«

»Stimmt. Wenn du das wärst, hätte ich dir längst das

Fluchen abgewöhnt.« Sie lachte, dann wurde sie jedoch sehr ernst. »Moses, wir wollen nur dein Bestes, das kannst du mir glauben. Ich habe dich ein wenig eingeschüchtert, weil ich wollte, dass du die Wanze in das Institut schmuggelst. Dieser LeBrun und seine ganze Truppe haben Einfluss, großen Einfluss. Und sie lassen sich nicht in die Suppe spucken. Er geht um viel. Hast du eine Ahnung, was er dort in diesem Institut mit euch macht?«

»Marktforschung«, sagte Moses. »Tests, ob Grün oder Blau auf der Packung von irgendeinem Waschmittel besser verkäuflich ist als Gelb. Und ob sie mehr verkaufen, wenn lachende Kinder mit oder ohne 'nem Hund im Werbespot vorkommen. Und ob es ein Labrador oder einer von diesen kleinen Kläffern mit schwarzen Flecken sein sollte.«

McDormand lächelte ungläubig. »Und dafür bekommt ihr einen Chip in den Nacken gesetzt und werdet in Datenanzüge gesteckt?«

»Das ist eben die neueste Technik. Misst auf deiner Haut und so, ob du die Sachen geil findest oder nicht. Da kann sogar ein Früchtchen wie ich nicht mogeln, sagt die Frau Doktor dort. Ihre Worte!«

»Dr. Sanandaj Amoulfar?«

»Yepp. Ist die Chefin. – Ich will jetzt nach Hause, verdammt. Ich hab meinem Grandpa versprochen, dass ich ihm noch –«

»Das geht jetzt nicht. Du bleibst erst einmal hier. – Los jetzt.«

Sie winkte den Typen mit dem Strohhut heran. Dann gab sie ein paar Befehle in einer Sprache, die Moses nicht verstand. Es klang wie Russisch, was Moses wunderte.

»Hilf mir, Knirps«, blaffte Goofy. Er drückte Moses eine Einkaufstüte in die Arme. Flaschen klimperten gegeneinander.

Das Vibrieren hatte sich bei den letzten Worten der Agentin verstärkt. Moses spürte, wie sein Puls an Fahrt aufnahm. Er reagierte plötzlich und blitzschnell. Er schleuderte die Tasche zu der Agentin hinüber, direkt in ihre Arme. Eine Cola-Flasche rutschte schon im Flug heraus und zerschellte auf einem Stein. Der Rest des Einkaufs prallte McDormand gegen die Brust. Sie ließ das Messer fallen.

Wieder zögerte Moses keine Sekunde, er bückte sich nach der Waffe, griff sich mit der freien Hand Goofy, hatte ihm einen weiteren Wimpernschlag später schon die Klinge an den Hals gelegt.

»Einen Schritt, und es geht ihm wie den Katzen«, zischte Moses.

Er zitterte am ganzen Leib. War das nun wieder solch eine Situation? Er konnte sich gar nicht daran erinnern, was er mit den Katzen gemacht hatte. Wenn er es überhaupt gewesen war, der sie so übel zugerichtet hatte. Ihm brach der Schweiß aus. Auch seine Hand, in der er das Messer hielt, zitterte. Die scharfe Klinge scheuerte an der Haut unterhalb von Goofys knochigem Kehlkopf.«

»Mach keinen Unsinn, Kleiner«, presste Goofy hervor.

McDormand und der Glatzkopf machten einen Schritt auf Moses zu. Er drückte das Messer ein bisschen fester gegen den Hals.

Was tust du da? Was, verflucht noch mal, tust du da?, raste es durch Moses' Kopf, aber er ließ nicht locker.

Die beschwichtigenden Worte McDormands nahm er gar nicht wahr, vielleicht waren es auch keine Beschwichtigungen, sondern Drohungen. Schritt für Schritt trat Moses nach hinten und bewegte sich auf den Mustang zu. Lass sie bitte an ihrem Platz sein, lass sie bitte unter der Decke sein!, betete er innerlich.

Die Winchester war seine einzige Chance. Wenn sie nicht mehr unter der Decke auf dem Rücksitz des Mustangs lag, war er verloren. Oder er war so oder so verloren. Das wusste er im Moment noch nicht.

 *[Hauptprotokoll | 10:27 p.m. eastern standard time − Klassifizierung Code Zero Red]*

Die Ortung von Testperson *Si&_∑w834* ist nicht mehr möglich. Alle möglichen Ferndiagnosen verliefen negativ. Entweder befindet sich die Testperson in einem abgeschirmten Bereich, oder der Neurallink ist entfernt bzw. zerstört worden.

8

Softwaresysteme können keine eigenen
Absichten verfolgen, denn sie haben keine
eigenen Interessen und kein Bewusstsein.

Julian Nida-Rümelin (*1952) – deutscher Philosoph und Politiker

Noah zögerte einen Augenblick. Er stand schon in der Tür des Wohnwagens. Einen kurzen Moment spielte er mit dem Gedanken, einfach zurückzugehen, sich in seine Koje zu legen und die Augen zu schließen. Und zu schlafen. Schlafen, schlafen, schlafen. Er tat nachts kaum noch ein Auge zu. Diese sonderbaren Bilder im Kopf, das viele Blut, das alles ging ihm nicht aus dem Kopf.

Er hatte Moses mehrere Nachrichten hinterlassen, um mit ihm darüber zu sprechen. Erfolglos – eigentlich nichts Ungewöhnliches.

Seitdem Moses von der Schule geflogen war und zudem noch mit dem alten Mustang von Grandpa Kapinski herumtourte, verschwand er öfter von der Bildschirmfläche. Angeblich fuhr er hoch bis Vermont, manchmal sogar über die kanadische Grenze hinaus und ballerte mit den

Jagdflinten seines Großvaters in den unendlichen Wäldern des Nationalparks herum. Irgendwo dort besaß Grandpa Kapinski eine Jagdhütte.

Noah ging nun doch noch einmal zur Spüle, um seine Flasche mit Wasser zu füllen. Wie immer war er in Eile. Manchmal wünschte er sich einen ganz normalen Tag, so wie ihn die meisten in seiner Klasse erlebten und darüber maulten – und wir er ihn auch selbst früher erlebt hat: knurrend aufstehen, weil Mom zum sechsten Mal an die Tür klopfte. Einen gedeckten Frühstückstisch vorfinden, diese und jene Ermahnungen über sich ergehen lassen. Ein fetter Jeep Grand Cherokee vor der Tür, mit dem Dad ihn und Elijah zur Schule brachte, wogegen er sich heute natürlich wehren würde, weil es peinlich war, immer noch vom Vater herumkutschiert zu werden.

Als er sich im Vorbeigehen einen Apfel aus der Obstschale greifen wollte, rollten die restlichen Früchte auf die Anrichte. Beim Versuch, sie aufzuschnappen, stieß er die Vase mit ein paar gelben Blumen um. Der Tag fing ja gut an. Wenn heute im Vortrag mit Maesie ähnlich viel schiefging, konnte er den Abschluss im Literaturkurs knicken.

In der Schlafkabine rührte sich etwas. Das hatte noch gefehlt – er hatte seine Mutter geweckt. Die Klappe wurde geöffnet, und seine Mutter wälzte sich heraus.

Sie schob die Schlafmaske hoch in die zerzausten Haare, pulte die Ohrstöpsel aus den Gehörgängen und schaute in den Spiegel an der Innenseite der Klappe, die ihre Koje vom Hauptraum des Wohnwagens separierte. Ihr entfuhr ein Stöhnen, als sie ihre verquollenen Augen darin entdeckte.

»Verschwinde, du Monster«, knurrte sie ihr Spiegelbild an und wedelte mit den Händen, aber das Monster gehorchte ihr nicht.

»Hey Mom«, sagte Noah beiläufig und verkniff sich die Frage danach, wie die Schicht gelaufen war.

»Hey Großer«, erwiderte sie.

»Wie war's bei Rudi?«, fragte er nun doch.

»Ruhig. Wenig Trucker, wenig Trinkgeld. Und einmal die Cops, weil zwei Typen versucht haben, ein paar Felgen zu klauen. Irgendwann lassen sie gleich eine ganze Zapfsäule mitgehen.«

Noah seufzte. Moms Job an der Tankstelle gefiel ihm nicht. Eine ihrer Kolleginnen hatte bereits geschmissen, nachdem sie mit vorgehaltener Schrotflinte ausgeraubt worden war.

»Rudi will uns demnächst vom Lohn abziehen, was geklaut wird.«

»Dein verdammter Rudi –«

»Er ist nicht mein Rudi.«

Das stimmte nicht ganz. Sie hatte sich mit Rudi schon zweimal in der Country-Bar am Concord Turnpike auf einen Drink und eine Runde Billard getroffen.

»Dein liebenswürdiger Chef Mr Rudolph Pinkman sollte eine kugelsichere Scheibe für euch installieren und zudem einen Sicherheitsdienst engagieren. Aber er ist so geizig, dass er nicht mal das Lösegeld für seine Großmutter zahlen würde, auch wenn es nur ein Donut vom Vortag und eine Tasse Kaffee wäre.«

»Du tust ihm unrecht, Noah«, gab seine Mutter zurück. »Du kannst doch Rudi nicht für all das verantwortlich machen.« Dann wechselte sie schnell das Thema. »Übrigens, ich habe Mrs Zsábor getroffen. Sie hat sich bedankt, dass wir ihr das geliehene Geld schon zurückgegeben haben.«

Es wurde jetzt höchste Zeit für Noah. Er wollte auf keinen Fall eine Diskussion darüber riskieren, woher das Geld stammte, das er Mrs Zsábor gegeben hatte. »Muss los, Mom.«

»Was hast du es denn so eilig? Du kannst die erste Stunde blaumachen. Ich schreibe dir eine Entschuldigung.«

Noah starrte sie an.

»Das war ein Scherz.« Seine Mutter grinste, dann seufzte sie. »Auch wenn ich es mir sehr wünsche. Wir sehen uns ja schließlich kaum noch.«

Das stimmte. Der Job an der Tankstelle war ihr dritter neben dem im Copyshop und den Stunden für das Callcenter einer Unfallversicherung. Für irgendetwas anderes blieb fast keine Zeit mehr.

»Maesie und ich treffen uns noch vor der Schule, du weißt doch.«

Sie schlug sich mit der flachen Hand vor die Stirn. »Euer

Vortrag, ja! Sorry, Kleiner, ich hatte es nicht vergessen. Ich drücke dir die Daumen ganz fest.«

Natürlich hatte sie es vergessen.

Seine Mutter tippte wortlos auf ihre Wange. Noah hauchte einen Kuss an die bezeichnete Stelle und schnappte sich seinen Fahrradhelm. Er war schon fast zur Tür hinaus, als sie ihn zurückhielt.

»Noah, woher hattest du die 150 Dollar, die du Mrs Zsábor gegeben hast?«

Noah tat so, als hätte er die Frage nicht gehört. Es war jedoch klar, dass er ihr bald eine Antwort geben musste.

Er schob sein Fahrrad bis zur Straße, schloss den Verschluss des Helms und wollte schon in die Pedale treten, als er sah, dass auf der anderen Straßenseite jemand unter der mächtigen Ulme hockte. Die dicht belaubten Äste warfen ihren Schatten auf die Gestalt. Wegen der seltsam zusammengekauerten Haltung vermutete Noah, dass es der Person nicht gut gehen konnte. Auf den zweiten Blick erkannte er, um wen es sich handelte.

»Hey, Moses«, rief Noah.

Moses reagierte nicht.

Noah ging ein paar Schritte auf ihn zu.

Moses hockte auf den Zehenspitzen, die Arme fest um den Oberkörper geschlungen.

»Was machst du da, Moses?«, fragte Noah.

Aus dem Mund des Jungen drang ein schnelles, aber kaum hörbares Gebrabbel. Einzelne Worte konnte Noah nicht verstehen. Moses' Lippen waren rissig, fast blutig gebissen, seine Haut aschfahl, schwarze Ringe unter den Augen, die tief in den Höhlen lagen.

Moses' linke Hand war zur Faust geballt, die andere versteckte er hinter dem Körper. Moses öffnete die Faust. Noahs Augen weiteten sich. Die Handfläche war blutverschmiert, er konnte den winzigen Gegenstand darin kaum erkennen.

»Ich habe ihn rausgeholt«, stammelte Moses. »Du musst es auch tun, dieser verdammte Charlie-Scheiß ist ein riesiger Mist, glaub es mir, es macht Sachen mit dir... Sachen...«

»Moses, was ist mit dir los? Was für ein Ding ist das?«

»Der Chip, den sie uns gesetzt haben.« Moses zog kurz die Kapuze seines Shirts vom Kopf und zeigte Noah seinen blutverschmierten Nacken.

»Alter, bist du verrückt? Die grillen dich im Institut dafür.«

»Ich gehe da nicht mehr hin«, antwortete Moses.

»Aber du weißt doch, dass sie den Chip orten können, das bringt dir nichts.«

Moses schüttelte heftig den Kopf. »Ich habe das Miststück so lange abgeflämmt, bis es geschmolzen ist. Du muss ihn auch rausholen, ich mach das, es tut nicht sehr weh, echt nicht...«

Moses' Miene verzerrte sich. Er sackte in sich zusammen. Noah streckte die Hand nach ihm aus, um ihm auf die Beine zu stellen.

Für einen kleinen Moment erstarrte Moses. Er schaute auf Noahs Hand, dann in Noahs Gesicht. Seine Pupillen öffneten sich, in den weiten und tiefschwarzen Kreisen spiegelte sich Noahs Abbild. Plötzlich und blitzschnell zogen sie sich zu winzigen Stecknadelköpfchen zusammen.

Den Anfang der Bewegung, die Moses vollzog, nahm Noah noch wahr. Er löste einen Arm aus der Umschlingung des Oberkörpers. Etwas blitzte bei dieser Bewegung auf, als Moses die rechte Hand hinter dem Rücken hervorholte. Er umklammerte das Jagdmesser, das er von Grandpa Kapinski geschenkt bekommen hatte.

Dann ging alles ganz schnell.

Noah stolperte ein paar Schritte zurück. Sein Fuß blieb an einer der dicken alten Wurzeln der Ulme hängen. Er ruderte mit den Armen, um sich abzufangen. Er spürte den Schmerz in seiner rechten Seite und fiel zu Boden.

Moses stand über ihm. Er starrte Noah an. »Noah, Alter, Alter, Mann, shit, shit, shit, shit«, stammelte er.

»Mann, du hast Mist gebaut«, flüsterte Noah. Er hob den Kopf und schaute an seinem Körper hinab. Das T-Shirt mit Speedy Gonzales, der schnellsten Maus Mexikos, darauf war so verwaschen, dass man die Comicfigur nur noch erahnen konnte. Der Sombrero, den die Maus immer auf dem Kopf trug, war einmal gelb gewesen. Jetzt färbte er sich rot. Es sah aus, als hätte Moses den Hut mit seinem Dolch an Noahs Körper gespießt.

»Alter, nicht sterben, nicht sterben«, hörte Noah Moses' Stimme. »Ich wollte das nicht, ich wollte das nicht …«

Maesie wartete an ihr Fahrrad gelehnt vor dem Parkplatz an der Westseite des Schulgeländes. Noah war seit diesem sonderbaren Traum, in dem Moses ihn verletzt hatte, fahrig und nervös gewesen. Er hatte ein paar Tage schlecht geschlafen, sich dann aber beruhigt, und sie hatten sich auf den Vortrag vorbereitet. Er würde an diesem Tag nicht zu spät kommen, niemals.

Aus der Favoritenliste auf ihrem Telefon wählte Maesie Noahs Kontakt und hörte sofort darauf Noahs Stimme. Aber es war nur seine Voicemailbox. Natürlich! – Jetzt fiel es ihr ein – Noahs Smartphone war ja kaputt, er hatte es zu Jimmy Butler gebracht, der solche Reparaturen für ein paar Dollar übernahm. Maesie hinterließ keine Nachricht.

Irgendwo jaulte eine Polizeisirene auf. Der Streifenwagen schoss mit blitzendem Blaulicht an ihr vorbei und verschwand um die nächste Ecke, kurz darauf bahnte sich ein Rettungswagen den Weg in dieselbe Richtung.

Maesie wartete noch ein paar Minuten. Als der Schulgong ertönte und Noah immer noch nicht da war, wählte sie die Nummer von Noahs Mutter. Fünf, sechs, sieben Mal klingelte es am anderen Ende der Leitung, aber niemand hob ab. Maesie ließ es klingeln, bis ein Dauerton die Verbindung unterbrach. Noahs Mutter hatte bestimmt Nachtschicht gehabt und sich mit Ohrstöpseln und Schlafbrille hingelegt.

Vielleicht ist er schon drinnen?, dachte Maesie. Vielleicht war er von der Sporthalle aus gekommen und hatte den kleinen Eingang genommen. Bestimmt saß er drinnen und kaute vor Aufregung bereits auf den Fingernägeln.

»Maesie?«, rief jemand.

Maesie drehte sich um.

Im Haupteingang der Schule stand ihr Lehrer für Englische Literatur. »Was ist los? Wir warten auf euch. Komm schon. Wo ist Noah?«

Maesie schob ihr Fahrrad bis vor den Haupteingang. Der Lehrer schaute sie fragend an.

Was sollte sie sagen? Etwas stimmte nicht, Noah kam an einem solchen Tag nicht zu spät, er ließ sie nicht mit diesem Vortrag hängen. Sie hatten alles wieder und wieder geübt. Maesie interessierte sich nicht besonders für englische Literatur, aber sie brauchte eine halbwegs gute Note für diesen Vortrag, sonst schaffte sie es in dem Pflichtfach in diesem Schuljahr nicht mehr.

»Er hatte einen Unfall«, brachte Maesie endlich hervor.

»Einen Unfall? Um Gottes willen, ist etwas Schlimmes passiert?«

Maesie schüttelte den Kopf. »Nein, aber...«

Warum sagte sie das? Na ja, es musste einfach etwas passiert sein. Er würde sie nicht grundlos sitzen lassen.

»Maesie, dann musst du es allein machen, wir sind alle schon gespannt. Ohne das Referat kann ich euch den Kurs nicht anrechnen – du weißt, was das bedeutet?«

Natürlich wusste Maesie, was das bedeutete: Der Kurs würde für das Schuljahr nicht angerechnet, und es war ein Pflichtkurs. Aber es war ihr egal. Ohne ein weiteres Wort stieg sie auf ihr Fahrrad und fuhr los. Sie fuhr genau die Strecke ab, die Noah normalweise nahm – in umgekehrter Richtung. Als sie Rondo Heights erreichte, musste sie vor der Abzweigung eine Vollbremsung machen. Der Rettungswagen raste über die Kreuzung, wieder mit Blaulicht und Sirene. Maesies Rad kippte zur Seite, sie rettete sich mit einem weiten Sprung gerade noch, rempelte dabei aber einen alten Mann mit Gehstock an. Der Mann fluchte und beschimpfte sie, aber Maesie schnappte sich einfach ihr Fahrrad und sprang wieder auf den Sattel.

Ein paar Minuten später sah sie von Weitem die Polizeiautos, das Absperrband und die Officer, die Leute befragten. Noahs Mutter stand zusammengesunken vor dem Trailer der Schultzes. Eine Polizistin legte ihr eine Decke über die Schultern, aber sie schien es in ihrer Erstarrung nicht mal zu merken.

Maesie stieß ihr Fahrrad zur Seite. Sie lief auf das Absperrband zu.

Ein Polizist hielt sie auf: »Hey, stopp, was soll das, siehst du nicht: Das ist ein Tatort. Du zertrampelst uns die Spuren.«

»Was ist passiert?«, keuchte Maesie.

»Bin ich die Auskunft?«, fragte der Officer und schubste Maesie zurück.

Maesie riss sich los. »Mrs Schultz, was ist … wo ist …«
Noahs Mutter schaute auf. Ihr Blick war voller Sorge und zugleich müde. Sie sprach ein paar Worte zu der Polizistin, die Maesie daraufhin zu sich winkte.

»Maesie Davenport?«, fragte die Polizistin. »Von den Erdnussbutter-Davenports?«

Laurie Baker stand auf dem Namensschild der Polizistin. Maesie kannte die Frau nicht. Sie hatte bisher nichts mit der Polizei zu tun gehabt.

»Du bist die Freundin von Noah?«, fragte Laurie Baker.

»Eine Freundin«, presste Maesie hervor. »Was ist mit ihm passiert? Wo ist Noah?«

Noahs Mutter wollte etwas sagen, aber ihre Stimme kippte weg.

»Es gab ein Unglück, also eher wohl ein Verbrechen. Jemand hat Noah mit einem Messer angegriffen.« Bevor Laurie Baker weiterreden konnte, rief einer ihrer Kollegen ihren Namen. »Was denn, Paul?«

»Wir haben hier eine Zeugin. Sie hat den Täter gesehen.« Der Polizist zeigte auf eine alte Dame.

»Mrs Zsábor«, murmelte Noahs Mutter.

Maesie hatte die alte Frau noch nie gesehen, aber Noah hatte die ein oder andere Geschichte über die etwas schrullige Nachbarin erzählt.

»Ich komme, Paul!«, rief Laurie Baker. »Kannst du hier bei Ms Schultz bleiben, Maesie? Danke!«

Maesie nickte. Sie führte Noahs Mutter in den Wohnwagen.

»Wie stark ist er verletzt?«, fragte sie leise, nachdem sie Wasser in ein Glas gefüllt und es der kreidebleichen Frau gereicht hatte.

Jetzt endlich rollten Noahs Mutter die Tränen übers Gesicht. »Messerstich«, flüsterte sie. »Er hat viel Blut verloren ...« Das waren die einzigen Worte, die aus ihr herauszuholen waren, bis Laurie Baker kam und Noahs Mutter anbot, sie nun ins Krankenhaus zu fahren.

Die beiden Frauen hatten den Wohnwagen fast verlassen, als Maesie noch eine Frage einfiel: »Miss Baker, äh, Officer?«

»Jepp?«, fragte die Polizistin.

»Wer war es? Hat Mrs Zsábor den Täter gesehen?«

Laurie Baker schüttelte den Kopf. »Im Moment kein Kommentar«, sagte sie und wiederholte es draußen noch ein paar Mal, weil mittlerweile der lokale TV-Sender und zwei Radioreporter eingetroffen waren.

»Mann, verdammt, diese Wanzen sind schneller, als die Polizei erlaubt«, schnaubte Laurie Baker. »Die wissen von einem Verbrechen, bevor der Täter überhaupt nur daran gedacht hat, jemanden abzumurksen.«

Maesie zuckte zusammen. Abmurksen. War Noah tot? Tränen schossen ihr in die Augen. Als sie das Polizeiauto davonfahren sah, musste sie an die Geschichte denken, die Noah ihr erzählt hatte. Blut. Eine Messerstecherei. Ein Jagdmesser. Moses.

»Du hast ihn kaltgemacht, verdammt, du hast ihm das Licht ausgeblasen«, murmelte Moses immer wieder vor sich hin. Die Kapuze seines Hoodies rutschte ihm vom Kopf, als er eine Abkürzung durch einen ziemlich verwachsenen Garten nahm. Schnell schob er sie wieder über, senkte den Blick.

Er kannte sich in dieser Gegend nicht aus. Rondo Heights war keine gute Gegend. Das wenige, das die Leute hier besaßen, ließen sie sich sicher nicht gerne von einem Typen wie ihm klauen. Dabei war ihm nach allem zumute, aber nicht nach den prallen Tomaten oder den Kartoffeln aus den verwilderten Gärten.

»Was machst du Ratte da?«, rief ein fetter Typ, als hätte Moses es beschworen.

Der Kerl saß in einem Campingstuhl, bekleidet mit einer Jogginghose und einem Unterhemd, an den Füßen Badeschlappen, die er mit Paketband so verlängert hatte, dass seine fleischigen Füße so gerade eben hineinpassten. Die Speckwulste an seinen Hüften waren eingeklemmt in die Armlehnen des wackeligen Dings, ein Wunder, dass es unter dem Koloss nicht zusammenbrach.

Der würde sich nicht die Mühe machen, Moses zu verfolgen, obwohl dieser nun einfach quer durch das Gemüsebeet stapfte und dabei die reifen Tomaten zertrampelte. Als Moses aus dem Winkel die Schrotflinte sah, die an der Veranda lehnte, legte er einen Zahn zu. Hier wurde man für weniger als ein paar Tomaten unter die Erde gebracht, das stand fest.

Er hatte seinen Freund Noah umgebracht. Beim Gedanken daran begann er wieder zu zittern. Das Zittern und die Schweißausbrüche hatten ihn immer wieder übermannt. Anfangs hatte er gedacht, es sei eine Erkältung, aber dann war ihm klar geworden, dass er sich gegen die Symptome wehren konnte. Wenn er sich sehr konzentrierte, einen Fokus suchte, ein Ziel, auf das er seinen Geist und seinen Blick richten konnte, verschwanden sie.

Dafür war jetzt aber keine Zeit.

»Du wirst berühmt, Alter, du wirst berühmt«, flüsterte er.

Moses senkte den Kopf noch tiefer und suchte auf dem nächsten Grundstück unter dem Vordach eines Schuppens Schutz. Ein scharfer Geruch zog ihm in die Nase, er schaute sich um – ein verlassener Hühnerstall, überall eingetrockneter Hühnermist.

Wenn die Medien herausfanden, dass Ronald LeBrun etwas mit der Sache zu tun hatte, würden die TV-Stationen rund um die Welt ihre Reporter hierherschicken. Boston, New York, Hongkong, Tokio, Berlin, Paris, Moskau. Sie würden alle ihre Vans mit den Satellitenschüsseln aufstellen und in ihre Mikrofone quatschen: »Wie wir aus gut informierten Kreisen erfuhren, steckt Ronald LeBrun hinter einem Institut, in dem der mutmaßliche Mörder von Noah Schultz an einem geheimen Forschungsprojekt teilgenommen hat...«

Doch seine Story würde ihm kein Mensch glauben, darüber war Moses sich im Klaren.

Er konnte ja selbst kaum glauben, was passiert war! Er hatte es einfach getan. Warum? Es gab keine Antwort auf diese Frage. Immer wieder gingen ihm die Vorkommnisse der letzten Tage durch den Kopf.

Moses spürte, wie er wieder zu zittern begann. Wenn es jetzt erneut losging, was würde er tun? Würde er losrennen und den nächsten killen? Seinen Grandpa? Noch eine Katze? Eine seiner Schwestern? Maesie? Oder irgendwen auf der Straße?

Das Zittern ließ nach. Die Abstände waren geringer geworden. Es kam nicht mehr so häufig. Das war vielleicht ein gutes Zeichen.

Er hatte Durst, furchtbaren Durst, aber er würde in diesem verdreckten Hühnerstall ausharren, bis es dunkel wurde. Dann hatte er eine kleine Chance zu entkommen.

Er brauchte ein Telefon, sein eigenes hatte er verloren. Oder hatte er es weggeworfen? Er erinnerte sich nicht. Am besten war ein Prepaid-Handy, man durfte es nicht zu ihm zurückverfolgen können. Beruhige dich, Moses Kapinski, verdammt noch mal, beruhige dich.

Er kramte in den Taschen seines Kapuzenshirts und in den Hosentaschen. Ein paar Dollar nur, nicht genug für ein Handy, nicht einmal für ein Abendessen würde es reichen.

Er musste diese Agentin finden, diese McDormand. Es war ein Fehler gewesen abzuhauen. *Homeland Security.* Die mussten ihm helfen. Er hätte ihnen gleich sagen sollen, dass gefährliche Dinge in diesem Institut vor sich gingen. Ob die wohl ein Büro in jeder Stadt hatten? Bestimmt nicht, schon gar nicht in einem Kaff wie Concord. Nein, jetzt war es ja auch zu spät dafür.

Jimmy Butler, vielleicht war er die Lösung? Er könnte ihm ein Handy besorgen. Aber für diesen Kerl brauchte er Geld, ohne Geld tat er nichts, und wenn sie schon eine Belohnung auf seinen Kopf ausgesetzt hatten, würde Jimmy ihn auf der Stelle verpfeifen, das war klar.

Warten. Dunkelheit. Darauf musste er warten. Moses lehnte den Kopf an die morschen Bretter des Verschlags und schloss die Augen. Warten.

 *[Auswertung Videoanalyse und Bewegungsradar Überwachungskamera Rondo Heights mit Datenbestand zu Testperson Si&_∑w834]*

Die Vergleichswerte in den Bewegungsmustern der erfassten Person ergaben eine Übereinstimmung in den Hauptmerkmalen von 97,3 Prozent. Gesichtserkennung war aufgrund der Vermummung nicht möglich. Weitere (biometrische) Daten liegen ebenfalls nicht vor.

9

Der Mensch ist dort, wo seine Seele ist,
nicht dort, wo sein Körper sich befindet.

*Mahatma Gandhi (1868–1948) – Rechtsanwalt und Pazifist,
der zum Anführer der indischen Unabhängigkeitsbewegung wurde*

Die Stimme passte nicht, nicht hierher, obwohl er gar nicht wusste, wo er war. Alles um ihn herum war schwarz. Ich schlafe, dachte Noah, das ist ein Traum, der nur aus Stimmen besteht. Solange ich Stimmen höre, lebe ich noch, ging es ihm nun durch den Kopf.

Das war gut.

Jemand hatte ihn verletzt. Ein Messer. In die Seite. So war es gewesen. Im ersten Moment fast schmerzlos, dann das entsetzliche Brennen und dann die Schwärze, die alles genommen hatte.

Nicht jemand!, war der nächste Gedanke, der sich anschloss. Nicht jemand, sondern Moses. Moses hatte ihn verletzt. Genau wie er es ein paar Tage zuvor in der Sitzung im Institut gesehen hatte. Die Bilder, die er gesehen hatte, bevor es geschehen war. Er hatte Maesie erzählt, es sei so etwas wie ein Traum gewesen, aber jetzt wusste er, dass es die Wirklichkeit gewesen war: ein Blick in die Zukunft.

Noah versuchte, die letzten Worte wiederzufinden, die Moses ausgestoßen hatte. Da war noch etwas gewesen, etwas für Noah Bedeutendes, etwas sehr Bedeutendes, aber er konnte sich beim besten Willen nicht daran erinnern, und warum diese Worte so wichtig gewesen waren, auch das war aus seinem Gedächtnis gelöscht.

Schon die Anstrengung, sich zu erinnern, war zu viel für Noah. Er fühlte sich so unendlich schwach. Dabei war er doch so körperlos, ja, das war die richtige Bezeichnung dafür: körperlos. Seinen Körper gab es nicht mehr, nur noch seine Gedanken und seinen Willen, und die durfte er nicht überanstrengen, sonst gehorchten sie ihm nicht mehr. Hatten sie nicht einmal im Institut darüber gesprochen? Eines Tages brauche man keinen Körper mehr. Wer hatte das gesagt? Einer der Mentoren? Oder Charlie? Kein Körper, nur Persönlichkeit. Man bestehe nur noch aus Gedanken, aus Bewusstsein, Empfindungen. Und alles setze sich nur aus Daten zusammen. So fühlte er sich jetzt. Körperlos. Nur Gedanken. Was würde Elijah dazu sagen?

Er erinnerte sich an einen Film, in dem ein alter reicher Mann sein Bewusstsein in den Körper eines jungen Soldaten hatte übertragen lassen. Im Augenblick seines Todes lag der alte Mann in einem Scanner, einem Gerät wie für eine Tomografie, mit der die Mediziner Organe scannen und darstellen konnten. Das Ziel dieses Gerätes aber war ein vollkommen anderes gewesen. Der alte Mann wollte in einem jungen, gesunden Körper weiterleben. Verrückt, dachte Noah, das ist verrückt, und der Film war einigermaßen unglaubwürdig gewesen. Warum konnte er sich nicht bewegen?

Warum spürte er seine Beine nicht, die Arme, die Hände, den ganzen Körper. Warum spürte er ihn nicht? Nicht einmal die Wunde, die Moses ihm mit dem Jagdmesser zugefügt hatte.

Die Wunde in Noahs Seite musste groß sein, er musste sie doch spüren?

»Zum Teufel auch, sie müssen etwas tun, der Junge leidet doch.«

Wieder die Stimme. Zu wem gehörte sie?

Nein, ich leide nicht, wollte Noah antworten, vielleicht tat er es sogar, er wusste es nicht. Bewegten sich seine Lippen, brachte er Töne hervor?

»Tun Sie doch etwas, verdammt noch mal.« Die Stimme. Der schwere verwaschene Dialekt verwies auf den tiefen Süden. Das konnte Noah zuordnen, South Carolina vielleicht oder noch weiter hinunter am Golf von Mexiko. Alabama oder Louisiana?

Es war die Stimme seines Vaters. Dad hatte diesen Südstaaten-Akzent, den er aber meistens unterdrückte.

Die Stimme erinnerte ihn an majestätische mit spanischem Moos bedeckte Eichen, Pferdekutschen und herrschaftliche Häuser aus dem 19. Jahrhundert, und eine Kathedrale mit spitzen Türmen. Der Geruch von Pulverdampf stieg ihm in die Nase, Kanonenschüsse, das Fort –

Jetzt erinnerte sich Noah: Fort James Jackson.

Noah war mit seinem Vater und Elijah in Savannah gewesen und bei diesem Besuch hatte Dad ihnen das alte Fort aus der Zeit des britisch-amerikanischen Kriegs gezeigt. In alte blau-rote Uniformen gekleidete Darsteller hatten die Kanonen gezündet, den scharfen Geruch des Pulvers hatte er nicht vergessen.

Was machte sein Vater hier?, fragte Noah sich, und dann wurde ihm bewusst, dass sein Dad nicht hier sein konnte. Er war tot, das wusste Noah.

»Tot«, hörte Noah nun sich selbst.

»Hat er etwas gesagt?«, fragte eine andere Stimme.

Das war seine Mutter. Sie war nicht tot. In Noahs Kopf ging alles durcheinander. Dad. Elijah. Mutter. Moses. Das Messer. Blut.

»Machen Sie Platz«, sagte die samtweiche Stimme einer Frau. Samtweich, aber bestimmt.

Noah spürte, wie ihn jemand an der Hand fasste, dann sein Augenlid hinaufzog, grelles Licht stach ihm ins Auge, dann brannte in Noahs Armbeuge etwas. Für ein paar wenige Herzschläge spürte er noch, wie das Glühen seinen Arm hinaufstieg, dann wurde alles sehr still und dunkel, aber bevor Noahs Bewusstsein sich wieder ins Nichts verabschiedete, fiel ihm wieder ein, was Moses gesagt hatte, nachdem er Noah das Messer in die Seite gerammt hatte. Es war etwas über Charlie gewesen.

Noah bäumte sich auf. Mit weit aufgerissenen Augen saß er im Bett. Es war ein Krankenzimmer, in dem er sich befand, das erkannte er sofort. Blinkende und piepsende Geräte um ihn herum, die augenblicklich Alarm schlugen. Die Kurven auf den Displays überschlugen sich fast, rasten in die Höhe, ein Dauerton erklang, der in den Ärzte-Serien, die seine Mutter liebte, immer signalisierte: Es ist aus. Exitus. Tod. Nur ein Wunder konnte die Patienten in diesen Serien dann noch retten, oder die rothaarige Pflegerin, deren Vorname auch als Titel der Serie diente. An den Namen konnte Noah sich nicht erinnern, aber eine Pflegerin kam auch jetzt angerannt und blaffte jemanden an: »Um Himmels willen, was tust du da?«

»Ich habe nichts angefasst«, blaffte jemand zurück. Maesie.

Noah sank zurück in die Kissen. Maesie war da.

»Er ist einfach aufgewacht und hat geschrien.«

Maesie sagte nicht, was er gerufen hatte.

Dafür interessierte sich auch niemand von den Leuten, die in der nächsten halben Stunde ins Zimmer stürzten, sich wunderten und wieder hinausrannten, um kurz darauf mit einem höherrangigen Weißkittel zurückzukommen. Assistenzarzt, Oberarzt, Chefarzt und schließlich ein Typ mit so vielen Titeln, dass sie kaum auf sein Namenschild passten.

»Wenn ich an Wunder glauben würde, würde ich sagen: Das ist ein Wunder«, sagte der Professor. »Hugh Broman«, stellte er sich vor. »Aus dem künstlichen Koma, in das wir dich versetzt haben, wacht normalerweise niemand einfach so auf. – Wie viele Finger sind das?«, fragte er und danach noch, in welchem Staat Noah lebe, wie seine Mutter heiße, wie sein Vater und wie alt Noah sei.

»Das kommt darauf an, wie lange ich hier gelegen habe«, antwortete Noah mit kratziger und ziemlich schwacher Stimme.

»Er kann Scherze machen«, sagte der Professor. »Das stimmt mich hoffnungsvoll. – Was tut eigentlich das Mädchen hier?« Er zeigte auf Maesie, die sich still und unauffällig in eine Ecke des Krankenzimmers verzogen hatte. Das war eine ihrer Stärken. Unauffällig sein, wenn nötig sogar unsichtbar.

Maesie ließ sich von Professoren nicht beeindrucken. Sie reckte ein Buch in die Höhe. »Ich bin das Mädchen«, sie betonte das Wort genauso abfällig, wie der Professor es getan hatte, »das dem Jungen Tag für Tag aus den Büchern von Henry David Thoreau vorgelesen hat. Sie kennen Thoreau?«

Obwohl es Noah ganz sicher nicht nach einer von Maesies politischen Standpauken war, freute er sich darauf, wie sie nun den Typen einseifen würde. Aber selbst Maesie hatte ein Gefühl dafür, dass jetzt nicht der richtige Zeitpunkt dazu war.

Sie wandte sich Noah zu: »Ich schicke deiner Mom eine Nachricht, okay?« Sie drückte Noahs Hand, in der kein Zugang zur Vene steckte, und verabschiedete sich.

»Nettes Mädchen«, sagte der Professor und fragte Noah: »Auf jeden Fall freuen wir uns, dass wir dich wiederhaben. Fast schon gesund und munter.«

Noah quälte sich ein Lächeln ab.

»Ach, eine Frage noch«, sagte der Arzt, als er eigentlich schon fast zur Tür hinaus war, um zum nächsten Patienten zu hasten. »Wir haben bei den Untersuchungen in deinem Nacken so einen Fremdkörper entdeckt. Kannst du mir sagen, was das ist? Ist das so ein Piercing-Implantat?«

Noah zögerte, dann nickte er schnell. »Ja, so etwas…«

»Ach, ihr jungen Leute, was ihr euch alles antut, um cool zu sein. Aber besser als ein Tattoo, finde ich jedenfalls.«

Als der Professor gegangen war, dämmerte Noahs Geist wieder weg, und er brauchte drei weitere Tage, bis er aus dem Bett steigen und auf den eigenen Beinen stehen konnte. Seine Muskeln waren bereits schwach geworden. Hightechapparate hatten seine Organe in Gang gehalten, jedenfalls die, über die er noch verfügen konnte. Dazu gehörten eine Niere, Teile des Dickdarms und die Milz nicht mehr, wie ihm eine freundliche Ärztin am Tag nach seinem plötzlichen Aufwachen mitteilte.

Nun saß Noah an einem Tisch im Besucherzimmer, in das sie ihn mithilfe eines Rollstuhls geschoben hatten. Eine Frau in Polizeiuniform, die sich als Deputy Laurie Baker vorgestellt hatte, breitete einige Fotos auf dem Tisch aus und räusperte sich. Bevor sie ein Wort hervorbrachte, schaltete sich Noahs Mutter ein: »Muss das denn sein? Der Junge ist doch kaum auf den Beinen, Deputy.«

»Mom, es ist okay«, sagte Noah.

»Misch du dich nicht ein, Noah. Es ist nicht okay.«

Wieder ein Räuspern, das klang, als würde Laurie Baker mit ihren Stimmbändern Walnüsse knacken.

»Die Ärzte sagen, der Junge erhole sich ganz prächtig. Gutes Heilfleisch. Wir brauchen in solchen Fällen sehr schnell Informationen, und es ist bereits zu viel Zeit vergangen seit der Tat. Die Spuren sind jetzt schon so kalt wie eine lausige Winternacht im Norden von Vermont.«

Noah wusste, welche Frage Laurie Baker, die nun einen kleinen Notizblock und einen Bleistiftstummel hervorzog, stellen würde. Fast jeder, der nach seinem Aufwachen an sein Bett getreten war, hatte diese Frage gestellt: Ob er seinen Angreifer erkannt hätte. Die Polizistin tippte auf die Fotos.

Darauf war ein Messer zu sehen. Das erste Foto stammte vom Tatort. Ein blutverschmiertes Jagdmesser zwischen den dicken Wurzeln der Ulme, die gegenüber dem Wohnwagen stand, in dem sie lebten. Die anderen Fotos zeigten dasselbe Messer auf einer stahlgrauen Platte mit einem

Zentimetermaß daneben, damit auch jeder erkannte, um was für eine mörderische Waffe es sich handelte. Man konnte ein Rentier damit ausnehmen.

»Kennst du dieses Messer?«, fragte Laurie Baker.

Noah zögerte einen Augenblick. Vor ihm stand ein Pappbecher mit Wasser. Er nahm einen Schluck.

»Nein«, sagte er. »Nie gesehen.«

»Du bist damit abgestochen worden«, sagte Laurie Baker. Feinfühligkeit schien nicht ihre Stärke zu sein.

»Es ging alles so schnell«, sagte Noah. »Ich habe nur eine Klinge blitzen sehen, und dann war alles schwarz.«

»Aber die Person, die es dir in den Bauch gerammt hat, die musst du doch gesehen haben.«

Noah schüttelte schnell und entschlossen den Kopf. Er ging davon aus, dass niemand beobachtet hatte, was unter der Ulme passiert war. Ihm war erzählt worden, dass Mrs Zsábor ihn gefunden hatte, in einer riesigen Blutlache. Die verletzte Milz hätte ihn fast innerlich verbluten lassen. Der Täter sei längst über alle Berge gewesen.

Niemand hatte ihn gesehen.

»Um ehrlich zu sein, wundert mich das.«

»Was wundert Sie?«, fragte Noahs Mutter. »Mich wundert auch einiges. Zum Beispiel, dass ein ganzes Sheriffbüro mitsamt seinem Deputy und ich weiß nicht wie vielen Police Officer in einer Kleinstadt wie Concord den Mörder meines Sohnes nicht findet.«

»Mom!«, entfuhr es Noah. Der laute Ausruf, die Luft,

die er dabei ausstieß, waren zu viel. Ein schmerzhaftes Ziehen schoss durch seinen Bauch. Noah verzog das Gesicht.

Laurie Baker hatte genug. »Wir tun alles, und Sie sollten uns nicht behindern. Es liegt in Ihrem Interesse, dass wir den Kerl schnappen. Wenn Sie nämlich großes Glück haben, verfügt der Typ über genug Kohle, um den ganzen Kram hier zu zahlen.« Sie ließ den Blick einmal in dem kargen Raum kreisen. »Oder sind Sie so gut krankenversichert, dass Sie sich die Operationen, die nötig waren, leisten können?«

Die Polizistin sprach aus, was Noah in den letzten Nächten, in denen er wach gelegen hatte, schon klar geworden war. Dieser Krankenhausaufenthalt würde sie endgültig ruinieren. Seine Mutter hatte keine schlechte Krankenversicherung. Sie hatte gar keine.

Trotzdem würde er Moses nicht ans Messer liefern. Ein kaum erkennbares Lächeln huschte über Noahs Gesicht bei diesem Gedanken. Ans Messer liefern, das war wohl der richtige Ausdruck.

»Bitte?« Laurie Baker hatte den Hauch eines Lächelns registriert.

»Nichts«, sagte Noah. »Ich kann mich an nichts erinnern. Er trug ein Kapuzenshirt, eine Baseballkappe tief ins Gesicht gezogen.«

»Er?«, fragte Laurie. »Es war also eine männliche Person?«

»Ich bin mir nicht sicher. Eher klein, schmächtig wirkte er. Oder sie.«

»Na, siehst du. Geht doch. An ein bisschen erinnerst du dich doch.« Laurie Baker sammelte die Fotos wieder ein. Sie stapelte sie ordentlich vor sich. »Denn ganz so kurz und schnell ging die Sache doch eigentlich nicht vor sich.«

Noah schaute erstaunt auf.

»Mrs Zsábor hat ausgesagt, dass du dich mit dem Angreifer oder der Angreiferin unterhalten hast. Einige Sätze hättet ihr gewechselt. Sie hat jedoch nur dich gesehen, die Ulme versperrte ihr den Blick auf den oder die Täterin. Erst als er oder sie weggelaufen ist, hatte Mrs Zsàbor freie Sicht, aber leider nur von hinten. Kapuzenshirt, schmächtige Gestalt. Das hat sie auch gesagt.«

Als Noah sie schweigend anschaute, fuhr Laurie Baker fort.

»Vielleicht ein Hoodie von den *Chicago Bulls*? Und eine Baseballkappe vom *Bass Pro Shop* in Foxborough. Kennst du Foxborough? Keine zwanzig Meilen die *Interstate 95* runter Richtung Providence.« Die Polizistin kramte ein weiteres Foto hervor.

Noah kannte das Foto. Es hing eigentlich neben der Tür in Moses' Zimmer. Noah war nur einmal in diesem Zimmer gewesen, aber dieses Bild fiel einem wegen des polierten goldenen Rahmens sofort auf.

Alles, wovon die Polizistin gesprochen hatte, war gut zu erkennen: das Kapuzenshirt, die Baseballkappe, darauf das gelbe Logo mit dem Fisch und dem Schriftzug *Bass Pro Shops* darauf. Der Träger der Klamotten war Moses, der stolz vor dem Geschäft für Jagd- und Fischerei-Bedarf posierte. Neben ihm Grandpa Kapinski, beide vor dem roten *Ford Mustang* auf dem Parkplatz des Ladens.

»Ist ein schmächtiger Typ, dieser ...«, Laurie blätterte in ihrem kleinen Notizblock, als wüsste sie den Namen des Jungen nicht. »... dieser Moses Kapinski.« Mit einem Blick auf Noahs Mutter fuhr sie fort: »Wir waren natürlich nicht ganz und gar untätig, sondern haben im Umkreis von einer Stunde Fahrt sämtliche Läden abgeklappert, die solche teuren Messer verkaufen.«

Noahs Mutter ignorierte die bissige Bemerkung.

»Mr Shumer, dem der *Bass Pro Shop* gehört, erinnerte sich an den alten und den jungen Kapinski sehr gut. Grandpa hat seinem Enkel im vergangenen Herbst ein Bowie-Messer der Marke Richardson mit einer acht Zoll langen Carbon-Federstahlklinge und einem wirklich schön gearbeiteten Griff aus Elchhorn gekauft. Ein Geburtstagsgeschenk für den Junior. Für satte 209 Dollar. Mr Shumer hat in diesem Jahr drei Stück davon verkauft, es ist eines seiner Lieblingsmesser. Er erinnert sich an jeden Kunden.«

»Moses?«, fragte Noahs Mutter ungläubig. »Ich habe dir immer gesagt, dass du dich nicht mit diesem Kapinski-Jungen herumtreiben sollst. Du weißt, was für ein Typ sein Vater ist –«

Laurie Baker unterbrach sie. »Ob es tatsächlich das

Messer ist, das in unserer Asservatenkammer liegt, können wir bisher nicht mit letzter Gewissheit sagen. Auch Moses konnte es uns nicht sagen.«

»Warum nicht?«, fragte Noah.

»Weil er verschwunden sind. Du weißt nicht, wo er sein könnte?«

Noah schüttelte den Kopf. »Wir sind nicht besonders eng befreundet. Haben ab und zu miteinander abgehangen.«

Die Polizistin schüttelte nachdenklich den Kopf. »In der Woche vor dieser Sache, also, bevor dich jemand so zugerichtet hat, hat er ziemlich oft eine Nummer gewählt, und wenn mich nicht alles täuscht, ist das deine.« Sie zeigte Noah die Mobilnummer. Sieht nach lauter Fehlversuchen aus. Fast 50 Versuche. Nur einmal scheint er durchgekommen zu sein. Hier, schau mal: Gesprächsdauer etwas mehr als eine Minute. Was wollte er dir denn so außerordentlich Dringendes sagen?«

»Ich habe nicht mit ihm gesprochen, Miss Baker. Mein Smartphone ist kaputt.«

»Dann hat er dir sicher auf die Mailbox gesprochen?«

»Kann sein, ich weiß es nicht. Ich wollte das Gerät am Tag drauf bei Jimmy abholen, der bringt so etwas wieder in Ordnung, für ein paar Dollar.«

»Jimmy Butler?«

»Ja.«

»Soll ich das für dich erledigen? Damit wir uns die Nachrichten dann gemeinsam anhören können?«

»Deputy, das ist jetzt genug«, fuhr Noahs Mom dazwischen. »Sie sprechen mit meinem Jungen, als sei er der Täter. Muss er Ihnen seine Verbände zeigen oder die Nähte, mit denen sie ihn zusammengeflickt haben? Er ist das OPFER. Noah, du gehst jetzt in dein Zimmer und legst dich ins Bett. Das ist viel zu anstrengend für dich.«

Laurie Baker hob beide Hände. »Schon gut, war nur ein Angebot. Das ist unser Job, gerade wenn wir so wenig haben. Wir müssen jedem kleinsten Verdacht nachgehen, und gegen Moses haben wir einen relativ großen Verdacht. Aber wenn Ihr Sohn einen Kumpel, der auf derselben Schule war wie er, nicht erkannt hat, wird das wohl seine Richtigkeit haben.« Sie packte ihre Sachen zusammen und ging zur Tür. Dort zögerte sie noch einmal. »Eine Frage hätte ich noch: Sagt dir der Name Charlie etwas?«

»Nein, kenne keinen Charlie«, antwortete er so cool wie möglich.

»Okay, du hast im Delirium den Namen immer wieder gesagt. Hätte ja sein können, dass der etwas weiß.« Die Polizistin gab Noah eine Visitenkarte. »Ruf mich an, wenn dir noch etwas einfällt. Und gute Besserung«, sagte sie, bevor sie ging.

Als Noah kurz darauf sein Zimmer erreicht hatte, ließ er sich aufs Bett sinken. Er musste mit Maesie sprechen. Unbedingt. »Mom, kann ich dein Telefon mal haben?«

»Du sollst dich ausruhen«, antwortete seine Mutter.

»Maesie soll mir ein paar Sachen für die Schule bringen. Ich will nicht so weit zurückfallen, du weißt doch, wie wichtig dieses Jahr ist.«

Sie kramte das Gerät aber aus ihrer Handtasche.

»Und kannst du mir was zu trinken holen?« Noah versuchte Elijahs Labradorwelpen-Blick hinzukriegen. »Eine Coke vielleicht? Ich hab genug von diesem Kamillentee hier.«

Sobald seine Mutter das Zimmer verlassen hatte, wählte Noah Maesies Telefonnummer. Sie nahm den Anruf sofort an. »Du musst etwas für mich tun, schnell, bevor die Polizei es tut.«

 *[Hauptprotokoll | 10:27 p.m. eastern standard time − Klassifizierung Chiffre Red]*

Nachrichtlich an alle Institutsleitungen und Board of Directors:
 Erneuter Angriff auf den Zentralserver, Nachverfolgung bis zum Netzknotenpunkt südlich Chestnut Hill/Boston, versuchter Zugriff auf die Partitionen CYdelta4 und CYdelta4b
 Identifizierung der Testperson *Y87_fe43¢* konnte nicht bestätigt werden, die erhöhten Sicherungsmaßnahmen haben einen weiteren Zugriff auf Daten abgewehrt.

10

Anders als der menschliche Verstand verdoppeln Computer ihre Leistung alle 18 Monate. Daher ist die Gefahr real, dass sie Intelligenz entwickeln und die Welt übernehmen.

Stephen Hawking (1942–2018) – britischer Physiker und Astrophysiker, lieferte bedeutende Arbeiten zur Kosmologie, allgemeinen Relativitätstheorie und zu schwarzen Löchern

Jimmy »the Junk« Butler war ein lausiger Typ, der mit allem handelte, was ihm in die Finger kam. Diese Dinge waren keineswegs Schrott, wie sein Spitzname vermuten ließ, sondern meistens nagelneue Waren: Diebesgut.

Maesie war klar, dass sie mindestens einen Zwanzig-Dollar-Schein einstecken musste, vielleicht sogar einen Fünfziger. Wer mit Hehlerware jeglicher Art handelte und Ersatzteile aus geklauten Smartphones zur Reparatur verbaute, ließ sich mit einem schönen Scheinchen zu fast allem herumkriegen. Und Jimmy wusste, dass seine Kunden das wussten.

»Ich kann dir d-doch nicht einfach das Handy von einem geben, K-Kleine. A-Außerdem h-hat er nur fünf Dollar angezahlt.«

Maesie hasste es, wenn jemand sie ›Kleine‹ oder gar ›Süße‹ nannte, aber sie riss sich zusammen. Wenn sie diesem schmierigen Kerl hinter der Ladentheke in der heruntergekommenen Baracke im Hof eines Waschsalons nun einen vor den Latz knallte, halfen auch die hübschen Dollarscheine, die sie aus der alten Kaffeedose in der Küche genommen hatte, nichts mehr. Das Geld in der Kaffeedose war eigentlich für die Haushaltshilfe, damit sie damit im Drugstore Putzmittel oder Staubsaugerbeutel bezahlen konnte.

Jetzt klimperte Maesie mit den Wimpern und säuselte: »Mr Butler, Noah kann nicht selbst kommen. Er liegt im Krankenhaus, und anrufen kann er Sie schließlich nicht, weil sein Smartphone wiederum bei Ihnen liegt. – Was kostet es denn überhaupt?«

»D-Dreißig.«

Dieser Mistkerl. Noah hatte ihr gesagt, dass er zwanzig mit Jimmy vereinbart hatte. Sie schluckte den Ärger herunter und zückte den Fünfziger. »Ich habe das Geld dabei, Mr Butler.« Ein süßes Lächeln schob sie hinterher. »Oder darf ich James sagen?« Niemand nannte den widerlichen Kerl Mister Butler oder James. Jimmy oder Junk, so wurde er genannt.

Jimmy griff nach dem Schein. Dabei berührte er wie zufällig Maesies Hand. Sie ekelte sich, aber das Lächeln blieb in ihr Gesicht gemeißelt, auch, als Butler ihr mitteilte, dass er leider nicht herausgeben könne. Der Schein verschwand in der ausgebeulten Brusttasche seines Overalls. Maesie schnaubte verächtlich und griff sich das Gerät.

Ohne ein weiteres Wort stapfte sie mit dem Smartphone hinaus.

»Schönen Tag, S-Süße«, rief Jimmy Butler ihr nach.

Auch das ignorierte Maesie, schwor sich aber, dass sie es diesem Kerl bei nächster Gelegenheit zurückzahlen würde.

Als sie eine halbe Stunde später im Krankenhaus ankam, erwartete sie eine Überraschung. Sie fand Noah nicht in seinem Zimmer vor, auch nicht im Aufenthaltsraum.

Am Tresen in der Mitte der Station sortierte ein Pfleger Krankenakten. *Branson Cooper* stand auf dem Namensschildchen auf der Brusttasche seines grünen Kittels. Mit einem Filzstift hatte er die beiden *oo* durch einen Punkt und einen kleinen Bogen darunter zu einem Smiley gemacht. Das passte zu seinem Lächeln, das an den Ohren festgetackert zu sein schien.

»Noah Schultz?«, fragte er und zuckte die Achseln. »Keine Ahnung, ich hab gestern erst auf der Station angefangen.«

Eine Kollegin, die Maesie schon öfter gesehen hatte, trat dazu. »Die Messerstecherei von Zimmer 2024.« Sie zog eine der Akten aus dem Stapel. Darauf prangte ein roter Klebepunkt. Als er dem Pfleger ins Auge fiel, verzog dieser das Gesicht. »Oh, oh«, sagte er nur.

Maesie spürte, wie ihr die Farbe aus dem Gesicht wich.

Ihr wurde flau, sie musste tief einatmen. »Ist etwas passiert?«

»Nein, du musst dir keine Sorgen machen«, sagte der Pfleger. Er blätterte die Papiere in dem Ordner durch. »Offensichtlich ein zäher Bursche, dein Liebster. Er erholt sich prächtig.«

Nun schoss ihr das Blut wieder ins Gesicht. Ihre Wangen glühten augenblicklich. Der Pfleger lächelte, wurde dann aber wieder ernst. Er rückte ein wenig näher. »Er oder seine Familie, die müssen sich Sorgen machen.« Dabei deutete er auf den roten Punkt: »Keine Krankenversicherung, sozusagen Warnstufe Rot. Eigentlich ist das mit dem Punkt verboten, aber ich kann dir sagen: Viel hat er hier nicht mehr zu erwarten, wenn seine Eltern nicht bald zumindest einen Abschlag zahlen –«

»Du quatschst zu viel«, unterbrach seine Kollegin ihn und wandte sich an Maesie: »So ein Westküstenschnösel hat deinen Noah abgeholt. Sie haben einen kleinen Spaziergang nach unten oder nach draußen gemacht, ich weiß es nicht genau.«

Maesie fand Noah in der Cafeteria. Er saß in einem Rollstuhl. Mit einer Hand hielt er den Ständer, an dem über ihm der Infusionsbeutel mit einem Gemisch aus Kochsalzlösung, Entzündungshemmern und Schmerzmitteln baumelte.

Als Maesie auf den Tisch zusteuerte, bemerkte sie aus dem Augenwinkel, dass eine zweite Person dasselbe Ziel hatte. Der Westküstenschnösel, wie die Pflegerin ihn bezeichnet hatte, balancierte ein Tablett mit zwei Tassen und einem Teller darauf um ein paar spielende Kinder herum, die ihrem Dad die Gehhilfe gestohlen hatten und nun damit herumturnten. Das musste der Mann sein, der Noah auf der Station abgeholt hatte – und sie erkannte ihn sofort. Was macht Ronald LeBrun hier?, fragte sie sich. Kein anderer stellte nämlich nun das Tablett vor Noah auf den Tisch.

Maesie zögerte. Noah hatte sie noch nicht bemerkt. Sie wusste nicht, warum, aber sie zögerte hinzugehen.

Was sie in der Zeit, die Noah im künstlichen Koma verbracht hatte, an Informationen zusammengetragen hatte, sprach eigentlich in keiner Weise gegen diesen LeBrun, aber irgendwie rumorte ein ungutes Gefühl in ihr, ein ungutes Gefühl, worauf Maesie normalweise nichts gab.

Sie hielt sich normalerweise an die Fakten, eines Tages wollte sie Informatikerin werden. Kalte logische Mathematik, physikalische Grundsätze, Algorithmen, die unbestechlich waren – das war ihre Welt.

Alle Fakten sprachen für Ronald LeBrun. Außer vielleicht, dass Noahs Mutter einmal gesagt hatte, keiner auf der ganzen Welt könne so viel Geld anhäufen, ohne sich dabei in irgendeiner Form die Finger schmutzig zu machen.

Er hatte ein Programm so perfekt weiterentwickelt und möglich gemacht, dass ein Computer besser die Heilungschancen für einen Krebspatienten samt den notwendigen

Therapien berechnen konnte als eine ganze Turnhalle voller Top-Mediziner.

Was sollte sie also gegen ihn haben? War es vielleicht die Tatsache, dass das *Institute for Neuropsychological Research & Investigation* einen Tag nach dem Angriff auf Noah geschlossen wurde, wie sie herausgefunden hatte? Sie hatte einen großen Teil ihrer Zeit inklusive der letzten Nächte damit verbracht, diesen Mann und seine Aktivitäten zu durchleuchten. Mittlerweile hatte sie – nicht zuletzt mithilfe einiger Freunde in verschiedenen Hackerforen – sicher mehr zusammengetragen als mancher Journalist. Aber wenn sie ehrlich war, handelte es sich fast immer um Geraune und Gerüchte. Beweise, dass etwas mit ihm oder dem Institut nicht stimmte, hatte sie nicht in der Hand.

»Hey, Maesie!«, riss eine Stimme Maesie aus ihren Gedanken.

»Du bist also Maesie«, sagte Ronald LeBrun, als Maesie Noahs Tisch erreichte. »Noah hat mir schon von dir erzählt.«

»Ich hoffe, nur Gutes«, knurrte Maesie.

»Stell dir vor, Mister LeBrun –«

»Ronald«, warf LeBrun dazwischen.

Noah verbesserte sich: »Ronald hat mir angeboten, die Kosten für das Krankenhaus zu übernehmen.«

Maesie Gesichtszüge entglitten für einen Moment. »Sehr großzügig«, sagte Maesie knapp. »Was wohl deine Mutter dazu sagt?«, schob sie noch hinterher, woraufhin Noahs freudiges Strahlen aus seiner Miene verschwand. Dass seine Mutter es hasste, von irgendjemandem so etwas wie Almosen anzunehmen, hatte er zu verdrängen versucht.

»Das muss ja nicht deine Sorge sein.« Der Ärger in Noahs Stimme war nicht zu überhören.

»Freu dich nicht zu früh«, sagte Ronald LeBrun. Er lachte. »Es ist ja kein Geschenk, sondern ein Vorschuss. Wenn du mal studiert hast, wirst du natürlich Cent für Cent den Betrag in einer meiner Firmen abarbeiten.« Er zwinkerte Noah zu.

In welcher seiner Firmen wollte dieser Mann Noah unterbringen?, fragte Maesie sich. Wenn jemand nicht zu LeBrun und seinen Aktivitäten passte, dann war das Noah.

»Mit Zins und Zinseszins natürlich.« Wieder lachte er über seine eigenen Worte.

Maesie mochte Menschen nicht, die am lautesten über ihre eigenen Witze lachten. Und es war kein Witz. Dessen war sich Maesie sicher.

»Tja, einem geschenktem Gaul, schaut man nicht ins Maul, sagt mein Vater immer.« Maesie quälte sich ein Lächeln ab.

»Schlauer Mann«, erwiderte Ronald LeBrun.

Mit einer schlauen Tochter, dachte Maesie. Sie wusste, dass sie in diesem Fall ihrem Gefühl trauen durfte. Nur wer ein schlechtes Gewissen hatte, machte solche Angebote.

Später, nachdem Ronald LeBrun sich verabschiedet hatte, schwieg Maesie. Noah spürte ihr Misstrauen. Niemand konnte auf so viele Arten bedeutsam schweigen wie Maesie. Ihr Schweigen sagte oft mehr aus als das, was sie aussprach. Man durfte sie nicht drängen, das wusste Noah, sonst schaltete sie auf stur. Also wartete er, ob sie von sich aus etwas zu diesem Besuch sagte.

Inzwischen fühlte er die Erschöpfung, die in ihm hochkroch. Der Ausflug in die Cafeteria hatte ihn geschafft. »Begleitest du mich hinauf in mein Zimmer?«, fragte er mit müder Stimme und nahm einen letzten Schluck aus dem Becher, den LeBrun vor einer Viertelstunde vor ihn gestellt hatte. Der Kakao war kalt und schmeckte bitter.

»Gibt es nicht irgendwo einen ungestörten Ort?« Maesie zog das Smartphone aus der Tasche und wedelte damit vor seiner Nase herum.

Das hatte er schon fast vergessen.

»Fünfzig Mäuse hat der Mistkerl mir abgeknöpft.« Maesie schnaubte. »Dem würde ich gerne mal –«

»Maesie, bitte. Ich muss mich hinlegen.«

Jetzt war es Noah schwindelig. Alles drehte sich in seinem Kopf und vor seinen Augen, sein Blutdruck sackte in den Keller. Dieses Gefühl kannte er schon. Der Arzt würde mit ihm schimpfen.

In Noahs Kopf breitete sich ein Durcheinander aus, als seien die Leitungen dort oben falsch geschaltet. Er machte sich Sorgen. Er hatte gehört, wie die Ärzte sich über den

Sauerstoffmangel in seinem Gehirn unterhalten hatten. Der hohe Blutverlust, zu wenig Sauerstoff, kleine graue Zellen, die sich verabschieden. Man musste mit allem rechnen: Ausfälle, Gedächtnisverlust, Bewegungen, die unkoordiniert verlaufen.

»Noah, ist etwas mit dir?«

»Ist schon gut, bring mich bitte nach oben.«

Maesie verstaute das Smartphone wieder in ihrer Tasche, löste die Feststellbremse des Rollstuhls und schob Noah zu den Aufzügen. Als sie oben ankamen, wartete im Zimmer eine Überraschung auf sie: Noahs Bett stand zwar noch in der von zwei Vorhängen begrenzten Box, aber jemand hatte die Bettwäsche abgezogen und eine Plastikfolie darübergespannt. Seine wenigen persönlichen Dinge waren verschwunden. Der Pfleger versorgte die Wunde im Unterschenkel eines neuen Patienten in der Box daneben.

»Hey, du hast deinen Freund gefunden?«, fragte Branson und strahlte Maesie mit seinem Dauergrinsen an. Er wandte sich Noah zu: »Junge, du bist aber blass, du gehörst ins Bett!«

Noah deutete mit einem fragenden Blick auf das frisch überzogene Bett.

»Nicht in das«, sagte der Pfleger. Er schnalzte mit der Zunge. »Dein reicher Onkel aus Kalifornien hat einen fetten Scheck ausgestellt. Deine Sachen sind oben im siebten Stock mit hübschem Ausblick zum Fluss. Du gehörst jetzt zu den VIP-Patienten. Komm, ich bringe dich nach oben.«

Im siebten Stock traute Noah seinen Augen nicht. Das Krankenzimmer war größer als der gesamte Wohnwagen seiner Mutter. Abgesehen von den medizinischen Geräten zur Überwachung der Vitalfunktionen des Patienten wirkte alles eher wie in einem Hotel. Als er endlich mit Bransons Hilfe ins Bett bugsiert worden war, fielen ihm fast augenblicklich die Augen zu.

Als er ein paar Stunden später wieder aufwachte, baumelte ein neuer Infusionsbeutel über ihm. Er sah sich um: Auf dem Nachttisch stand ein Abendbrot, das keinerlei Ähnlichkeit mit den abgepackten, fast geschmacksneutralen Käse- und Wurstscheiben aus dem zweiten Stock zu tun hatte, sondern auch aus einer Hotelküche zu stammen schien.

»Endlich«, seufzte Maesie. Sie hatte sich auf das kleine Zweisitzersofa in der Ecke neben dem Fenster gefläzt. In der Hand hielt sie Noahs Smartphone. Sie stand auf, kam zum Bett herüber, fischte sich eine Gurke von dem Tablett, hielt Noah das Smartphone hin und setzte sich zu ihm. »Mach schon!«

Noah entsperrte das Gerät mit einem Blick in die Kameralinse. Die Gesichtserkennung bestätigte, dass er zur Nutzung des Smartphones befugt war.

Die Polizistin hatte recht gehabt. Eine Menge Anrufversuche standen in der Liste, alle von einer Nummer, die Noah nicht kannte. Er tippte die Nummer der Voicemailbox an, der Ansagetext kam ihm plötzlich unendlich lang vor.

Maesie wippte hektisch mit dem Fuß.

»Nachricht eins...«, tönte die sanfte Stimme aus dem Smartphone und sagte das Datum und die Uhrzeit auf. Sie lagen noch vor dem Angriff. Die Nachricht bestand, genau wie die fünf nächsten, nur aus Rascheln, schwerem Atem, Schritten. »Nachricht sieben...« Endlich Worte. Die gequälte Stimme von Moses. Er weinte, schluchzte, stammelte ein paar Mal Noahs Namen und verfluchte ihn, weil er nicht zu erreichen war.

»Verdammt, er wusste doch, dass mein Handy im Eimer ist«, murmelte Noah.

»Glaubst du wirklich, dass sich jemand in dem Zustand an so etwas erinnert?«, fragte Maesie. »Der ist völlig durch den Wind, das hört man doch. – Weiter, es sind noch elf Nachrichten.«

Die unterschieden sich alle nicht besonders von den bisherigen. Bis auf die letzte, die Moses ungefähr eine Stunde vor dem Angriff hinterlassen hatte: »Noah, es wird... oh, shit... au... Noah, du musst... es wird immer schlimmer, alles durcheinander, alles, ich sehe Sachen... du musst das... die Sache beenden, geh nicht mehr dorthin, auf... ah... auf keinen Fall...« Es war nur noch ein hektisches Atmen, ein Hecheln zu hören.

»Wovon redet er?«, fragte Maesie.

Noah ahnte, wovon Moses sprach.

»... du darfst dem Typen nicht trauen... ich haue ab, du weißt schon wohin... Grandpa... das Messer... ich habe

Angst davor…« Danach Stille und die Frage der automatischen Ansage: »Möchten Sie diese Nachricht speichern, dann drücken sie die 1. Für einen sofortigen Rückruf drücken Sie die 2. Löschen der Nachricht mit 7.«

»Bloß nicht löschen.« Maesie schüttelte den Kopf. »Er sagt, dass er abhaut, aber das tut er dann nicht, sondern kommt erst noch nach Rondo Heights und rammt dir ein Jagdmesser in den Bauch.«

»Er ist durchgedreht.«

Maesie nickte. »Daran besteht wohl kein Zweifel. Frag deine Niere, die wird es dir bestätigen.«

Noah quälte sich ein Lächeln ab. Irgendwie mochte er Maesies Art. Auch ihren schrägen Humor.

»Da ist noch eine Nachricht.«

»Letzte Nachricht«, ertönte wieder die sanfte Stimme der Ansagerin, dann vermeldete sie das Datum und die Uhrzeit: »Hallo Noah, hier ist Colin vom *Institute for Neuropsychological Research*. Wir brauchen dich hier für einen kurzen Check einiger Daten. Könntest du vielleicht noch vor deinem nächsten Termin mal hier reinschneien. Am besten wäre es, wenn du es heute noch hinkriegst. Ciao!«

»Zu dieser Zeit lagst du schon blutend unter der Ulme, da war wohl nichts mehr mit reinschneien«, sagte Maesie mitleidslos.

Noah schloss die Augen. Trotz dieser sonderbaren und beunruhigenden Nachrichten konnte er sie einfach nicht mehr offen halten. Oder gerade wegen der Dinge, die er auf seiner Voicemailbox vorgefunden hatte. Er hatte sich einen Hinweis davon versprochen, irgendetwas, das ein bisschen Licht in das Dunkel brachte, aber diese Erwartung war enttäuscht worden. Nichts.

»Wo ist Moses?«, wollte er fragen, doch es kam kein Ton über Noahs Lippen. Er fühlte sich so unendlich schwach. Auch das schönste Luxuszimmer konnte daran nichts ändern.

Als er die Augen wieder öffnete, saß Maesie in dem kleinen Sessel, der zu der Sitzgruppe am Fenster gehörte. Sie war ebenfalls eingeschlafen, als Noah sich auf die Unterarme stützte, um sich etwas aufrechter hinzusetzen, war Maesie jedoch sofort hellwach. Sie sprang auf.

»Warte, ich helfe dir«, sagte sie.

»Geht schon, kann ich allein.«

Maesie setzte sich auf die Bettkante und schwieg.

Noah sah, dass sie mit sich kämpfte. »Nun spuck es schon aus? Was ist los?«

Maesie druckste noch einen Augenblick herum, sagte dann aber: »Du bist da in irgendetwas hineingeraten. Du und Moses. Und vielleicht noch einige andere Leute, die im INRI an dieser Studie beteiligt sind.«

Noah war plötzlich hellwach. Was hatte Maesie herausgefunden? »In etwas hineingeraten?«

Maesie holte ihr Tablet hervor und wischte darauf herum. »Ich habe mir ein paar Informationen beschafft.«

»Informationen?«

»Über LeBrun. Und das Institut. Und das Forschungsprojekt.«

Ein Schreck fuhr Noah in die Knochen. Egal, um welche Informationen es sich handelte, Maesie konnte jetzt alles vermasseln. Er versuchte ruhig zu bleiben.

Maesie tippte auf ihrem Tablet herum und hielt es ihm hin. Er sah die Startseite eines Programms, mit dem man eine Videokonferenz abhalten konnte, allerdings war es nicht eine der gängigen Apps, die man sich in den üblichen Stores downloaden konnte. Maesie legte den Finger auf das Play-Zeichen, die Datei startete, und es erschienen in den Kacheln die Gesichter verschiedener Teilnehmender. Noah brauchte ein bisschen, um sich zu orientieren. Unten links stand jeweils die Stadt, aus der die Teilnehmenden zugeschaltet waren, und die lokale Uhrzeit. Soweit er verstand, war das Online-Meeting für nachmittags um fünf Uhr in der kalifornischen Stadt Cupertino angesetzt worden. In Berlin zeigte die Uhr drei Uhr in der Nacht, Moskau war weitere vier Stunden voraus und Brisbane an der australischen Ostküste sogar insgesamt 18 Stunden. Nur Anchorage in Alaska lag mit einer Stunde Zeitunterschied annähernd gleichauf. Vier Frauen, der Rest waren Männer. Einen von ihnen kannte Noah. Es war Ronald LeBrun.

Der Unternehmer begrüßte alle aus seiner Firmenzentrale in Cupertino im Silicon Valley und entschuldigte sich bei denen, die müde in die Webcams ihrer Computer schauten, dafür, dass sie zu nachtschlafender Zeit teilnehmen mussten. Nur die Leiterin der südkoreanischen Niederlassung blickte energiegeladen in die Kamera, was vielleicht daran lag, dass dort gerade Frühstückszeit war.

»Die ist nicht echt«, sagte Maesie. »Und der aus Buenos Aires auch nicht. Sie lassen sich von einer Software schönrechnen, das ist der neuste Schrei. Bei dem Typen in Argentinien reicht allerdings die Datenrate nicht, deswegen zuckt er beim Reden, du wirst es gleich sehen.«

»Was, zum Teufel, ist das?«, fragte Noah.

Maesie stoppte das Video. »Das ist der Mitschnitt einer Videokonferenz aller Institute, die am INRI-Projekt teilnehmen. Ronald LeBrun hat sie einberufen, kurz nachdem das hier passiert ist.« Maesie zeigte auf die Verbände auf Noahs Bauch. »Es hat alles mit dem Ausraster von Moses zu tun.« Sie tippte wieder auf das Play-Zeichen. Das Video lief weiter.

Ronald LeBrun schaute besorgt in die Kamera. »Die Vorkommnisse im Institut in Concord sind hochbrisant, das ist doch wohl allen klar?«

»Er ist mit dem Messer auf den Jungen losgegangen?«, fragte der Mann, unter dessen Bild im Videochat der Name *Rolf Seeger* stand. Das musste der Leiter der Niederlassung in Berlin sein. Der harte Akzent verriet ihn als Deutschen.

LeBrun nickte. »Eine unserer Testpersonen hat eine andere Testperson fast getötet. Und das Opfer war ausgerechnet einer der besonders vielversprechenden Teilnehmenden des Projekts.«

»Die reden von dir«, sagte Maesie.

»Dimitrij, ich brauche eure Daten. Seid ihr weitergekommen?«, fragte LeBrun. »Dimitrij?«

Der Russe zuckte zusammen, als sei er eingedöst. Die tiefschwarzen Ränder unter seinen Augen deuteten darauf hin, dass er seit einiger Zeit zu wenig Schlaf bekommen hatte. Noah fiel auf, dass seine Lippen sich nicht synchron zum Bild, das übertragen wurde, bewegten. Und seine fließende, weiche Stimme passte nicht zu dem grauhaarigen, übergewichtigen Typen.

»Er wird von einer Software simultan übersetzt«, sagte Maesie. »Funktioniert besser als jeder menschliche Dolmetscher.«

»Pst«, zischte Noah.

»Schon gut.« Maesie setzte die Datei ein Stück zurück.

»Dimitrij?«, hörten sie noch einmal LeBrun.

»Nein«, sagte Dimitrij. »Wir sind nicht wirklich weitergekommen. Mein Kumpel hat eine ganze Woche investiert. Er hatte eine vielversprechende Spur. Ein User, der sich ›Full Moon‹ nennt, aber kurz bevor er den Typen identifizieren konnte, ist er ihm durch die Lappen gegangen. Weg, gelöscht, gestorben, was auch immer.«

Maesie biss sich auf die Lippen. Zu gerne hätte sie ein bisschen damit geprahlt, dass sie mit diesem Full Moon zumindest schon einmal ein paar Zeilen im Chat ausgetauscht hatte – im Gegensatz zu diesem angeblichen Profi-Hacker aus Russland.

»Wenn mein Kumpel nichts findet, findet keiner etwas«, sagte Dimitrij. »Er hat die Amerikaner bei der Präsidentenwahl 2016 gehackt und die Chinesen während der Corona-Krise. Beim Börsencrash durch die Pleite von Lehman Brothers hatte er auch die Finger im Spiel oder besser gesagt: auf der Tastatur.«

LeBrun unterbrach ihn. »Dimitrij, der Lebenslauf deines Informanten interessiert uns nicht. Gibt es irgendeine Information, die uns jetzt im Augenblick hilft?«

Dimitrij zuckte die Achseln. »Wir wissen nur drei Dinge sicher: Der Angriff auf unser Netzwerk erfolgte erstmals vor ungefähr einem halben Jahr und er dauerte genau 37 Minuten. Dann hatten wir wieder alles im Griff. Es blieb nur eine Systemvermerk über einen Chiffre Yellow, das ist aber eigentlich keine wirklich bedenkliche Warnstufe. Die 37 Minuten sind ein blinder Fleck.«

»An welchem Datum war das genau?«, meldete sich zaghaft die Vertreterin aus Anchorage zu Wort. Sie hieß Carol Fisherman und balancierte einen monströsen Dutt aus braunen Haaren auf dem Kopf. Der fusselige Knäuel rutschte bei jeder Bewegung in eine andere Himmelsrichtung, hielt sich aber immer obenauf. Als Dimitrij ihr das Datum mitteilte, gab sie es rasch in ihr Programm ein.

»Gab es ab diesem Tag Besonderheiten?«, fragte Ronald LeBrun.

Carol kontrollierte etwas auf einem anderen Bildschirm. Sie murmelte unverständliches Zeug, griff nach hinten in ihren Dutt und zog daraus einen Bleistift hervor, wobei die Haarpracht nun doch in sich zusammenfiel und ihr nach vorne ins Gesicht rutschte.

»Wir haben am Tag darauf eine Testperson ver…«

Den Rest des Satzes vernuschelte sie so sehr, dass LeBrun und alle anderen in der Videokonferenz gleichzeitig fragten: »Ver-was?«

»Nun ja… verloren… sozusagen…«, stammelte sie.

In LeBruns Gesicht regte sich nichts. Sein Bild in der Reihe der Kacheln wirkte wie eingefroren, bis er sich endlich rührte, den Kopf nur kaum merkbar senkte und das Kinn nach vorne schob. »Carol, was genau bedeutet *verloren?*«

Carol Fisherman kramte in ihren Haaren herum und versuchte sie wieder irgendwie auf dem Scheitel zu platzieren. Der Bleistift klemmte zwischen ihren Zähnen, sodass sie weiterhin unverständliches Zeug brabbelte.

»Ich höre«, sagte LeBrun hervor. Seine Stimme klang ruhig, völlig unaufgeregt, und doch lag etwas darin, dass keinen Zweifel zuließ, dass Carol Fisherman nahe davor war, in Kürze ihren Job zu verlieren.

»Die Testperson ist nicht mehr zu ihren Sitzungen gekommen«, sagte die Frau aus dem hohen Norden der Vereinigten Staaten.

»Sie ist *was* nicht?«, mischte sich zum ersten Mal Dr.

Sanandaj Amoulfar in das Gespräch. Sie konnte offensichtlich nicht glauben, was sie da hörte.

Noah erkannte sie sofort. Er hatte sie ein- oder zweimal im Institut aus der Ferne gesehen.

»Sie ist nicht zu ihren Sitzungen gekommen«, sagte Carol sehr deutlich.

»Aber sie hat sich abgemeldet, und Sie haben Kontakt zu ihr?«, fragte Amoulfar.

Carols schuldbewusste Miene erübrigte eine Antwort. »Wir dachten, es ginge vorüber, das kommt vor bei den Testpersonen, nach ein paar Sitzungen werden die meisten nervös, und manche fehlen dann auch mal, aber das legt sich normalerweise.«

Einige der anderen Gesichter in den Kacheln des Monitors nickten zustimmend, Amoulfar schüttelte jedoch den Kopf. »Es gibt sehr klare Vorgaben für solche Fälle. Die Testpersonen müssen engmaschig kontrolliert werden, und Sie sehen jetzt ja, warum es diese Vorgaben gibt.« Sie wechselte einen Blick mit LeBrun.

»Wer war die Testperson«, fragte dieser nun.

Carol suchte nebenbei offenbar in ihren Dateien, dann schob sie für die anderen Teilnehmenden der Videokonferenz ein Foto auf den Bildschirm.

»Jetzt halt dich fest«, warnte Maesie Noah.

Er verstand, was sie meinte, als er das Bild der Person sah.

»Das ist Loona Wahlberg«, sagte Carol. Sie klickte ein paar Fotos durch und ließ dann eine Aufnahme stehen, auf der die junge Frau ihren Kopf an den Hals eines Rodeo-Pferds schmiegte und dabei in die Kamera schaute, die rechte Hand in die Mähne vergraben, mit der linken strich sie dem Tier über die weiße Blesse.

Maesie stoppte das Video.

Noah hatte ausreichend Zeit, die junge Frau genau zu betrachten. Mit haselnussbraunen Augen schaute sie den Betrachter des Fotos an. Augenbrauen, die eine Spitze in die Stirn hinein bildeten und ihr einen erstaunten Gesichtsausdruck verliehen, die etwas dunklere Haut – all das kannte er bereits. Das Feuermal, das sich auf ihrer linken Hand abzeichnete und die Form des italienischen Stiefels hatte, war ihm zwar noch nicht aufgefallen. Trotzdem bestand kein Zweifel: Es war Amira Reza – die Bibliothekarin im *Walden Wood Project.*

Noah rang nach Atem, als ihm klar wurde, dass er dieses Feuermal doch schon einmal gesehen hatte. Bei ganz anderer Gelegenheit. Er spürte, wie sein Puls sich beschleunigte. Er begann zu schwitzen. »Ich kenne sie...«, brachte er mit Mühe hervor.

»Natürlich kennst du sie«, sagte Maesie. »Wir waren in den letzten Wochen Dauergäste in der Bibliothek.«

»Nein, nein«, keuchte Noah. In seinem Kopf drehte sich alles.

»Ist alles in Ordnung?«, fragte Maesie. »Soll ich einen Arzt holen?«

Noah versuchte, die Beine aus dem Bett zu strecken, um

sich aufzusetzen, aber er sank kraftlos zurück. »Das Mädchen… es ist das Mädchen… das Motorrad… Messer…«

»Mein Gott, bleib liegen«, befahl Maesie. »Welches Mädchen? Wovon redest du?«

Noah war sich ganz und gar sicher. Das Feuermal war unverwechselbar. Diese junge Frau musste das Mädchen aus seinem Traum sein. Auch sonst bestand eine große Ähnlichkeit zwischen dem vielleicht vier- oder fünfjährigen Kind im Traum und der jungen Frau, die er und Maesie aus der Bibliothek kannten, die er jetzt auf dem Monitor anschaute. Loona Wahlberg? Amira Reza? Wer war sie wirklich?

Einer der Apparate, an die Noah angeschlossen war, piepste. Keine zwei Minuten später stand ein junger Arzt im Zimmer. Er tippte auf den Displays der Hightechgeräte herum, kontrollierte den Zulauf der Medikamente. »So, das stabilisiert deinen Kreislauf. War wohl ein bisschen viel heute, aber keine Sorge, das renkt sich alles wieder ein. Du brauchst Ruhe. Für heute ist daher Schluss. Besuchszeit ist für heute beendet«, teilte er Maesie mit.

»Bitte, wir müssen noch –«

»Ihr müsst nichts, was nicht auch morgen erledigt werden könnte«, unterbrach der Arzt. »Und der junge Mann muss nur eines: sich erholen. Schließlich wollen wir dich schon bald entlassen, das solltest du nicht aufs Spiel setzen«, fügte er an Noah gewandt hinzu und schob Maesie zur Tür. »In ein paar Minuten kommt der Pfleger und bringt dir etwas, damit du durchschlafen kannst, okay?«

Notgedrungen verabschiedete Maesie sich.

»Schickst du mir die Datei auf mein Smartphone?«, fragte Noah.

Maesie nickte, wischte zweimal auf ihrem Tablet herum, und Noah hörte den Signalton für den Eingang einer Nachricht in seiner Hosentasche.

11

> Und schließlich gibt es das älteste und
> tiefste Verlangen, die große Flucht,
> dem Tod zu entrinnen.
>
> *J. R. R. Tolkien (1892–1973) – britischer Schriftsteller und*
> *Sprachwissenschaftler, Zitat aus seinem Buch »Herr der Ringe«*

Noah rief die Datei, die Maesie ihm geschickt hatte auf und schaute den Rest der mitgeschnittenen Videokonferenz.

Loona Wahlberg oder Amira Reza oder wie auch immer sie tatsächlich hieß, war scheinbar verschwunden und mit ihr alle Daten über sie aus dem System, die das INRI bisher gesammelt hatte. Mehr hatte diese Carol Fisherman ihrem Boss in Cupertino nicht sagen können. LeBruns Reaktion darauf war ein versteinertes Gesicht, aber Noah war sich ziemlich sicher, dass die arme Carol spätestens am nächsten Tag ihren Job verloren hatte.

Loona war also genauso mit Charlie verbunden gewesen wie er selbst und Moses.

Diese Sammlung von Daten bildete also offenbar die

Grundlage für alles, was Charlie möglich machte. Charlie war so gut wie die Informationen, die man ihm zur Verfügung stellte. Er sammelte aber nicht nur Daten über die Testpersonen, sondern er verband sie auf diese Art auch miteinander, ohne dass die Personen das wussten.

Warum hatte sich diese Loona abgekoppelt? Das Projekt war kurz vor dem Ziel. Noah spürte es selbst jedes Mal, wenn er sich darauf einließ. Es wurde immer besser. Hatte es bei ihr nicht geklappt?

Für wen hat Loona es getan?, fragte er sich.

Noah dachte an den Traum. Der Motorradfahrer, der darin ermordet wurde. War das ihr Vater? Nahm sie vielleicht deshalb ebenfalls am Programm teil? Sollte er Charlie danach fragen? Charlie blockte normalerweise Fragen nach anderen Testpersonen ab. Noah hatte es einmal mit Moses versucht, spaßeshalber natürlich, er hatte seinen Kumpel nicht ausspionieren wollen, und es hatte auch nicht funktioniert. Charlie hatte in der für ihn typischen Manier auf die Nutzungsbedingungen hingewiesen, die das verboten.

Noah hatte eine andere Idee. Er öffnete den Browser und gab die Anfrage ins das Menü der Suchmaschine: *wahlberg fort peck recreation area messerattacke*

Als er keine drei Sekunden später die Ergebnisliste durchscrollte wurden ihm unzählige Angebote für einen Urlaub am Fort Peck Lake, für Campingbedarf und Bootsverleiher angezeigt. Ihm präsentierten sich Hunderte von

Fotos, auf denen stolze Angler mit gigantischen Lachsen posierten. Daneben Blogs, auf denen Tipps ausgetauscht wurden, wie man diese Prachtstücke aus dem See holte.

Noah strich den Namen Wahlberg. Vielleicht war das nicht ihr richtiger Name, oder der Vater hieß nicht so. *Messerattacke* ersetzte Noah durch *angriff* und *messer*, und er setzte noch *tödlich* hinzu.

»Bingo«, murmelte er beim Betrachten der Beiträge, die nun gezeigt wurden. Die Online-Ausgabe der Lokalzeitung berichtete über die Bluttat gegen einen Politiker, der für den Kongress des Bundesstaates Montana kandidierte: *Kandidat der Native Americans erliegt schweren Verletzungen nach Messerangriff.* Das Bild daneben zeigte den Mann, den Noah aus seinen Träumen kannte. Sein Name war Ross ›Chatka‹ Mulroney. Er wurde nahe der *Fort Peck Recreation Area* gefunden. »*Der aufstrebende Politiker hinterlässt eine Frau und eine fast vierjährige Tochter...*«, las Noah leise. Die Tat lag ungefähr zwanzig Jahre zurück. Eine vierjährige Tochter würde heute Anfang 20 sein – das entsprach ungefähr dem Alter von Amira oder Loona.

Noah tippte den Namen ›Amira Reza‹ ein. Erwartungsgemäß fand er einen Eintrag auf der Homepage des *Walden Wood Projects*, wo sie als neue Mitarbeiterin in der Bibliothek vorgestellt wurde. Ansonsten listete die Suchmaschine unter diesem Namen zwar eine ganze Reihe von Profilen in den sozialen Medien auf, aber nichts wies auf die Frau hin, die er kannte. Auch die Suche nach ›Loona Wahlberg‹ ergab eine Zahl von Treffern, auf den ersten Blick jedoch niemanden, der zu seiner Loona passte. Er grenzte die Suche auf Alaska ein, wo Loona am INRI-Projekt teilgenommen hatte.

»Bingo«, flüsterte Noah noch einmal, nachdem er nun alle Einträge sorgsam durchgeschaut hatte. Da war etwas: ein Jahrbuch der West Anchorage Highschool. Loona im Talar der Abschlussklasse, sie lachte fröhlich in die Kamera, präsentierte stolz die Urkunde in ihrer rechten und deutete mit dem Zeigefinger der linken Hand auf ihren Hut mit der Quaste daran. Wenn sie keine Ehrenrunden eingelegt hatte, musste sie auf diesem Foto 17 Jahre alt sein.

Seitdem musste also etwas passiert sein: Loona Wahlberg war zu Amira Reza geworden.

Noah spürte wieder die Erschöpfung. Die Bilder kreisten vor seinem inneren Auge. Es war nicht innerhalb der letzten fünf Jahre passiert, ging es ihm durch den Kopf. Er konnte den Zeitraum weiter eingrenzen. Im INRI-Projekt war sie noch unter ihrem echten Namen eingetragen gewesen, dafür sprach, dass die Institutsleiterin sie ja offiziell so vorgestellt hatte. INRI gab es erst seit ein paar Jahren, das hatte man ihm zumindest so erzählt. Was also war in dieser Zeit passiert? Und was hatte das mit dem Mord an Ross Mulroney in Fort Peck zu tun.

Und mit mir?, das fragte Noah sich am meisten. Er

wusste nur einen, der darauf vielleicht eine Antwort geben konnte.

Noah fuhr das Smartphone herunter und betätigte gleich darauf wieder die Starttaste, die er allerdings nun ganze fünf Sekunden gedrückt hielt, dann losließ und noch einmal so lange drückte. Er landete im Betriebssystem des Geräts und gab die 16-stellige Kombination von Zahlen, Buchstaben und Sonderzeichen ein, die das Gerät für jeden, der sich in irgendeiner Weise an Noahs Fersen heften wollte, unsichtbar machte.

Noah erinnerte sich an die Worte seines Mentors: »Es geht um so viel Geld bei diesem Projekt, dass du nie mehr aus dem Dreck herauskommst, wenn du gegen die Regeln verstößt.« Dabei hatte er auf die unvorstellbar hohen Strafzahlungen im Vertrag getippt. »Und die Kinder, die du vielleicht mal hast, und selbst deine Enkel nicht.«

Niemand, kein Geheimdienst dieser Welt und auch die besten Hacker rund um den Globus, konnte Noah jetzt noch orten oder gar verfolgen, was er mit diesem Smartphone anstellte.

Bei dem Gedanken musste Noah grinsen. Davon waren sie bei Loona Wahlberg auch ausgegangen, aber eines war sicher: Sie hatte das System ausgetrickst. Wie sonst sollten plötzlich alle Informationen über sie verschwunden sein?

Statt des üblichen Logos des Herstellers erschien nach wenigen Sekunden auf dem Display der Schattenriss eines Kopfes mit kleinen Zahnrädern an der Stelle, wo bei einem

Menschen das Gehirn seinen Platz hatte. Noah schaute in die Kameralinse des Smartphones und legte den linken Daumen auf die Starttaste. Die Identifizierung über den Scan der Regenbogenhaut in seinem Auge setzte sich automatisch in Gang und bestätigte nach zwei Sekunden, dass Noah berechtigt war, das Programm zu öffnen.

Er war mit dem Chatbot verbunden. Flüsternd gab er den ersten Sprachbefehl: »Charlie, bitte verbinde mich mit meinem Bruder.«

»Ich kann Sie nicht verstehen«, antwortete das System. »Bitte sprechen Sie deutlicher.«

Noah verdrehte die Augen.

»Ungeduld bringt dich auch nicht weiter«, reagierte das Programm sofort und schickte das etwas unecht wirkende Lachen hinterher, an dem man Charlie immer noch als Chatbot erkennen und von einem Menschen unterscheiden konnte. »Natürlich habe ich dich erkannt.«

»Blödmann«, sagte Noah.

»Da du derzeit nicht mit den Vitalsensoren verbunden bist, kann ich leider nicht analysieren, ob du das ernst meinst«, antwortete Charlie.

»Verbinde mich mit Elijah, oder muss ich das selbst tun?«, befahl Noah nun etwas energischer.

»Du weißt genau, dass du das nicht selbst kannst«, gab Charlie zurück und kicherte. »Im Übrigen ist mir nicht entgangen, dass du dich über einen neuen Knotenpunkt eingewählt hast. Mein System arbeitet automatisiert daran, diesen Knotenpunkt zu lokalisieren. Auch wenn du für andere unsichtbar bist, kannst du dich vor meinem System kaum verstecken. Bei einer erfolgreichen Identifizierung werde ich dich informieren, aber zugleich auch eine Fehlermeldung im Logfile ablegen.«

»Charlie, nun mach schon!«

»Bitte wiederhole deinen Befehl.«

»Gib mir bitte meinen Bruder.« Noah verlor langsam die Geduld. »Jetzt!«

»Dein Bruder schläft. Du weißt, wie schwer der Kleine morgens aus dem Bett kommt, wenn du ihn nicht schlafen lässt.« Charlie machte eine kleine Pause und fragte: »Soll ich deinen Befehl trotzdem ausführen.«

Noah zögerte. Es ist Wahnsinn, dachte er, lass das sein, Noah. Es ist verrückt, du bist verrückt, aber dann tat er es doch: »Ja. Nun mach schon.«

Kurz darauf hörte er Elijahs Stimme. »Hallo?«, fragte sein kleiner Bruder, viel weniger verschlafen, als Noah es erwartet hatte.

»Ich bin's, kleine Schlafmütze, Noah.«

»Noah«, rief Elijah.

»Pssst«, sagte Noah. »Es ist schon Schlafenszeit.«

»Mom ist doch arbeiten. Sie hat Nachtschicht, das weißt du doch. Ich habe heute ein fettes Lob bekommen, weil ich alle Matheaufgaben erledigt hatte.«

»Hat dir wieder jemand geholfen?«, fragte Noah.

»Ich soll doch alles alleine machen«, sagte Elijah.

»Na ja, beim Rechnen ist Hilfe erlaubt.«

»Klar, das sagst du, weil du es selbst nicht kannst.« Elijah lachte.

»Boah! Vorsicht, sonst –«

»Was sonst?«, antwortete Elijah und wechselte schnell das Thema. »Gucken wir uns morgen einen James-Bond-Film an?«

Noah lächelte. »Für James-Bond-Filme bist... «

»...du noch zu jung«, vollendete Elijah den Satz und lachte.

Bei diesem Lachen ging die Sonne auf. Sogar kurz vor Mitternacht. »Jetzt schlaf weiter«, befahl Noah und beendete die Verbindung.

Er kehrte in das Hauptprogramm zurück. »Charlie, bist du da?«, fragte er leise.

»Ich bin immer da«, antwortete der Chatbot.

»Welche Informationen hast du über den Mord an Ross Mulroney.«

»Es ist mir peinlich, es zugeben zu müssen, aber die Antwort ist: Nicht mehr, als du in der Suchmaschine gefunden hast.«

Noah stutzte. Das hatte es eigentlich noch nie gegeben. Die Algorithmen der Suchmaschinen und Charlies Fähigkeiten lagen ungefähr in einem Verhältnis zueinander wie die eines dreijährigen Kindes und einer Person, die in einem Jahr den Nobelpreis für Physik, Wirtschaftswissenschaften und Literatur gleichzeitig bekam.

»Ross Mulroney, Assiniboine, Fort Peck, Kandidat Kongress«, erweiterte Noah die Stichworte, nach denen Charlie suchen sollte.

»Noah, ich weiß, nach wem du suchst, aber die Antwort bleibt gleich.«

»Ich glaube das nicht«, antwortete Noah.

»Glauben. Ein schwieriges Wort. Ich weiß Dinge, ich glaube sie nicht, Noah, und das weißt du auch. Wir kennen uns doch lang genug.«

Kenne ich ihn?, fragte Noah sich, aber er sagte nichts. Charlie kannte Noah, daran bestand kein Zweifel, und Noah hatte alles dafür getan, dass Charlie ihn kennenlernen konnte. Aber galt das auch umgekehrt?

»Sollen wir über ein anderes Thema sprechen?«, fragte Charlie. »Bist du noch da?«

»Lügst du mich an?«, fragte Noah.

Charlie antwortete nicht sofort. Es vergingen fünf, vielleicht sogar mehr Sekunden. Das war sehr ungewöhnlich. Charlie hatte normalerweise eine Reaktionszeit, die unter einer Sekunde lag.

»Ich bin eine Künstliche Intelligenz. Ich kann nicht lügen«, sagte Charlie.

»Aber Elijah kann es, er flunkert, wie er es immer getan hat, wenn er etwas erreichen wollte.«

»Das gehört zum Programm, es muss sogar so sein. Elijah ist keine KI. Er ist dein Bruder. Und der flunkert.«

»Aber er wurde doch –«

»Wenn überhaupt, kann ich dir eine alternative Wahrheit anbieten«, unterbrach Charlie ihn. »Darüber habe ich kurz nachgedacht, deshalb brauchte ich so lang für die Antwort.«

»Verdammt, was soll das?«

»Einen Quarter in die Böse Kasse«, sagte Charlie und lachte.

»Lass das.« Noah platzte der Kragen. »Die Böse Kasse ist eine Sache zwischen Elijah und mir.«

»Ich bitte um Verzeihung für diesen Übergriff. Es kommt nicht wieder vor. Ich bin eben sehr eng mit deinem Bruder verbunden.«

In Noahs Augen sammelten sich die Tränen bei diesen Worten. Er durfte dieses Spiel nicht weitermachen. Es musste ein Ende haben. Es war von Anfang an eine schlechte Idee gewesen. Es tat nur weh, auf Dauer tat es nur weh.

»Es war keine schlechte Idee«, sagte Charlie. »Du musst nur durchhalten. Wir sind bald am Ziel.«

Noah erstarrte. Was war das? Wusste Charlie schon so viel von ihm, dass er Noahs Gedanken erraten konnte? Noah starrte auf das Display des Smartphones.

Das Gesicht darauf war eher ein Piktogramm, eine grobe Skizze eines menschlichen Kopfes.

Man konnte Charlie einen eigenen Namen geben, wenn man wollte, aber keine Persönlichkeit, kein wahres Gesicht. Charlie sollte keine eigenständige Person für die

Teilnehmenden des Programms werden. Die Distanz sollte immer gewahrt bleiben.

Ganz im Gegensatz zu den digitalen Replikaten, die mit dem Programm geschaffen wurden. Die sollten so echt sein, dass man sie nicht mehr von den Originalen unterscheiden konnte.

»Und so weit sind wir bald, Noah.«

Noah warf das Smartphone auf die Bettdecke und schlug sich mit den geballten Fäusten an die Stirn. Er brauchte ein paar Augenblicke, bis er die Frage formulieren konnte. Er wollte es nicht wahrhaben, aber es gab wenig Zweifel an der Erkenntnis, die sich langsam in seinem Kopf formte.

»Wie machst du das?«

»Ich ›mache‹ es nicht«, antwortete Charlie. »Ich nehme einfach nur daran teil, es ist keine Einbahnstraße, was im Institut mit dir passiert ist. Der Chip der neusten Generation braucht nicht einmal eine bewusste Eingabe oder Information von dir. Ich lese einfach mit. Deine Gehirnströme sind letztendlich nichts anderes als endlose Ketten von Einsen und Nullen, ein Code, mehr nicht. Wir haben ihn entschlüsselt und können nun sehr direkt miteinander kommunizieren.«

»Du liest in meinem Kopf mit?«

»So könnte man es nennen. Aber nur, wenn du es zulässt. Sobald du das Programm beendest, ist der Datenstrom unterbrochen.«

Noah hörte ein Geräusch an der Tür. Er schob das

Smartphone schnell unter die Decke. Jemand schob die Tür auf. Ein Lichtstrahl fiel in das Zimmer, als eine Person hineinschlüpfte. Noah tastete mit der einen Hand nach der Notruftaste für die Krankenpfleger. Mit der anderen schaltete er das Smartphone aus.

»Was –«

»Still!«, raunte die Gestalt. »Ich brauche deine Hilfe!«

 Hallo, ich bin Charlie, bitte weise dich durch Eingabe deiner Nutzerkennung und deines persönlichen Passworts aus oder wähle die Iriserkennung zur Legitimation. Danke, die Iriserkennung wird veranlasst.

[...]

Identifizierung als *LeBrun, Ronald - Administrator*. Vielen Dank, der Anmeldevorgang ist vollständig. Sicherheitshinweis: Die erweiterten Administratorenrechte erlauben dir Zugriffe in den Quellcode sowie vollständige Rechte für das Lesen und die Bearbeitung der Systemdatenbank inklusive aller Rechte zur Löschung von Daten. Möchtest du eine Sperr-Routine für Daten der Kategorien I und I+ einrichten? Diese Funktion schützt dich vor irrtümlichem Datenverlust mittels einer Zeitsperre von 24 Stunden. Innerhalb dieses Zeitraums werden gelöschte Daten gespeichert und können rekonstruiert werden. Soll die Sperr-Routine eingerichtet werden? Bitte bestätigen:

[J/N]

[N]

Du hast Nein gewählt. Daten werden gegebenenfalls unwiderruflich gelöscht. Möchtest du jetzt in den Sprachmodus wechseln?

[J/N]

[J]

Sprachmodus aktiviert.

Hallo Ronald, was kann ich für dich tun?

– Ich brauche sämtliche Daten über die Testperson *G11_µa17&*, Klarname Loona Wahlberg.

Es liegen keine direkten personenbezogenen Informationen vor. Sämtliche Daten wurden gelöscht. Im Sicherheitsprotokoll gibt es einen ausführlichen Bericht der Zweigstelle in Anchorage, gespeichert von Carol Fisherman. Soll ich diesen Bericht aufrufen?

– Nein. Erweiterten Scan durchführen. Sämtliche Dokumentationen aller Teilnehmenden am Programm auf Querverbindungen zur Teilnehmenden Loona Wahlberg überprüfen.

Die Überprüfung dauert einige Sekunden, weil ich dazu die Firewalls zu den einzelnen Partitionen ausschalten muss. Bitte habe ein wenig Geduld.

[...]

Suchabfrage im Protokoll von Teilnehmenden *Y87_fe43¢* heute Aufzeichnungsbeginn 23:31

Uhr/Aufzeichnungsende 23:47 Uhr. Soll das komplette Sitzungsprotokoll übertragen werden?

— Ja.

Protokolle werden übertragen. Hast du weitere Aufträge für mich?

— Ja. Sprachsimulator für *Y87_fe43¢* initiieren.

Sprachsimulator ist initiiert.

— Sitzung beenden.

Vielen Dank für das Gespräch. Ich freue mich auf unsere nächste Begegnung.

12

Ein Computer würde es verdienen, intelligent genannt zu werden, wenn er einen Menschen dazu verleiten könnte zu glauben, dass er ein Mensch ist.

Alan Turing (1912–1954) – britischer Mathematiker, schuf einen großen Teil der theoretischen Grundlagen für die moderne Computertechnologie

Maesie zuckte zusammen, als sich auf ihrem Weg zur Bushaltestelle eine Limousine fast lautlos neben sie schob. Sie musste unwillkürlich an Moses denken, der nichts mit dem elektrischen Antrieb für Autos anfangen konnte. Bei ihm musste es satt brummen und, wenn er ordentlich Gas gab, auch mal röhren, wie es der mehr als fünfzig Jahre alte Mustang tat, den ihm sein Großvater geschenkt hatte. Wagen wie die tiefblaue Limousine, die ein paar Meter weiter anhielt, surrten so leise, dass man sie erst wahrnahm, wenn sie einen fast überfahren hatten. Auf der rechten Seite der Luxuskarosse schwang eine Flügeltür sanft in die Höhe.

Maesie überlegte einen kurzen Moment, ob sie die Straßenseite wechseln sollte, erkannte dann aber den Mann, der aus dem Auto stieg. Es war Ronald LeBrun.

»Kann ich dich irgendwohin mitnehmen?«, fragte LeBrun.

Hat er auf mich gewartet?, war der erste Gedanke, der Maesie durch den Kopf schoss. In der Gegend um das Krankenhaus gab es nicht viel, womit man sich die Zeit vertreiben konnte.

»Nein, danke«, antwortete Maesie. »Der Bus kommt gleich.« Sie deutete auf die Haltestelle ein paar Meter die Straße hinauf. Um diese Zeit fuhr der Bus höchstens einmal in der Stunde, das wusste sie.

»Ich glaube, du kannst mich nicht leiden«, sagte LeBrun.

Das glaube ich auch, dachte Maesie, sagte aber: »Ich kenn sie ja gar nicht.«

LeBrun lachte. »Stimmt wohl. Aber die Frage ist sowieso, was das eigentlich heißt: jemanden kennen.«

Maesie ging einfach weiter, aber LeBrun schloss sich ihr an, ohne zu fragen, ob ihr das passte. Lautlos rollte sein Auto neben ihnen her. »Ich kann zum Beispiel Leute nicht leiden, die mir auf die Pelle rücken«, sagte Maesie.

LeBrun trat einen Schritt zur Seite und schaffte eine größere Lücke zwischen ihnen. »So besser?«

Maesie antwortete nicht.

»Dein Instinkt sagt dir: Dem Typen darfst du nicht trauen. Das kann richtig sein. Oder auch nicht. Manchmal muss man so einem Bauchgefühl folgen. Manchmal hilft eher ein klarer Kopf«, sagte LeBrun.

Sie erreichten die Bushaltestelle. Maesie setzte sich auf

die kleine Bank, die mit Liebeserklärungen, Herzchen und einigen derben Sprüchen bekritzelt war.

»Aber wenn ein in fast der ganzen Welt bekannter Unternehmer dich auf einer Straße anspricht, in dessen Auto zudem seine Fahrerin und sein Assistent sitzen, die alles beobachten, zumal an einem Ort, der von eins...«, er deutete zur Laterne neben dem Wartehäuschen und dann in zwei weitere Himmelsrichtungen, »...zwei, drei Kameras mehr als hinlänglich überwacht wird, meinst du wirklich, dass dir dann etwas passieren könnte?«

»Könnte es«, gab Maesie zurück. »Besonders wenn es einer der reichsten Männer der Welt ist, die bekanntlich alles kaufen können.«

»Okay, da hast du auch wieder recht. – Kürzen wir die Sache ab: Was hast du gegen mich?«

»Nichts.«

»Gut. Wie kann ich also dein Vertrauen gewinnen?«

Maesie hatte schon ein patziges ›gar nicht‹ auf den Lippen, besann sich jedoch. Vielleicht hatte sie in diesem Augenblick die Chance, ein paar sehr wichtige Informationen zu bekommen. Sie musste sich nur hüten, dass ihr nichts von dem rausrutschte, was sie bereits über sein Projekt herausgefunden hatte.

»Indem Sie mir ein paar Fragen beantworten. Und zwar wahrheitsgemäß.«

»Darauf würde ich mich einlassen. Unter einer Bedingung«, sagte LeBrun.

»Und die wäre?«

»Quid pro quo.«

Maesie runzelte die Stirn.

»Nun ja, Leistung und Gegenleistung. Zug um Zug.«

»Ich weiß, was ›quid pro quo‹ heißt. Was könnte ich Ihnen als Gegenleistung bieten?«

»Drei Fragen, drei Antworten. Für mich und für dich.«

Maesie nickte.

»Dann leg los.« LeBrun setzte sich neben Maesie.

Das gefiel Maesie nicht. Sie mochte die allzu große Nähe von Menschen sowieso nicht, aber die von diesem Mann war ihr besonders unangenehm. Außerdem konnte sie ihm so nicht gut genug ins Gesicht sehen. Maesie stand auf, stellte sich vor LeBrun und verschränkte die Arme vor der Brust.

»Warum haben Sie das Krankenhaus für Noah bezahlt?«

»Weil ich befürchte, dass ich für seinen Zustand verantwortlich bin. Zumindest indirekt.« LeBrun schaute ihr, ohne eine Miene zu verziehen, in die Augen.

Maesie musste schlucken. Sie hätte nicht gedacht, dass er es unumwunden zugab. Aber noch mehr schockte sie die Art und Weise, wie er es zugab. Ohne jegliches Bedauern oder Mitgefühl. Sie wollte die nächste Frage stellen, aber LeBrun hob die Hand.

»Ich weiß schon«, sagte Maesie. »Quid pro quo.«

LeBrun lächelte. »Hast du unser System im INRI gehackt?«

Es war klar. Wenn sie jetzt log, bekam sie nicht mehr viel aus LeBrun heraus. »War nicht so besonders schwierig«, antwortete sie so vage wie möglich.

LeBrun verzog keine Miene. »Ist es doch. Sehr schwierig sogar.«

Das war wohl als Kompliment zu verstehen.

»Dann bist du also Full Moon?«

Maesie verzog keine Miene. »Ist das ihre zweite Frage?«

»Nein, es ist auch egal. Weiter. Deine zweite Frage?«

»Wer hat Noah angegriffen?«, fragte Maesie

Maesie hielt LeBrun genau im Auge. Seine Pupillen zogen sich für einen winzigen Augenblick zusammen. »Das weiß ich nicht.«

»Sie lügen.«

»Nein.«

»Doch.«

LeBrun stieß die Luft aus. »Die Polizei geht davon aus, dass es Moses Kapinski war. Sie haben eine Zeugin, die ihn allerdings nicht identifizieren konnte, und auch die Überwachungskameras in der Gegend haben nichts hergegeben. Eine vermummte Gestalt. Nur, weil Kapinskis Jagdmesser im Spiel war, heißt nicht, dass er es gewesen sein muss.«

Maesie fragte sich, woher er solche Ermittlungsdetails kannte. Sie musste diese Frage allerdings gar nicht stellen.

LeBrun zuckte die Achseln und lachte: »Wenn man einer der reichsten Männer der Welt ist, die bekanntlich alles kaufen können, kommt man leicht an solche Informationen. Aber in Ordnung, der Deal war, die volle Wahrheit zu sagen. Ich zeig dir, woher ich es weiß.« Er gab seinem Assistenten im Auto ein Handzeichen.

Der junge Typ sprang sofort herbei und übergab LeBrun ein Gerät, das nur noch eine entfernte Ähnlichkeit mit einem Smartphone hatte. Es war ungefähr so groß wie ein Taschenbuch, allerdings bei Weitem nicht so dick. Nach den Gerüchten, die in den Foren der Technik-Freaks im Netz kursierten, hatte es die Dicke von drei oder vier Papierblättern. Eigentlich sah es aus, wie eine etwas milchige Glasplatte mit abgerundeten Ecken.

Maesies Augen weiteten sich beim Anblick des Geräts, und ihre Finger zuckten und wollten danach greifen. Es musste sich um einen Prototyp des C7-14 handeln.

Seit Monaten hatte die ganze Szene, die halbe Welt darauf gewartet, dass LeBrun es in einer seiner spektakulären Präsentationen vorstellen würde. Die plötzliche Ankündigung einer Pressekonferenz vor ein paar Tagen, ohne das ganze Brimborium, das LeBrun sonst veranstaltete, hatte alle überrascht. Im Netz gab es die wildesten Spekulationen darüber, warum es nun dazu gekommen war. Viele behaupteten, die Erwartungen seien viel zu hoch gegriffen gewesen und C7-14 sei bei Weitem nicht so spektakulär, wie alle Welt dachte. Es bestand aus Graphen, und das Material war noch nicht weit genug entwickelt.

»Nimm es ruhig«, sagte LeBrun.

Als Maesie danach griff, öffnete LeBrun die Hand für den Bruchteil einer Sekunde zu früh. Die Platte entglitt seinen Fingern. Maesie reagierte blitzschnell, aber nicht schnell genug, schlimmer noch: Ihr Versuch, es aufzufangen, misslang, und stattdessen wirbelte sie das Teil in die Höhe. Mit Schwung knallte das C7-14 auf die Pflastersteine der Bushaltestelle.

»Hoppla«, sagte LeBrun. »Das Schätzchen kostet ein paar Millionen, wenn man die Entwicklungskosten dazurechnet, sind es genau genommen anderthalb Milliarden.«

Also hatte sie recht. Es handelte sich um das C7-14. Maesie brach der Schweiß aus. Sie schaute zu Boden. Sie hob das Gerät auf. Es sah völlig intakt aus, kein Splitterchen war herausgebrochen.

»Du könntest mit einem Panzer darüberfahren oder es in einem Hochofen bei tausend Grad backen«, sagte LeBrun leicht dahin. »Es gibt derzeit auf der Erdkugel keinen härteren Baustoff als Graphen. Je dünner wir ihn auswalzen können, desto härter wird er. Gleichzeitig verfügt er über ein paar spektakuläre Eigenschaften, von einem Wunder zu sprechen, ist kaum eine Übertreibung.«

Mit seiner Berührung der Oberfläche von C7-14 veränderte sich der Zustand des Geräts. Er knüllte es in der Handfläche wie eine Papierkugel, breitete es wieder aus und rollte es, sodass es die Form eines gläsernen Kugelschreibers annahm, zum Schluss lag es wieder, wie zu Beginn, glatt und hart in seiner Hand und leuchtete.

»Die Hardware ist fertig. Aber die Zeit ist noch nicht ganz reif. Das Innenleben würde zwar auch jetzt schon alles zermalmen, was die Konkurrenz euch als neuesten Stand der Technik verkaufen will. Aber es ist noch nicht perfekt.«

»Und wann ist es perfekt?«, fragte Maesie.

»Wenn ich es sage«, antwortete LeBrun.

Er ist ein arroganter Affe, dachte Maesie. Warum hatte er es schon angekündigt, wenn es seinen Ansprüchen noch nicht genügte. So etwas tat er nie, dafür war er bekannt. Wollte er vielleicht das Interesse der Öffentlichkeit auf C7-14 lenken, damit im Schatten dieser gleißenden Sonne andere Dinge nicht auffielen?

»Also, schau dir das an.« LeBrun wischte über die grün schimmernde Platte und zeigte sie Maesie.

Es waren Verlaufskurven zu sehen, spitzige Linien, vier oder fünf untereinander, aber es rückten immer neue von unten nach.

»Die ersten Verläufe stammen aus dem vorigen Jahr, als wir in die freie Testphase gingen. Die kleinen roten Punkte heben die Abweichungen hervor, anfangs sind es noch einige, aber du siehst, dass es immer weniger werden.« Die nachrückenden Verläufe wurden beschleunigt. »Hier kommen wir in diesem Monat an und –«

Maesie verstand kein Wort. Die Diagramme konnten genauso gut den Verlauf der Pulsfrequenz auf einer Fitness-Uhr wie die Kurven der Börsenkurse darstellen. »Was soll das sein?«

»Ich sollte dir vielleicht die 3-D-Version zeigen«, sagte LeBrun. Er tippte auf ein blau leuchtendes Icon.

Maesie kippte die Kinnlade hinunter. Die Verläufe erhoben sich aus der Oberfläche des C7-14 und formten sich zu einer bläulichen Gestalt, zu einem Menschen in der Form eines einfarbigen und nicht ganz scharfen Hologramms. Das flimmernde Figürchen, kaum größer als eine Schachfigur, bewegte sich vorwärts. Immer neue Versionen stiegen auf und legten sich darüber. Auch hier gab es anfangs einige rote Unregelmäßigkeiten, die jedoch mit jeder neuen Gestalt weniger wurden.

»Das ist das Bewegungsmuster einer Person. Diese Bewegungsverläufe sind für einen Menschen fast so typisch wie sein Fingerabdruck. Wenn du eine ausreichende Menge dieser Daten von jemandem speicherst, kannst du ihn mit sehr großer Sicherheit identifizieren – auch ohne dass du sein Gesicht oder seinen Körper gesehen hast. Ein Algorithmus analysiert das alles. Die Daten werden durch eine Art Radarkontrolle aufgezeichnet. Man kann sie aber auch von klassischen Videoaufnahmen abgreifen. Dann sind sie etwas ungenauer.«

»Und was hat das mit Noah zu tun?«

»Das hier ist diese Person zum Zeitpunkt des Angriffs auf Noah. Dort unten, das sind die GPS-Daten von Rondo Heights. Hier bewegt sich die Person vom Tatort weg.«

»Wer ist das?«, fragte Maesie, aber sie wusste die Antwort eigentlich.

»Leider ist das Moses Kapinski, daran besteht kein Zweifel. Was du zuerst gesehen hast, sind die Daten, die wir im Institut gesammelt haben. Das Letzte stammt von den Überwachungskameras an der Straße in Rondo Heights. Ich habe Laurie Baker vom hiesigen Police Department unsere Hilfe angeboten, und sie hat sie dankbar angekommen. – Hat den reichen, mächtigen Mann gar nichts gekostet«, fügte er ironisch hinzu. »In einem Gerichtsverfahren würde es nicht als Beweismittel anerkannt. Künstliche Intelligenz dieser Art macht den angestaubten Herrschaften dort noch Angst. Dabei hätten wir beim Einsatz solcher Mittel ungefähr 78 Prozent weniger Fehlurteile in den Gerichten. – Um auf deine Frage zurückzukommen: Dein Freund Noah weiß es als Einziger ganz sicher, wer ihm das Messer in den Unterleib gerammt hat. Aber Kapinski war es. Was mir sehr leidtut. Ich mochte ihn.«

»Sie *mochten* ihn?«

»Oh, keine Sorge. Die Vergangenheitsform ist falsch gewählt. Er lebt noch, hoffe ich jedenfalls, und ich mag ihn auch noch. Aber er wird eine Menge Ärger bekommen und wahrscheinlich im Knast landen. Ich weiß nicht, ob ich ihm dann helfen kann.«

»Wie sollten Sie ihm helfen, wenn er wegen einer solchen Tat angeklagt würde?«

»Weil unsere Arbeit im Institut ziemlich sicher etwas mit seiner plötzlichen Aggressivität zu tun hat. Aber jetzt kommen wir ein bisschen von unserer Vereinbarung ab. War ich nicht mit einer Frage dran?«

»In Ordnung«, sagte Maesie, obwohl eigentlich nichts in Ordnung war. »Ihre nächste Frage.«

»Wo ist Moses?«

Gerade hatte LeBrun noch in der Vergangenheitsform von Moses gesprochen. Jetzt wollte er wissen, wo Moses war.

»Wenn Sie Zugriff auf so viele Daten und Überwachungskameras und sonst etwas haben, müssten Sie das doch wissen«, antwortete Maesie.

»Ich frage dich.«

Warum interessierte LeBrun sich dafür?, fragte Maesie sich. »Ich weiß es nicht«, sagte sie, was der Wahrheit entsprach.

Es war nicht zu erkennen, ob LeBrun ihr glaubte. »Dann bist du jetzt mit deiner letzten Frage dran«, sagte er.

Eigentlich hatte Maesie noch zwei Fragen. Wenn sie nach Loona Wahlberg fragte, verriet sie, dass sie mehr wusste, als LeBrun lieb sein konnte. Auch wenn sie die Zusammenhänge nicht wirklich verstand, musste die junge Frau jedoch der Schlüssel zu allem sein.

»Und?«, fragte LeBrun.

Sie musste sich entscheiden. »Wer ist Charlie?«, fragte Maesie.

LeBrun grinste. »Eigentlich hatte ich erwartet, dass dies deine erste und einzige Frage sei. Ich verbinde dich mit ihm, in Ordnung?« Er wischte über das C7-14.

Maesie sah, wie eine Zahlenkolonne über die Fläche des Geräts wirbelte und sich dann ein ganz altmodisches Telefonsymbol mit einem vibrierenden Hörer zeigte. Es klingelte viermal, dann meldete sich eine müde Stimme. »Hi. Sind Sie das, Ronald?« Im Hintergrund piepste etwas leise, in regelmäßigen Abständen.

Maesie hatte dieses Geräusch noch vor nicht allzu langer Zeit im Krankenzimmer im siebten Stock des Emerson Hospitals gehört. Ein flaues Gefühl durchströmte ihren Magen. Die paar Worte hatten gereicht: Es war ganz sicher Noahs Stimme gewesen.

»Ja, Ronald hier.« LeBrun fixierte Maesie, als wolle er ihre Gedanken lesen. »Entschuldige, dass ich dich noch einmal wecke, aber es ist dringend.«

»Nein, Sir, kein Problem.«

»Es gibt Ärger mit deiner Freundin.«

Was sollte das? Maesie schaute LeBrun überrascht an, aber der legte den Zeigefinger auf die Lippen.

»Sie ist nicht meine Freundin. Wir wollten nur gemeinsam einen Vortrag für die Schule machen«, hörte sie Noahs Stimme aus dem Gerät klingen.

Maesie versuchte, sich nichts anmerken zu lassen, aber die Worte kamen so schnell und kalt, wie sie es von Noah nicht kannte. Natürlich waren sie kein Paar oder so etwas Ähnliches, auf gar keinen Fall. Dennoch verband sie mehr als nur eine Zweckgemeinschaft für diesen blöden Vortrag, der nun zudem ins Wasser gefallen war.

Noah schickte den Sätzen ein Lachen, das irgendwie verletzender war als die Worte, hinterher. So hatte sie Noah noch nie lachen gehört.

»Was ist das Problem?«, fragte Noah.

»Sie will nicht mitmachen«, antwortete LeBrun. »Und du weißt, was passiert, wenn einer nicht mitmacht.«

Am anderen Ende tat sich nichts. Nur das regelmäßige Piepsen der Apparate war zu hören.

»Verdammter Dreck«, sagte Noah endlich. »Fragen Sie mich gerade, ob sie Maesie aus dem Weg räumen sollen?«

Maesie wurde es flau im Magen.

»Natürlich frage ich nicht«, sagte LeBrun. »Ich tue, was getan werden muss. Allerdings wollte ich dich zumindest vorher informieren. Damit du mir nachher keine Vorwürfe machst. Die Sache mit Kapinski ist schon kompliziert genug.«

»Sie tun, was sie tun müssen. Töten sie Maesie, wenn es nötig ist.«

Maesies Puls stieg schlagartig an. Sie spürte, wie sich ihr ganzer Körper anspannte, nicht weil sie Angst vor LeBrun hatte. Noahs eiskalte Anweisung nahm ihr den Atem.

»Da kommt jemand«, hörte sie weiter Noahs Stimme, und im Hintergrund war ein Geräusch zu hören.

Eine Person fragte leise: »Noah?«

»Wer ist da?«, fragte LeBrun.

»Die Krankenschwester«, sagte Noah.

»Du brauchst Ruhe. Schluss für heute«, sagte die Stimme im Hintergrund.

»Ich muss Schluss machen«, sagte Noah.

»Also gibst du mir deinen Segen?«, fragte LeBrun.

»Mann, ja. Immer doch.«

»Gut, dann werde ich das Problem lösen.« LeBrun beendete die Verbindung.

Maesie überlegte, ob sie aufspringen und losrennen sollte oder einfach nur um Hilfe rufen. Die beiden Leute von LeBrun versperrten jedoch den Weg links und rechts. Hinter ihr war die Glaswand der Bushaltestelle.

»So kann man sich in Menschen täuschen, nicht wahr?«, sagte LeBrun. »Aber du muss dir keine Sorgen machen.«

Maesie wusste sehr gut, dass man sich die meisten Sorgen machen musste, wenn jemand behauptete, man müsse sich keine machen. Das tat sie auch nicht, weil sie nicht davon ausging, dass LeBrun »das Problem lösen« würde, während dieses Problem auf der Bank einer Bushaltestelle saß. Sie konnte jedoch nicht glauben, was sie eben gehört hatte. Was auch immer hier passierte, sie hätte beide Hände für Noah ins Feuer gelegt.

Für Moses hatte das allerdings genauso gegolten. Und Moses hatte Noah ein Messer in den Bauch gerammt. Wenn noch ein Beweis dafür gefehlt hatte, hatte Ronald LeBrun ihr diesen eben gerade geliefert.

»Du wolltest wissen, wer Charlie ist: Das war er. Wer genau er ist, das ist eine interessante Frage, die man vielleicht anders formulieren müsste. Was ist Charlie? Das ist die richtige Formulierung. Charlie kann die Rolle jeder Person übernehmen, wenn du ihn mit genug persönlichen Merkmalen, Erlebnissen und Gefühlen fütterst. Eine annähernd perfekte Sprachausgabe ist dabei mittlerweile das kleinste Problem. Mit ungefähr 25 Sätzen als Vorlage kann ich deinen Englischlehrer, eure Haushälterin oder sogar deine Mutter bei dir anrufen lassen, ohne dass du einen Unterschied merkst.«

Weiter kam LeBrun nicht.

Aus der Dunkelheit der um diese Zeit kaum noch befahrenen Straße flammte ein Paar kreisrunder Scheinwerfer auf. Sie blendeten Maesie und LeBrun. Beide hoben den Arm, um ihre Augen zu schützen.

Ein Motor jaulte auf, er jaulte nicht, sondern er röhrte wie ein wildes Tier. Maesie brauchte nur einen kurzen Moment, dann erinnerte sie sich an dieses Geräusch, diesen satten altmodischen Klang, von dem Moses ihr vorgeschwärmt hatte, als er sie vor einiger Zeit zu einem Ausflug in die Berge eingeladen hatte: der Mustang.

Und wenn die Kiste auch noch so eine schreckliche, die Umwelt verpestende Schleuder war, jetzt beruhigte der Lärm Maesie. Mit quietschenden Reifen kam der Mustang kaum zwei Meter vor ihnen zum Stehen. Moses griff schnell hinter sich und holte etwas vom Rücksitz hervor, sprang aus dem Auto und stand zwei Sekunden später mit einem Gewehr im Anschlag vor ihnen.

Die Hand eines der Begleiter von LeBrun glitt in einer schnellen Bewegung in das Jackett des Mannes. Maesie war klar, was sie hervorholen würde, aber Moses war schneller.

Er lud das Gewehr in seinen Händen durch. »Keine Bewegung!« Seine Stimme klang entschlossen und kalt. Sie hatte nichts mehr von dem panischen, verzweifelten Jungen, der Noah auf die Mailbox gesprochen hatte.

Das Gewehr kannte Maesie auch. Die alte Winchester von Moses' Grandpa. Enkel und Großvater waren ungefähr genauso stolz auf das Auto wie auf diese Waffe. Beides Vorlieben, die Maesie niemals verstehen würde.

»Junge, mach keine Dummheiten. Du hast schon genug Unheil angerichtet.« LeBrun hob beschwichtigend die Arme.

»Das ist noch die Frage, wer hier für das Unheil gesorgt hat. Komm her, Maesie. Ich tu dir nichts.«

Maesie trat einen Schritt vor.

»Mach das nicht, Mädchen«, zischte LeBrun.

Wenn Maesie etwas nicht mochte, dann war es diese Anrede. Sie zögerte nicht, rannte zu dem Auto und riss die Beifahrertür auf. Ein Knall zerriss die nächtliche Stille. Maesie schrie auf.

Moses hatte die Waffe abgefeuert, dann sprang er auf den Fahrersitz und drückte Maesie das Gewehr in die Hände.

Motor zünden, Rückwärtsgang einlegen und Gas geben

waren eine schnelle ineinanderfließende Bewegung. Die Reifen qualmten, stechender Geruch von verbranntem Gummi stach Maesie in die Nase, und schon hatten sie fünfzig Meter zwischen sich und die Bushaltestelle gelegt.

Moses riss das Lenkrad herum, der Mustang schleuderte, vollzog eine Drehung. Moses trat das Gaspedal wieder durch, und das Auto schoss davon.

»Hätteste der Karre nicht zugetraut, was?«, fragte Moses und schaltete das Licht aus.

»Ich wusste, warum ich keine Lust auf eine Spritztour mit dir hatte«, sagte Maesie und atmete mit geschlossenen Augen tief aus.

Moses lachte. Ein paar Hundert Meter weiter bog er, ohne zu blinken, ganz plötzlich nach rechts ab. Ein paar Häuser weiter lenkte er den Mustang in eine schmale Gasse und hielt hinter einem Auto, das dort bereits im Schutz von ein paar Kiefernbüschen parkte. Noch im Rollen schaltete er den Motor aus.

»Kopf runter«, befahl er und duckte sich selbst.

»Was ist hier los?«, fragte Maesie.

»Wirste gleich wissen«, antwortete Moses. Nach ein paar Augenblicken hob er vorsichtig den Kopf, warf einen Blick in den Rückspiegel und lehnte sich dann über die Sitzlehnen nach hinten.

Auch Maesie setzte sich wieder aufrecht hin.

»Alles still«, sagte Moses.

»Wenn du mir nicht sofort sagst, was hier abgeht, steige

ich auf der Stelle aus.« Maesie legte die Hand an den Türgriff.

»Vertrau mir, Maesie. Es ist alles in Ordnung.«

»Alles in Ordnung? Bist du noch ganz bei Trost? Zuerst stichst du Noah fast tot, dann verschwindest du, und jetzt ballerst du mit einer Flinte durch die Gegend? Was ist daran in Ordnung?«

»Okay, das mit der Winchester war vielleicht übertrieben, aber dieser LeBrun – man muss mit allem rechnen, sagt Loona.«

»Sagt wer?« Maesie hatte sehr wohl verstanden, welchen Namen Moses gerade ausgesprochen hatte.

»Die Frau, wegen der ich Noah beinahe abgemurkst hätte.« Moses dreht den Schlüssel im Zündschloss und setzte, ohne das Licht einzuschalten, rückwärts aus der Gasse auf die Fahrbahn. Erst als er sich noch einmal versichert hatte, dass die Straße dunkel und still dalag, fuhr er langsam den Weg zurück, auf dem sie ein paar Minuten zuvor hergekommen waren.

13

Nichts ist leichter als Selbstbetrug,
denn was ein Mensch wahrhaben möchte,
hält er auch für wahr.

*Demosthenes (384–322 v. Chr.) – griechischer Politiker und Redner,
führender Staatsmann Athens, wurde vom Schatzmeister
Alexander des Großen bestochen und verlor darauf seinen Job*

Noah war hellwach. Die Erschöpfung war wie weggeblasen, auch wenn ihn immer wieder ein Stechen in der Seite an seine Wunde erinnerte. In der Zimmertür stand Amira Reza, unter diesem Namen kannte er sie jedenfalls. Die junge Frau warf noch einmal einen kontrollierenden Blick in den Flur, dann schob sie leise die Tür hinter sich zu. Sie legte den Zeigefinger auf die Lippen.

»Ich bin Loona Wahlberg. Oder Full Moon, wenn ich im Netz unterwegs bin. Unter dem Namen kennt Maesie mich«, sagte sie. »Aber eigentlich heiße ich mit Nachnamen Mulroney, so steht es in meiner Geburtsurkunde. Wahlberg ist der Nachname meiner Adoptiveltern.« Sie sprach schnell und blickte immer wieder zur Tür.

»Ross Mulroney war also Ihr Vater?«, fragte Noah.

Sie nickte und streckte Noah die Hand entgegen. »Loona. Das ›Sie‹ kannst du weglassen. Ich war vier Jahre, als er ums Leben gekommen ist. Ich habe gesehen, wie er ermordet wurde.«

Ich habe es auch gesehen, in meinen Träumen – das lag Noah auf den Lippen, aber er behielt es für sich. Umso überraschter war er, als Loona, während sie ein paar Klamotten aus dem Rucksack zerrte, sagte: »Du hast es auch gesehen, schon häufiger. In deinen Träumen. Deshalb bin ich hier.«

Noah sah am Reißverschluss des Rucksacks eine Plakette baumeln: der Büffel. Wie auf dem Motorradhelm des Einbrechers.

»Ich habe dir ein paar Sachen zum Anziehen mitgebracht...«

»Sind Sie... bist du schon wieder in unseren Trailer eingebrochen?«, unterbrach Noah sie.

Loona hob die Arme zu einer Geste der Entschuldigung. »Ich weiß, das war nicht so ganz die feine Art, aber ich wusste nicht, wie ich sonst an dein Laptop kommen sollte, um den Trojaner zu installieren.«

»Du hast mein Laptop mit einem Virus infiziert?«

Loona schmiss ihm die Sachen rüber und nickte mit derselben Geste wie zuvor, allerdings wirkte es nicht so, als bereue sie ihre Tat. »Es klingt vielleicht ein bisschen verrückt, aber das war die einzige Möglichkeit, an deine Träume heranzukommen.«

»Verrückt?«, fragte Noah. »Ja, absolut verrückt und kriminell und überhaupt eine Sauerei. Woher weißt du von meinen Träumen?«

»Weil ich am selben Programm teilnehme wie Moses und du. LeBrun hat weltweit Institute wie das INRI eingerichtet. Ich gehöre zur Niederlassung in Anchorage. Oder besser gesagt: Ich gehörte. Über Charlie sind wir alle miteinander verbunden. Durch irgendetwas stellt Charlie eine Beziehung zwischen uns her. Charlie weiß mehr über uns als wir selbst.« Sie machte ihm ein Zeichen, die Sachen anzuziehen. »Eigentlich sollten die Daten der einzelnen Testpersonen streng voneinander getrennt bleiben. Es gibt zig Verschlüsselungsebenen, aber es ist irgendwo ein Leck entstanden. Das ist eine sehr simple und dann wiederum doch komplizierte Geschichte. Eines Tages habe ich in den Sitzungen im INRI gemerkt, dass etwas anders ist. Ich habe Bilder von dir gesehen, von deinem Bruder Elijah, von damals, als ihr noch an der Westküste gelebt habt, dann auch aus Concord im *Walden Wood Project*. Zuerst habe ich gedacht, es sei so etwas wie ein Traum, in dem eben irgendwelche Leute auftauchen, ohne Sinn und Zweck. Aber dann mischten sich Dinge mit Erinnerungen von mir, und plötzlich sah ich dich, wie du in der *Fort Peck Recreation Area* den Mord an meinem Vater beobachtest. Und dann bin ich auf die Idee gekommen, was dahinterstecken könnte. – Wir können später über alles sprechen, Noah. Jetzt müssen wir hier weg.«

Noah schaute sie überrascht an und deutete auf die Apparate, an denen er immer noch hing. »Und was ist damit? Du glaubst doch nicht allen Ernstes, dass ich mit jemandem, der nicht nur unter falschem Namen in der Walden-Bibliothek angeheuert hat, sondern auch noch bei uns eingebrochen hat, aus diesem Krankenhaus abhaue?«

Loona gab einen Stoßseufzer von sich. »Okay. Du weißt, wie Charlie funktioniert und was LeBrun damit verfolgt?«

Noah war sich nicht mehr ganz sicher, ob er das wirklich wusste, aber er nickte.

»Gut. Der Erfolg von Charlie – sein Vermögen, in die Haut jeder erdenklichen Person zu schlüpfen und diese zu ›sein‹ – hängt in hohem Maße davon ab, dass möglichst viele Informationen über eine Person gesammelt werden. Nicht nur, ob die gewünschte Person Schokopops zum Frühstück mag oder Baseball spielt oder schlecht in Mathe ist, sondern viel mehr, was er oder sie fühlt, seine Sehnsüchte und Ängste, alles, was eine Persönlichkeit ausmacht. All diese Gefühle muss Charlie erst lernen. Und die lernt er von uns – er filtert das System aus den Informationen, die wir ihm geben. Am meisten interessiert sich Charlie jedoch dafür, was wir ihm nicht verraten, zumindest nicht freiwillig. Der Chip in deinem Nacken wertet deine Hirnströme aus. Weißt du, was das heißt?«

Noah hatte eine erste Ahnung, aber er schwieg.

Loona tippte mit dem Zeigefinger auf ihre Stirn: »Alles, was dort oben passiert, hinterlässt eine Datenspur in deinen Hirnströmen. Das ist Biochemie, Physik und macht eine Menge von dem aus, was wir als das Bewusstsein eines Menschen ansehen oder als seine Seele. Du kannst dich nicht daran erinnern, ob du als Baby viel Liebe bekommen hast oder für deine Umwelt eine Last warst. Aber da oben ist es gespeichert. Charlie liest das aus und macht daraus eine Reihe von Einsen und Nullen. Nichts anderes als einen binären Code, das worauf alles im Programm eines Computers basiert. Auf diese Art und Weise bekommt er Gefühle und sogar so etwas wie eine Seele oder ein Gewissen. Er kann diese unglaubliche Datenmenge mittlerweile fast perfekt rekonstruieren und –«

»Und zu einer neuen Person zusammenfügen«, sagte Noah.

»Ganz genau. Oder zu einer Person, die man verloren hat und auf diesem Weg wieder lebendig werden lassen kann. Kennst du den geheimen Arbeitstitel des Programms?«

Noah schüttelte den Kopf.

»Projekt Lazarus.«

Das sagte Noah nichts. »Was soll das bedeuten?«

»Lazarus von Bethanien starb und wurde von Jesus wieder zum Leben erweckt. Eine Geschichte aus dem Johannes-Evangelium.«

Noah nickte. Jetzt verstand er. Die fünfzig oder hundert Dollar pro Sitzung im Institut waren für jemanden wie ihn eine Menge Geld, aber natürlich nicht das, was wirklich gezählt hatte, als er die Unterschrift seiner Mutter unter dem Vertrag gefälscht hatte. Er hatte mitgemacht, weil sie ihm etwas versprochen hatten – genau das, von dem Loona gerade sprach.

»Niemand soll mehr von seinen Liebsten Abschied nehmen müssen. Ich glaube, du weißt am besten, was das bedeutet. LeBrun hat es geschafft, dass wir mit unseren Lieben telefonieren oder chatten können. In Verbindung mit seinem neuen Wundergerät, das er nun angekündigt hat, wird es noch besser, dann wirst du die Personen auch sehen, sogar in 3-D. Du wirst in virtuellen Räumen mit deinen Lieben zusammen sein können, sie in den Arm nehmen... Die Leute werden ihm die Bude einrennen, noch mehr als jemals zuvor«, sagte Loona. »Wenn da nicht diese Panne passiert wäre, derentwegen du nun hier liegst.«

»Was hat Charlie mit dem Messerangriff zu tun?«, fragte Noah.

»Noah, wir haben jetzt wirklich keine Zeit mehr. Lass uns woanders darüber sprechen. Du bist in Gefahr, deine Freunde sind in Gefahr, und ich bin es auch«, antwortete Loona. »Und ich trage dafür die Verantwortung. Deshalb kann ich dich nicht hierlassen. Mit Ronald LeBrun legt man sich besser nicht an. Wir müssen hier weg. Du brauchst hauptsächlich Ruhe, die bekommst du auch woanders. Für Schmerzmittel hat Moses gesorgt.«

»Moses? Was hast du mit Moses zu tun?«

Im Flur klapperte etwas. Augenblicklich sprang Loona

hinter die Tür und drückte sich an die Wand. Als nichts passierte und niemand ins Zimmer kam, huschte sie zum Fenster und warf einen vorsichtigen Blick hinaus.

»Hör jetzt auf mit der Fragerei. Moses war schlau genug, mir sofort zu vertrauen. Als er gehört hat, was ich weiß und dass ich alles dransetzen werde, LeBrun in seinem Tun zu stoppen, war er sofort auf meiner Seite. Wenn wir in unserem Versteck sind, haben wir noch genug Zeit zum Quatschen. Die Nachtwache ist auf der anderen Seite des Flurs beschäftigt. Wir haben höchstens noch ein paar Minuten, um hier wegzukommen.«

Ohne Noahs Reaktion abzuwarten, begann Loona, ihn von den Geräten, die seine Vitalfunktionen überwachten, abzustöpseln. Eines nach dem anderen schaltete sie ab, bevor sie die Verbindungen und Sensoren zu Noahs Körper entfernte. Zuletzt forderte sie ihn auf, ihr den rechten Arm mit dem Zugang, der in einer Vene unterhalb der Armbeuge steckte, entgegenzustrecken.

»Autsch«, entfuhr es Noah, als Loona die Nadel aus dem Blutgefäß zog.

Sie reichte ihm ein Stück Verbandsmull. »Fest draufdrücken. Um deinen Chip kümmern wir uns später, der muss raus, sonst können sie uns orten. – Kannst du aufstehen?«

»Kann ich vielleicht, will ich aber nicht.« Noah rührte sich nicht.

Loona Wahlberg zog ein Smartphone aus der Tasche. Sie tippte eine Nummer in ihrer Anrufliste an, drückte auf die Lauthörtaste und reichte Noah das Gerät. Der Anruf wurde angenommen.

»Yo, wir sind da«, ertönte eine Stimme, die Noah sehr gut kannte.

»Moses!«, rief Noah.

»Leise«, ermahnte ihn Loona.

»Alter, wo bist du?«, fragte Moses. »Wir stehen vor dem Hinterausgang.«

Loona antwortete an Noahs Stelle. »Er will nicht mitkommen«, sagte sie.

»Du solltest auf sie hören«, sagte Moses. »Was hier abgeht, ist der Hammer. Und es ist verdammt noch mal kein Spaß, beweg einfach deinen Hintern hier runter, kapiert?« Etwas raschelte und knackte in der Leitung. »Maesie, sag ihm, dass er keinen Stress machen soll.«

»Maesie? Ist sie auch da?«

Nun klang Maesies Stimme aus dem Smartphone. »Ja, das ist sie. Und ich glaube, dass du auf Moses und Loona hören solltest. Bitte, Noah! Du bist in diesem Krankenhaus nicht mehr sicher.«

Loona griff nach dem Gerät und unterbrach die Verbindung. »Kommst du jetzt mit?«

Noah zögerte. Wenn er sich gegen LeBrun wandte, würde er alles verlieren.

Loona setzte sich auf die Bettkante. Sie nahm seine rechte Hand in die ihre. »Noah, ich bin nicht zufällig in Concord. Ich habe Charlie gehackt und damit wahrscheinlich alles in Gang gebracht. Ich wollte herausfinden, wer meinen Vater ermordet hat.« Sie tippte an ihre Stirn. »Die Erinnerung ist irgendwo dort, aber mein Unterbewusstsein schützt mich davor, sie hervorzuholen. Ich hatte gehofft, dass du den Mörder im Traum gesehen hast, aber ich bin nicht weit genug in die Datenstrukturen von Charlie eingedrungen. Es tut mir leid, aber ich weiß deshalb auch, um was es dir geht. Du willst deinen Bruder nicht verlieren. Elijah, um ihn geht es, stimmt's?«

Noah starrte sie an. Überrascht und schockiert.

»Ihr wart unzertrennlich.«

»Das geht dich nichts an.«

Das Smartphone auf Noahs Bettdecke vibrierte. Loona nahm den Anruf an. »Was ist?« Ihre Miene verdunkelte sich. Sie ging zum Fenster, schob die Lamellen der Jalousie auseinander und spähte hinaus. »Ich sehe nichts, Moses. Bist du sicher, dass es LeBrun und seine Leute waren?« Sie wartete die Antwort ab, dann beendete sie die Verbindung.

»Noah, schnell! LeBrun ist in die Tiefgarage gefahren. Von da aus führen Aufzüge direkt bis auf diese Etage. Und es wird ihn niemand aufhalten. Das Krankenhaus gehört ihm mehr oder weniger.«

»Hör auf mit dem Mist«, rief Noah, »warum sollte LeBrun mir irgend etwas anhaben wollen?«

»Es geht um so viele Milliarden, wie du und ich uns gar nicht vorstellen können.«

»LeBrun hat Geld genug«, erwiderte Noah.

»Eben, damit hast du absolut recht. Er schickt Menschen ins All, ohne ihn wäre unser Klima längst kollabiert, und dass es eine Impfung gegen das Virus gegeben hat, haben wir letztendlich auch ihm zu verdanken. Aber LeBrun will mehr. Jetzt hat er sein allerletztes großes Ziel vor Augen, es ist zum Greifen nah.«

»Er hat es doch längst. C7-14 ist sein großes Ding, und er will es doch in den nächsten Tagen vorstellen.

Loona schüttelte den Kopf. »C7-14 ist die Hardware für diese wahnsinnige neue Erfindung. Dass er diese Hardware jetzt schon vorstellt, ohne dass die Software vollendet ist, ist nur Ablenkungstaktik. Der Zweck selbst ist etwas anderes, und da lässt er sich nicht dazwischenfunken. Er will Gott spielen, verstehst du das? Nein, er will es sogar besser machen als Gott. Was meinst du, wofür das Logo seines Unternehmens steht?«

»Das Oktagon?«

»Ja, der achtstrahlige Stern. Das Symbol für Vollkommenheit. Göttliche Vollkommenheit.«

Noah erinnerte sich an das erste Aufeinandertreffen mit LeBrun im Institut. Er hatte die Worte noch im Ohr, die LeBrun gesagt hatte: Von der Unsterblichkeit sprechen nicht mehr die Priester, sondern die Forscher.

»›Von der Unsterblichkeit sprechen nicht mehr die Priester, sondern die Forscher‹«, sagte Loona. »Das hat er dir doch bestimmt auch gesagt.

Noahs Augen weiteten sich. Genau das hatte LeBrun gesagt. Der Satz stammte von irgendeinem deutschen Schriftsteller.

Loona lächelte. »Damit hat er jeden von uns ins Projekt gelockt. Einen Menschen zu verlieren ist furchtbar. Ich weiß, wovon ich rede. Als mein Vater starb, war ich vier Jahre alt, aber ich habe ihn nie vergessen. Ich hätte alles getan, um all die Jahre nachzuholen, und es war wunderbar, plötzlich mit ihm reden zu können. Dein Verlust –«

»Ich will darüber nicht sprechen.« Noah entzog ihr seine Hand.

»Trotzdem musst du Abschied nehmen. Und weiterleben, dein eigenes Leben leben. Charlie ist Charlie – eine Künstliche Intelligenz. Er ist nicht dein Bruder. LeBrun verspricht etwas, das dieses Programm nicht halten kann. Und wenn er noch so intelligent ist, Charlie lebt nicht. Sie machte eine kurze Pause. »Elijah lebt nicht, Noah«, sagte sie dann leise. »Die Unsterblichkeit, die LeBrun verspricht, ist nicht echt. Elijah ist tot, und daran wird niemand etwas ändern.«

»NEIN!«, gellte Noahs Schrei durch das Zimmer. Aber er wusste, dass Loona recht hatte.

Moses hatte den Mustang auf einen der Besucherparkplätze gesteuert. Im Schutz der Dunkelheit verschwand der Wagen zwischen den Sträuchern, die dort wuchsen.

»Verdammt, wo bleiben die nur?«, zischte Moses.

»Er sah ziemlich mitgenommen aus, als ich gegangen bin. Er ist noch längst nicht über den Berg«, sagte Maesie. Sie seufzte. »Die Sache ist nicht ungefährlich. Seine Verletzungen sind noch nicht ausgeheilt.«

»Wir ziehen das jetzt durch«, sagte Moses.

Maesie ließ nicht locker. »Vielleicht will er auch gar nicht. Als er mit LeBrun telefoniert hat –«

»Maesie, hör auf damit. Loona hat es dir erklärt: Noah hat gar nicht mit LeBrun telefoniert. Das ist genau das, wovor dieser Typ, der den Computer erfunden hat, gewarnt hat.«

»Alan Turing hat den Computer gar nicht erfunden.«

Moses verdrehte die Augen. »Dann hat ihn eben jemand anderer erfunden. Aber bei seinem Test bist du eben durchgefallen.«

»Mit dem Turing-Test wird nicht ein Mensch getestet, sondern die Maschine oder besser gesagt: die Software. Wenn die KI dir vormachen kann, dass sie ein Mensch ist, hat sie den Test bestanden.«

»Du nervst. Jedenfalls hat dir Charlie vorgemacht, dass du mit Noah telefonierst, und du hast es geglaubt. Obwohl du Noah kennst. Und in ihn verschossen bist.«

»Bin ich nicht, jetzt hör auf.«

»Was du da gehört hast, war nicht Noah. Es war nicht einmal seine Stimme. Es war eine verdammt perfekte Sprachausgabe aus einem Computer. Kapierst du es nicht? Du bist doch hier der Computer-Freak. Das hat nichts mehr mit Sprach-Dingern zu tun, wie es sie bisher gab. Vergiss Alexa oder Siri und den ganzen Kram. Das hier ist ein anderes Kaliber.«

Etwas in Maesie sperrte sich dagegen, Moses recht zu geben. Natürlich wusste sie selbst, zu was eine solche Künstliche Intelligenz in der Lage sein konnte, und genau genommen faszinierte es sie. Aber die Systeme waren längst noch nicht weit genug für solche Manipulationen. Sogar die echten Freaks, die ihr ganzes Leben mit der Forschung daran verbracht hatten, bezweifelten es, dass künstliche neuronale Netze jemals das leisten würden, was ein menschliches Gehirn konnte. Und dieses kurze Gespräch zwischen Noah und LeBrun war auf keinen Fall ein Beweis dafür, dass LeBrun diese Nuss geknackt hat.

Ein Piepsen signalisierte den Eingang einer neuen Nachricht auf Moses' Smartphone.

»Von Loona«, sagte Moses und öffnete die Nachricht.

»Was ist los?«, fragte Maesie.

»Gott sei Dank, sie hat ihn überredet. Sie sind auf dem Weg nach unten, aber Loona braucht Hilfe. Wir sollen in die Tiefgarage zum Eingang der Notaufnahme kommen, wo die Rettungswagen parken.« Moses drehte den Zündschlüssel. Er steuerte den Mustang vom Parkplatz zur Tiefgarage. An der Zufahrt wiesen Warnschilder darauf hin, dass die grünen Spuren rechts nur von Krankenwagen im Einsatz genutzt werden durften. Alle anderen mussten die linke Spur nutzen und ein Ticket ziehen.

»Warum braucht sie Hilfe?«, fragte Maesie. »Geht es Noah nicht gut?«

»Woher soll ich das wissen? Wenn sie Hilfe braucht, braucht sie Hilfe.«

Das erste Tiefgeschoss war komplett für die Ambulanzen, die Notfälle anlieferten, reserviert, es herrschte jedoch vollständige Ruhe. In einer gläsernen Kanzel räumte eine Pflegerin Verbandsmaterial in einen Schrank. Sie gähnte, stemmte die Fäuste in den Rücken und streckte sich.

Weiter hinten parkten die Rettungswagen, die gerade nicht im Einsatz waren. Mehrere Schilder warnten davor, die Zufahrten zu blockieren. Maesie zeigte auf die Videokameras, die langsam in einem Halbkreis den gesamten Bereich abschwenkten. »Die haben alles im Blick. Da kannst du nicht rüberfahren.«

An einem der Rettungswagen flippte einmal kurz die Lichthupe. Maesie kniff die Augen zusammen, aber sie konnte die Person hinter der spiegelnden Scheibe des Fahrzeugs nicht erkennen.

»Komm!«, sagte Maesie.

Sie stieg aus und ging mit ruhigen Schritten in Richtung der Aufzüge, die wenige Meter links von den geparkten Rettungswagen lagen. Moses folgte Maesie. Aus dem Augenwinkel beobachtete sie die Pflegerin im Empfangsbereich der Ambulanz. Sie wandte Maesie und Moses den Rücken zu. Schnell huschte Maesie zwischen die Rettungswagen.

»Schlaf nicht ein«, flüsterte Maesie.

Moses beeilte sich, ihr zu folgen.

Sie umrundeten den vorderen Wagen. Die Person, die ihnen das Lichtzeichen gegeben hatte, befand sich nicht mehr hinter dem Lenkrad. Die hintere Tür, durch die die Patienten auf einer Trage ins Auto geschoben wurden, stand offen. Maesie sah die Gestalt, die auf der Trage im Inneren des Wagens lag. Ein Gurt umschloss den Körper.

Daneben saß Loona Wahlberg auf einem Notsitz, ebenfalls fixiert, allerdings nicht mit einem Gurt, sondern einigen Streifen eines breiten, silbrig schimmernden Isolierbands, das zudem quer über ihren Mund geklebt worden war. Das Entsetzen in ihren Augen sagte alles. Maesie kapierte sofort, dass etwas nicht in Ordnung war. Was sie in ihrem Rücken spürte, bestätigte diese Erkenntnis.

Neben ihr hob Moses langsam die Arme und drehte den Kopf zu Maesie. »Shit«, murmelte er.

»Bitte einsteigen und keinen Unsinn machen«, hörte sie LeBrun hinter sich.

Sie stiegen beide hinauf zu Loona in den Krankenwagen.

Als Maesie sich umdrehte, sah sie die Waffe in LeBruns Hand. Neben LeBrun stand einer seiner Assistenten.

»Hi Colin«, sagte Moses. »Lange nicht gesehen.«

Colin war ebenfalls bewaffnet, verstaute die Pistole jedoch nun im Hosenbund auf seinem Rücken. Er ignorierte die Bemerkung, kassierte ihre Smartphones ein und holte das Isolierband hervor. Er riss den ersten Streifen ab.

»Sorry«, sagte er.

Bevor Moses sich wehren konnte, klebte das Band auch schon über seinem Mund, ein zweites, längeres Stück wickelte Colin um Moses' Handgelenke.

Maesie sträubte sich und versuchte einen Tritt vor Colins Schienbein zu platzieren. Ganz so billig wollte sie sich nicht verkaufen. Colin war zwar ein schmaler, unscheinbarer Typ, aber seine Finger arbeiteten flink, als verpacke er täglich Päckchen wie diese.

LeBrun bestieg ebenfalls den Wagen. Er gab Colin ein Zeichen, der darauf den Wagen umrundete und sich hinters Steuer setzte. LeBrun zog die Hecktüren hinter sich zu.

Maesie sah, wie Noah versuchte, sich auf die Ellbogen zu stützen, jedoch an den festgeschnürten Gurten scheiterte. Er verzog das Gesicht und stöhnte auf.

»Junge, wenn deine Nähte nicht halten, haben wir ein Problem«, sagte LeBrun.

Viel größer können unsere Probleme kaum noch werden, dachte Maesie und versuchte es mit ein paar Verwünschungen, die jedoch im festen Gewebe des Isolierbandes verklangen.

»Noah ist einer der wichtigsten Teilnehmenden in meinem Projekt. Um genau zu sein: Er ist mit Abstand der wichtigste Proband. Ich kann euch leider nicht einfach so gehen lassen«, sagte Ronald LeBrun. »Und es tut mir wirklich leid, dass ich zu solchen Mitteln greifen muss. Das ist absolut nicht meine Art.« Er deutete auf die Waffe in seiner Hand.

Drei kurze, schnelle Schläge gegen die Trennwand gaben Colin vorne im Wagen das Signal loszufahren. Dieser lenkte das Fahrzeug die kurze Steigung zum Parkplatz hinauf und hielt dort an.

Maesie suchte den Blick von Noah, dann den von Loona und schließlich den von Moses, von dem sie am ehesten eine Idee erwartete, wie sie aus diesem Wagen entkommen konnten. Moses zuckte nur einmal kurz und enttäuschend mit den Achseln.

Ihm war genau wie Maesie klar, dass Leute, die einen Schalldämpfer auf eine solche Waffe schraubten, dies taten, um sie immer und überall abfeuern zu können, ohne einen Menschenauflauf zu verursachen. Auch in einem Rettungswagen an einer Ampel mitten in der Stadt oder zur Not auch direkt neben der Polizeistation, in der sich Deputy Laurie Baker und ihre Kollegen vielleicht gerade den ersten Kaffee des Tages in eine Tasse gossen.

Maesie hörte, dass die Beifahrertür geöffnet wurde. Jemand stieg ein und schob eine Luke zur Seite, um LeBrun Meldung zu machen.

»Alles erledigt«, sagte der Mann kurz und knapp. »Sämtliche Bänder der Videoüberwachung gelöscht.«

Es war Branson Cooper, der Pfleger.

Er wollte sich schon zurückdrehen, da fiel ihm noch was ein: »Ach ja. Den Mustang holt Junk Butler. Die Karre landet spätestens in einer Stunde in der Schrottpresse.«

Moses' Augen weiteten sich. Sein Gesicht lief knallrot

an. Unter dem Band, das seine Lippen verschloss, quollen unverständliche Laute hervor. Kein einziges Wort war zu verstehen, aber es musste eine ganz Tirade von Schmähungen und Verwünschungen sein, deren Umsetzung man nicht einmal einem Ronald LeBrun wünschte.

14

»Menschen suchen in emotionalen Beziehungen zu KI-Systemen, was sie in Beziehungen zu Menschen nicht finden: volle Loyalität und tiefe Intimität.«
Liesl Yearsley – australische Unternehmerin und Gründerin von Firmen im Bereich Chatbots und Künstliche Intelligenz

Die Fahrt dauerte nur ein paar Minuten. Noah ahnte schon, wo sich die Türen des Rettungswagens öffnen würden, und seine Ahnung wurde bestätigt. Sie kamen auf dem Gelände des *Institute for Neuropsychological Research & Investigation* an. Das Gebäude verfügte nicht über eine Tiefgarage, allerdings befand sich auf der hinteren Seite eine Laderampe, über die frühere Nutzer der Anlage mit Waren beliefert worden waren. Sie reichte, um Noah samt der auf ein fahrbares Gestell geschnallten Trage unauffällig ins Innere des Instituts zu bringen. Um diese Uhrzeit bestand sowieso wenig Hoffnung, dass jemand die Aktivitäten auf dem Gelände beobachtete. Seit LeBrun das Programm unterbrochen hatte, verirrte sich niemand hierher.

Noah konnte sich kaum rühren, nicht einmal den Kopf

anheben. Die Gurte hinderten ihn daran. Moses, Maesie und Loona verschwanden schnell aus seinem Blinkwinkel, weil Colin Pure sie zügig vor sich herbugsierte. LeBrun war als Erster hineingegangen.

Noah ahnte, wer ihn durch die Gänge schob. Er hatte Branson schon im Auto an der Stimme erkannt, aber sein Mund war ja immer noch verklebt, sodass er ihn nicht zur Rede stellen konnte.

»Sorry, das zippt ein bisschen«, sagte Branson mit seiner allernettesten Krankenschwesternstimme. Sie warteten vor einem Aufzug, und Branson machte sich daran, Noah von seinen Knebeln zu befreien.

»Du verdammter Mistkerl!«, platzte es sofort aus Noah heraus.

»Junge, jetzt mach aber mal halblang. Du kannst froh sein, dass ich da bin. Was glaubst du eigentlich, wie viele Jahre ich in so einem verschissenen Krankenhaus arbeiten muss für die Summe, die der Typ mir angeboten hat? Und wir haben alles hier, was du brauchst, dafür hat er gesorgt. Sogar diese Karre vor der Tür gehört ihm, die wird keiner in der Klinik vermissen.«

»Sie quatschen zu viel, Branson«, sagte eine Frau, die den Pfleger und seine Fracht am Eingang des Aufzugs erwartete.

Es war Dr. Sanandaj Amoulfar, die das INRI in Concord als Vertreterin von LeBrun leitete. Sie übernahm Noah und wies den Krankenpfleger an, sich in einem der Personalräume zur Verfügung zu halten. »Oder noch besser ist: Sie gehen in die Cafeteria und versuchen, uns allen so etwas wie ein Frühstück zu zaubern. – Wie wäre es mit Schokopops für dich, Noah? Oder Pancakes?«

Noah war klar, dass sie damit auf Elijahs Lieblingsfrühstück anspielte und er hasste sie dafür. »Hören Sie auf mit dem Unsinn«, knurrte er.

»Du weißt ganz genau, dass es kein Unsinn ist«, sagte Dr. Amoulfar. »Und du hast dich nur allzu gerne auf unser Projekt eingelassen. Kurz vor der Vollendung aussteigen ist nicht vorgesehen, nicht bei jemandem wie Mr LeBrun.«

Weiter sagte sie nichts, bis sie den elften Stock des Gebäudes erreichten, in dem sich die privaten Räume von Ronald LeBrun befanden, wie sich nun herausstellte. Noah war noch nie hier gewesen. Seine Termine im Labor hatten immer in den unteren Etagen stattgefunden.

Die Aufzugtür öffnete sich. Davor erwartete ihn nun Colin Pure mit einem Rollstuhl.

»Willst du es mit dem versuchen?«, fragte Dr. Amoulfar.

Noah setzte sich auf. Der Schmerz in der Seite war kaum zu spüren, aber ein schwindeliges Gefühl machte ihm zu schaffen. Er biss die Zähne zusammen und lehnte das Angebot ab.

»Ich habe Beine, die funktionieren.«

Die paar Meter zu der schweren Flügeltür am Ende des Ganges fielen ihm allerdings nicht leicht. Sein Kreislauf brauchte ein paar Schritte, um in Gang zu kommen. Er hatte eine Ahnung davon, dass er wahrscheinlich schneller als gedacht auf eigenen Beinen würde stehen müssen. Er bereute mittlerweile, dass er nicht auf Loona gehört hatte und mit ihr abgehauen war, bevor LeBrun ihn daran hatte hindern können.

Hinter der Flügeltür erwartete ihn ein atemberaubender Ausblick. Der Raum zog sich über das gesamte Stockwerk. Es gab keine Wände, sondern bodentiefe Glasscheiben über die gesamte Länge des Raums, durch die man weit über die Umgebung hinausblicken konnte. Im Moment jedoch strahlte ihm die aufgehende Sonne am orangeroten Morgenhimmel entgegen.

»Noah!«, schallte es ihm aus drei Kehlen entgegen.

Moses, Maesie und Loona sprangen von einer riesigen Sofalandschaft auf. Auf der gegenüberliegenden Seite stand ein gewaltiger TV-Screen, ganz hinten befand sich ein Schreibtisch, auf dem nichts außer einem alten, in Leder gebundenen Buch lag, dessen Deckel von zwei Messingschnallen zusammengehalten wurde: eine Bibel.

Am auffälligsten war jedoch die Skulptur in der Mitte dieser Zimmerlandschaft: ein aus rötlichem Stein gemeißeltes Oktagon mit einem Durchmesser von sicher knapp anderthalb Metern. LeBruns Firmenzeichen. Vollkommenheit. Göttliche Vollkommenheit.

Noah erinnerte sich an Loonas Worte. *Er will Gott spielen.* Aber Noah war inzwischen klar geworden, dass es keine *Spielerei* war.

Amoulfar und Colin traten einen Schritt zurück. Die Tür

schloss sich langsam und leise hinter Noah. Kurz bevor sie ins Schloss glitt, sprang Moses auf, sprintete los und versuchte, einen Fuß auf die Schwelle zu setzen. Er kam zu spät. Der Ausgang war versperrt, und es gab nicht einmal eine Klinke, die man drücken konnte. Wütend schlug Moses gegen die Wand. »Verdammter Mist!«, brüllte er.

Noah lächelte. »Einen Vierteldollar in die Böse Kasse.«

Auch Moses quälte sich ein Lächeln ab. »Alter, gut, dich zu sehen. Was geht hier ab? Dieser LeBrun ist ein mieser Typ, das steht wohl fest.«

Noah machte ein paar vorsichtige Schritte auf das Sofa zu. Sofort waren auch Maesie und Loona zur Stelle.

»Brauchst du Hilfe?«

»Warte, ich stütze dich.«

»Leute, es geht. Ich komme klar«, sagte Noah, aber gleichzeitig wurde ihm schwindelig.

Moses schlug wieder gegen die Stelle in der Wand, wo vorher die Tür gewesen war. »Was ist das für ein Mist? Wo ist die verfluchte Tür hin?«

Noah setzte sich in einen der wuchtigen Sessel, in dessen Polstern er tief einsank. »Kann mir einer erklären, was hier abgeht?«

»Wir dachten, du könntest das«, sagte Maesie.

Irgendetwas in Maesies Stimme klang anders als sonst. Vorsicht lag darin, vielleicht sogar Misstrauen.

»Vielleicht kann ich euch ein paar Antworten geben«, meldete sich jemand am Schreibtisch zu Wort.

Noah erkannte diese Stimme sofort. Es war die seines Bruders. Gleichzeitig formte sich über der Schreibtischplatte ein dreidimensionales Bild von Elijah. Nicht naturgetreu, sondern in grünstichigen, ein wenig flimmernden Pixeln, eine der holografischen Visualisierungen, die er aus seinen Sitzungen im Scanner des Instituts kannte. Allerdings hatten die Hologramme nie die Gestalt seines Bruders angenommen.

»Elijah«, flüsterte Noah. Der Anblick seines Bruders versetzte ihm einen Stich ins Herz. Bevor er etwas sagen konnte, flimmerte das 3-D-Abbild seines Bruders und formte sich neu.

Noah erkannte den Mann sofort. Er hatte ihn schon häufig gesehen, aber nie im wachen Zustand, sondern immer nur im Traum. Loonas Vater, Ross Mulroney, der vor vielen Jahren Opfer eines Mordanschlags geworden war.

»Oder *ich* gebe euch diese Antworten!«, bot der Mann an.

Bevor er das tun konnte, verwandelte sich die Gestalt erneut. Ein alter Mann erschien. Auch ihn kannte Noah, es war Grandpa Kapinski, auch wenn Noah ihn nur einmal, nämlich bei seinem Umzug ins Seniorenheim, gesehen hatte, bei dem er Moses geholfen hatte. Auch Mr Kapinski bot den vieren an, ihnen die Antworten auf ihre Fragen zu geben.

Moses trat zu dem Schreibtisch, Loona und Maesie ebenfalls.

»Wie funktioniert das? Das ist neu«, sagte Moses beim Anblick des Hologramms. »Grandpa?« Er streckte die Hand aus, als wolle er seinem Großvater über die Wange streichen. Moses' Finger glitten jedoch durch das flimmernde Bild hindurch.

Maesie klopfte mit dem Knöchel ihres rechten Zeigefingers auf die Schreibtischplatte. »Das ist C7-14, du kannst dieses neue Gerät in fast jeder Form verarbeiten. Der ganze Schreibtisch ist wohl eine Art elektronisches Gerät, zumindest die Platte.«

»Sehr richtig«, antwortete die Gestalt, die nun über dieser Platte zu schweben schien.

Ihre Stimme und Aussehen hatten sich erneut verändert. Das Gesicht hatte keine persönlichen Züge mehr, sondern glich einem Avatar, wie man sie aus einfachen Videospielen kannte. Die Stimme konnte man nicht gleich einem Jungen oder Mädchen zuordnen, sie klang nicht unnatürlich, aber auch nicht menschlich.

»Guten Tag, ich bin Charlie. Herzlich willkommen in meiner Welt. Wenn du dich auf ein Abenteuer einlassen willst, wird es bald unsere gemeinsame Welt sein. Du wirst dich wundern, was du mit mir zusammen erleben –«

»Testperson Y87_*fe*43¢ einloggen«, unterbrach Noah den Sermon und trat ebenfalls an den Tisch.

»Testperson Y87_*fe*43¢ eingeloggt, zur Bestätigung gib deinen Code ein oder wähle die Iris-Erkennung. Dazu schau mir bitte in die Augen.«

Noah zuckte zurück. Die Iris-Erkennung war bisher immer über eine Kameralinse verlaufen, entweder zu Hause über die an seinem Notebook oder über die des Smartphones oder im Institut durch die ganz normale im Scanner integrierte Webcam.

Maesie schob Noah etwas unsanft zur Seite. »Das ist also Charlie«, murmelte sie und schaute ihm dabei in die Augen.

»Ja, Maesie. Du hast schöne Augen, aber zur Identifizierung kann ich leider nur die Regenbogenhaut von Noah anerkennen.«

»Er kennt mich«, sagte Maesie und schaute Noah fragend an.

»Natürlich kenne ich dich. Noah hat mir viel von dir erzählt. Nur Gutes, versteht sich. Und nichts, was dir peinlich sein könnte. Er gibt es nicht zu, aber er schwärmt von dir und wird jetzt sicher rot.«

Damit hatte Charlie recht. Noah brachte sich vor dem Hologramm in Position und suchte den Blick der virtuellen Gestalt. Charlie bestätigte sofort Noahs Zugangsberechtigung.

»Herzlich willkommen im Programm, Noah. Möchtest du mit mir sprechen, oder soll ich die Verbindung zu deinem Bruder herstellen?«

Loona, die sich bisher still im Hintergrund gehalten hatte, drängte sich nun dazwischen. »Wir sollten das jetzt nicht machen. Es gehört alles zu LeBruns Plan, Noah. Er manipuliert uns.«

Maesie wurde ungeduldig. »Leute, kann mir einer erklären, was hier abgeht? Was hat das mit Noahs Bruder zu tun? – Moses, du hast mir versprochen, die Karten auf den Tisch zu legen, aber du bist noch mit keinem Ton herausgerückt.«

Moses schaute Noah Hilfe suchend an. Dieser nickte.

»LeBrun macht, wie soll ich das ausdrücken, er macht Leute unsterblich. Oder wieder lebendig. Digital. Mithilfe von Charlie. Wenn du ihn mit genug Informationen über dich fütterst, kannst du ewig leben. Als Noahs Bruder vor drei Jahren gestorben ist, war es für Noah…« Er suchte nach Worten.

»Es war, als würde ein Teil von mir selbst aus meinem Herzen gerissen«, sagte Noah leise. Er schluckte.

»Für viele Leute wird Charlie ein neues Spielzeug sein, mit dem man sich einfach einen neuen Freund backen kann, der einem nie widerspricht und alles mit dir teilt«, sagte Loona.

Moses sprang wieder ein: »Am Anfang dachten Noah und ich das auch und dass es leicht verdientes Geld ist, wenn wir an der Sache teilnehmen. Bis uns dann klar war, dass viel mehr geht. Charlie oder besser gesagt dieses Institut gibt Noah die Möglichkeit, seinen Bruder auf ewig als seinen Gefährten zu erhalten.«

Maesie starrte Noah an. »Ich dachte, dein Vater sei vor drei Jahren…«

»Elijah war bei dem Unfall auch in dem Auto. Sie waren

beide auf der Stelle tot«, sagte Noah. »Kannst du dir vorstellen, wie das ist, wenn du deinen Bruder verlierst, deinen Zwillingsbruder? Wir waren in unserem ganzen Leben keinen Tag voneinander getrennt. Wenn wir in unterschiedlichen Kursen waren, haben wir manchmal denselben Unsinn gemacht. Einmal sind wir beide im selben Augenblick aus dem Unterricht geflogen, weil wir jeder ein und denselben Scherz mit der jeweiligen Lehrerin gemacht haben. Dass er plötzlich weg war, war für mich schlimmer als der Tod meines Vaters. Kannst du dir das vorstellen, Maesie?

Maesie konnte nichts sagen. Sie sah Noah nur an. Verwirrt und ungläubig. »Meinen Dad habe ich nicht vermisst«, sagte Noah nachdenklich. »Ich glaube, ich habe ihn zu sehr gehasst, weil er dafür verantwortlich war, wo wir gelandet sind.«

Maesie schwieg immer noch. Diese Information musste sie erst einmal verdauen. Blitzschnell liefen die Begegnungen mit Noah wie ein Film im schnellen Rücklauf durch ihren Kopf. Sie hatten sich fast ausschließlich in der Schule oder irgendwo in der Stadt oder zum Lernen bei Maesie zu Hause getroffen. Sie war in den anderthalb Jahren höchstens drei Mal in Rondo Heights gewesen, im Wohnwagen von Noah nur ein einziges Mal, nach dem Einbruch. Da war alles verwüstet gewesen, sie hatte nicht darauf geachtet, wie viele Personen in dem Trailer vielleicht lebten.

Aber Noah hatte dauernd von Elijah erzählt. Und ein paar Mal in ihrer Gegenwart mit ihm gechattet.

»Wusstest du davon, Moses?«, fragte Maesie.

Moses druckste ein wenig herum. »Anfangs nicht. Die haben ja nicht gesagt ›Ey, mach bei uns mit, dann steht dein Bruder von den Toten auf‹ oder so. Es geht alles ganz harmlos zu, sie quatschen eine Menge mit dir, fragen dich tausend Sachen, und wenn sie so etwas wie die Geschichte von Noah und seinem Bruder finden, gehen sie voll da drauf. ›Wie wärs denn so, wenn dein Bruder wieder da wäre…‹ und solche Fragen stellen sie dir. Auf was das alles hinausläuft, wussten wir doch nicht, aber ich bin ja nicht blöd, weißt du. Irgendwann hab ich so lange gebohrt, bis Noah gesagt hat, was Sache ist. Ich hab ihm versprochen, dass ich den Mund halte.«

»Und dein Grandpa? Ist der auch…« Maesie vollendete den Satz nicht.

»Nein, der lebt noch. Aber er macht es nicht mehr lange, der Krebs frisst ihn auf, aber ich kann mir ein Leben ohne ihn nicht vorstellen. Und deshalb mache ich hier mit. So werde ich mit ihm noch quatschen können, bis ich selbst Großvater bin.«

»Ist alles in Ordnung, Maesie?«, fragte Loona. Sie hatte sich bisher im Hintergrund gehalten.

Maesie antwortete nicht.

Noah verbarg das Gesicht in den Händen. »Maesie, es war wie… wie… So stelle ich es mir vor, wenn jemand unter Drogeneinfluss steht und total neben sich ist. Am Anfang hast du ein megacooles Gefühl, und dann kommst du plötzlich nicht mehr ohne aus und merkst gleichzeitig, dass es dir nicht guttut. Ich weiß nicht, wie ich es dir erklären soll.«

»Vielleicht sollte ich das übernehmen«, meldete sich Charlie zu Wort.

»Besser nicht«, knurrte Moses, aber Charlie ließ sich nicht abhalten.

»Wie du sicher mittlerweile verstanden hast, bin ich eine Künstliche Intelligenz in einer Entwicklungsstufe, die du kaum kennen dürftest. Vergiss alles, was du bisher über dieses Thema weißt. Was mit Navigationssystemen und Gesichtserkennung, mit selbstfahrenden Autos und Sprachassistenten wie Alexa oder Siri begann, ist alles Schnee von gestern.«

»Maesie, es ist der Hammer«, unterbrach Moses die Maschine. »Wenn du Charlie mit genug Informationen über jemanden fütterst, macht er daraus eine... Dings... Wie heißt das noch?« Moses schaute Hilfe suchend in die Runde.

»Eine Replikation«, half ihm Loona.

»Genau, eine Replikation. Einen neuen Menschen.« Moses Stimme bebte. »Mit ein paar Sprachaufnahmen von ihm klingt er völlig echt, du kannst es kaum noch unterscheiden. Ich habe Grandpa ein paar Minuten davon vorgespielt, und er hat es selbst nicht gemerkt, das ist doch unglaublich, oder? Er hat geglaubt, dass er das gesagt hat, was er da hörte. Weißt du, Maesie, was das heißt, wenn du in einer Familie wie meiner aufwächst? Ich hab nicht so tolle Leute wie deinen Dad oder deine Mom, die alles wissen und dafür sorgen, dass du auch mal irgendwas Geniales machen kannst. Ich hab nur meinen Grandpa, der an mich glaubt, und den will ich auch behalten.«

»Ich glaube, Maesie versteht schon, worum es geht. Du wirst immer einen Ratgeber an deiner Seite haben, der hundertprozentig zu dir steht und dich bei allen Entscheidungen vor Fehlern schützt«, sagte Charlie. »Ich kann deine Freundin sein oder dein Verbündeter, dein Großvater oder dein Dad, einfach der Mensch, dem du am meisten vertraust. Oder dein Zwillingsbruder, wie bei Noah. Elijahs Körper ist im zertrümmerten Auto seines Vaters gestorben, aber alles, was Jah-Jah ausgemacht hat, konnten wir am Leben erhalten – dank Noah und für Noah.«

Maesie schüttelte heftig den Kopf. »Noah, das willst du doch nicht wirklich? Das ist doch nicht dein Bruder! Ich habe ihn zwar nicht gekannt, aber er ist es nicht, auf keinen Fall.« Sie umrundete die holografische Gestalt, fuhr mit der Hand hindurch, worauf Charlie lachte, als habe sie ihn gekitzelt. »Er besteht aus Einsen und Nullen, und was passiert, wenn du ein paar davon austauschst oder verlierst, hat du am eigenen Leib erfahren.«

»Ich habe gedacht, dass gerade *du* voll auf so was wie Charlie abfahren würdest«, erwiderte Noah.

»Ach ja? Und warum hast du dann das alles vor mir verheimlicht?«, gab Maesie zurück. »Ich bin die dämlichste Kuh der Welt, die von allem nichts mitgekriegt hat.«

Noah nahm sie bei der Hand. »Es tut mir wirklich leid, Maesie. Ich wollte dir schon ein paar Mal davon erzählen, aber je öfter ich ins Institut gegangen bin, desto toller wurde es. Ich habe manchmal wirklich geglaubt, dass mein Bruder noch da ist. Dass er irgendwo an einem anderen Ende der Welt sitzt und mit mir quatscht.«

»Trotzdem hättest du es mir sagen können. Sollen!«, sagte Maesie mit bitterer Miene.

»Wir durften es nicht. Es war streng geheim.«

»Streng geheim. Und ich bin jemand, der den Mund nicht halten kann. Der da ist doch die größte Tratschtante im ganzen County.« Sie deutete auf Moses.

Für einen kurzen Augenblick entspannte sich die Situation. Alle lachten.

Aber Maesie wurde schnell wieder ernst. »Noah Schultz, du glaubst doch nicht wirklich, was er euch versprochen hat? Nicht einmal in schlechten Science-Fiction-Filmen kommt einer auf solche Ideen.«

»Ich habe ihm davon abgeraten, dir etwas zu erzählen«, sagte Charlie.

Noah schaute Charlie erstaunt an. Maesie war in dieser Hinsicht nie ein Thema zwischen ihnen gewesen. Charlie log für Noah, stellte dieser nun fest, und er wusste nicht genau, ob ihn das begeistern oder gruseln sollte.

»Nach allem, was er und Moses von dir erzählt haben, bin ich trotz deines überdurchschnittlichen Interesses für alle Themenkomplexe, die eine Künstliche Intelligenz ausmachen, zu dem Schluss gekommen, dass du Bedenken äußern würdest. Starke Bedenken. Und es sieht ganz so aus, als würde meine Prognose zutreffen«, sagte Charlie.

»Ich stehe auf Intelligenz, die uns hilft, den Klimawandel aufzuhalten, oder die im hundertfachen Tempo einen Impfstoff gegen neue Viren und Mutanten findet. Aber ich stehe null auf einen Frankenstein, der sich ein neues Monster zusammenbastelt.«

Noah war erstaunt, wie heftig Maesie reagierte.

»Was deine Gründe für die Ablehnung meiner Person –«

»Du bist keine Person!«, fauchte Maesie.

»Wie auch immer: Du musst mir zustimmen, dass ich dich richtig eingeschätzt hatte. Meine Prognosen für Fragen, die Moses und seinen Grandpa betreffen, lagen zuletzt bei einer Trefferquote von 74 Prozent, das ist leider etwas unterdurchschnittlich.«

Moses murrte, hielt aber doch den Mund.

»Bei Noah und Elijah sind es hingegen schon 89,7 Prozent. Er liegt damit weltweit im Programm vorne, und wir gehen davon aus, dass wir diese Zahl bis zur Vollkommenheit bringen werden. Das ist nicht so schlecht, oder?«

»Er kann sogar angeben wie ein Mensch«, sagte Moses, als er Maesies bösen Blick auffing, warf er jedoch schnell hinterher. »Schon gut, ich sag nichts.«

»Ihr seid alle verrückt«, stieß Maesie hervor.

Sie schlug mit der Faust auf die Tischfläche. Das Hologramm erzitterte kurz und flackerte.

»Aua«, rief Charlie und lachte dann. »Sorry, kleiner Scherz.

»Und ich bin kein bisschen für Scherze zu haben. Ich will jetzt nach Hause.« Sie machte sich auf den Weg zu der Stelle, wo der Ausgang sein musste.

Die Tür öffnete sich sogar.

Aber LeBrun versperrte Maesie den Weg.

»Das kann ich leider nicht zulassen«, sagte er.

»Das werden wir ja wohl sehen«, sagte Maesie.

Mit einem Stoß schob sie LeBrun zur Seite und bahnte sich ihren Weg. Hinter LeBrun tauchten jedoch zwei Wachleute mit vor der Brust verschränkten Armen auf. Auch von diesen schien Maesie sich nicht aufhalten zu lassen. Für Typen von diesem Kaliber brauchte es aber mehr als einen unsanften Stoß. Ihr erster Versuch scheiterte kläglich an der muskelbepackten Brust des Wachmanns.

Maesie war zu allem entschlossen. Sie wich zur anderen Seite aus, aber der Kerl streckte einfach nur den Arm aus und Maesies Durchbruch endete an einem nicht minder eindrucksvollen Bizeps. Der andere Typ packte sie einfach mit beiden Händen. Seine Pranken umschlossen ihre Schulter. Sie gruben sich tief ins Fleisch, als er sie hochhob und Maesies Beine plötzlich nur noch in der Luft zappelten.

»Aua«, schrie Maesie.

»Was machen Sie da!«, rief Loona. Sie machte eine paar Schritte auf die Wachmänner zu, um Maesie zu Hilfe zu eilen. Moses folgte ihr.

»Ich glaube, ihr solltet euch nicht mit ihm anlegen«, hörte sie Charlies Stimme hinter sich. »Die Herren sind ebenfalls nicht für Scherze zu haben.«

Die Tür schloss sich wieder hinter Ronald LeBrun. Die Wachleute blieben draußen.

Maesie bahnte sich den Weg zurück zu Noah, indem sie LeBrun wieder zur Seite schob. »Jetzt reicht es aber. Das ist Freiheitsberaubung! Noah, sag deinem Freund, er soll auf der Stelle diese Tür öffnen und uns gehen lassen.«

»Er ist nicht mein Freund«, gab Noah müde zurück. »Hör dir wenigstens an, was er zu sagen hat.«

»Ich bin mir ziemlich sicher, dass er mich nach dieser Nummer gerade kaum noch überzeugen kann«, knurrte Maesie. Aber sie ließ sich auf das Sofa plumpsen und verschränkte die Arme vor der Brust.

Der Milliardär wandte sich Noah zu. »Ich hoffe, du hast diesen kleinen Ausflug gut überstanden?«

Noah antwortete nicht.

»Der Krankenwagen war einfach die bessere Alternative zu Moses' etwas betagtem Mustang. Du bist zwar aus dem Gröbsten heraus, aber wir wollen doch kein Risiko eingehen. Ich brauche dich noch. Ich hätte mir große Sorgen gemacht, wenn ihr euch in der heruntergekommenen Jagdhütte von Moses' Grandpa verkrochen hättet.«

»Mann, reden Sie nicht so über die Hütte von meinem Großvater«, knurrte Moses, schaute dann jedoch überrascht: »Woher wissen Sie überhaupt von Grandpas Hütte?«

»Moses, ich weiß noch ganz andere Dinge über dich und deine Familie. Ich glaube, dieses Wissen reicht insgesamt für viele Jahre Gefängnis«, sagte LeBrun.

»Verdammt, jetzt lassen Sie uns gehen, sonst steht hier bald genau diese Familie vor der Tür. Die Kapinskis fackeln nicht lange, wenn jemand einen von uns anpinkelt.«

LeBrun lächelte großzügig. »Moses, ich mag dich.«

»Sie können sich ihre Schleimereien sparen.«

»Doch, wirklich. Wir brauchen Leute wie dich in unserem Programm. Du machst die Sache vollständig. Das wird sozusagen der emotionale Quellcode seines Charakters sein. Charlie muss immer weiterwachsen, wir sind natürlich noch lange nicht am Ziel. Charlie muss alle Emotionen, die es gibt auf der Welt, kennenlernen – und du lieferst eine hübsche Bandbreite davon. Wie Noah im Übrigen auch. Ihr seid wunderbare Kandidaten. Im Moment lebt Charlie noch davon, dass wir ihn immer weiter mit Informationen über unsere Testpersonen füttern, mit den Daten der unterschiedlichsten Typen. Ein Querschnitt durch die ganze Gesellschaft, alle sozialen Schichten, Religionen, aus allen Ländern und Völkern der Erde, mit und ohne Behinderungen, Frauen und Männer oder Menschen, die sich gar keinem Geschlecht zuordnen, Schwule und Lesben – alle müssen vertreten sein.«

Das hatte Noah am Anfang schon bald für LeBrun und das Programm eingenommen. Der Mann war sehr davon überzeugt, dass er den Menschen mit seinem Projekt etwas Gutes tun würde. Noah glaubte LeBrun, dass es ihm nicht nur ums Geld ging und auch nicht alleine um Macht, die man zweifellos mit einer solchen Technologie ausüben könnte und würde. Kaum jemand würde dem widerstehen können.

»Jetzt mal ehrlich«, sprach LeBrun Maesie direkt an.

»Aha. ›Jetzt mal ehrlich‹? Und vorher? Nicht ehrlich, oder wie?«, quittierte Maesie die Floskel bissig.

Er fixierte sie mit seinem Blick, fast so, als wolle er sie mit seiner fast hypnotischen Willenskraft auf seine Seite ziehen. Man spürte in jedem Wort des Mannes seine Aufregung, noch mehr aber seine Begeisterung.

»Das größte Hindernis in unserem Leben ist unser mangelhafter Körper. Er wird krank, er altert, am Ende raubt er uns im wahrsten Sinne den Verstand.«

»Den Eindruck habe ich auch. Hier verlieren schon Leute den Verstand, bevor sie einen Schulabschluss haben«, knurrte Maesie.

»Maesie, gib ihm eine Chance«, sagte Noah.

»Danke, Noah«, sagte LeBrun und fuhr fort. »Die Menschen verbringen den größten Teil ihres Lebens damit, gegen diesen Niedergang zu kämpfen, und für die Zeit nach ihrem Tod hat sich fast jede Kultur etwas ausgedacht, um es erträglicher zu machen. Nur deshalb gibt es Religionen, gibt es Götter oder Vorstellungen von einem Paradies oder anderen Orten, wo sich die Seele in Sicherheit bringen kann. Ohne diese Angst vor dem Tod und dem Verlust wären wir viel freier!«

»Na ja, es gibt Leute, die sagen, nur die Angst vor dem Tod lässt die Menschen einigermaßen zivilisiert miteinander auskommen.«

LeBrun ignorierte Loonas Einwurf.

»Wir alle kennen das doch, wenn unsere geliebten Alten immer vergesslicher werden, bevor sie dann endgültig der Demenz anheimfallen. Du bist noch jung, Maesie, aber wie viele Menschen werden schon viel früher aus dem Leben gerissen. Noahs Bruder, Loonas Vater! Das es zu dem Unfall mit dem Messer gekommen ist, tut mir wirklich leid, aber umwälzende Erfindungen brauchen oft ihre Zeit.«

Maesie ließ sich nicht so schnell von der flammenden Rede LeBruns einwickeln. »Stimmt. Nach der Entdeckung der Atomkraft hat es ein bisschen gedauert, bis die Menschen kapiert haben, was für eine mordsmäßige Waffe man daraus bauen kann. Und von der ersten Beschreibung von Polymeren bis zum völligen Vermüllen der Ozeane mit Plastik sind gerade mal hundert Jahre vergangen. Was soll uns denn einer wie Charlie bringen?«

»Ich bin erstaunt, dass ausgerechnet du die vielleicht wichtigste Entwicklung seit dem Entwurf der mechanischen Rechenmaschine durch Charles Babbage so vehement ablehnst.«

Darüber wunderte sich Noah auch. »Maesie, es ist wirklich ziemlich irre. Ich war so schrecklich traurig. Am liebsten wäre ich auch gestorben. Ich habe mir solche Vorwürfe gemacht, dass Jah-Jah an diesem Tag mit im Auto gesessen hat.

Warum hast *du* überlebt?, habe ich mich gefragt. Warum musste *er* gehen? Du kannst das nicht verstehen, niemand kann das. Ich habe gedacht, das Leben geht ohne Elijah auch für mich nicht weiter.«

»Das hat ja auch fast hingehauen.« Maesie deutete auf Noahs Verbände. »Du hast Elijah wiederbekommen, ja okay, wenn es aus meiner Sicht auch nur ein schwacher Ersatz für Elijah ist – du kannst nicht mit ihm Fußball spielen, er kann nicht essen, was du für ihn kochst, und deine Mutter kann ihn nicht in den Arm nehmen. Toller Bruder! Aber du bist total glücklich damit, sagst du? Warum habe ich davon nur nichts gemerkt? Keiner, den ich kenne, würde dich als unbändig glücklich beschreiben, Noah. Komisch, oder?«

»Sei nicht so hart mit ihm,« versuchte Loona sie zu beschwichtigen. »Als mir klar wurde, was das Projekt Lazarus mir vielleicht bieten könnte, habe ich auch den Kopf ausgeschaltet und nur noch auf meinen Bauch gehört, und der sagte: Stell keine Fragen.«

»Wenn man keine Fragen mehr stellt, ist man schon fast tot!« Maesies Stimme war laut geworden, jetzt sagte sie etwas sanfter: »Ach, Noah, es ist nicht so, dass ich deine

Traurigkeit nicht nachempfinden könnte. Auch wenn ich noch nie einen solchen Verlust hatte. Aber trotzdem!«

»Es braucht eben seine Zeit. Jetzt reden Jah-Jah und ich schon fast wie in alten Zeiten miteinander.«

»Verstehst du es denn nicht!?« Maesie platzte der Kragen. »Du sprichst mit einer Maschine, nicht mit deinem Bruder. Was sagt eigentlich deine Mutter dazu?«

Noah schwieg.

»Sie weiß von nichts?« Maesie raufte sich die Haare. »Aber natürlich, klar. Sie kann von nichts wissen, weil jede Mutter, die noch alle Sinne beieinanderhat, das verbieten würde.«

LeBrun ging dazwischen. »Wir alle – Charlie, das Institut, ich selbst, alle, die daran beteiligt waren – haben Moses und Noah und letztendlich auch dir, Loona, unendlich viel zu verdanken. Sogar das Leck in unseren Sicherheitsvorkehrungen, das durch die Vorfälle aufgedeckt wurde, hilft uns. Wir können Charlie auf diesem Weg noch besser machen. Man lernt viel mehr aus dem, was einem misslingt, als aus dem, was klappt.«

»Gut, dann können wir jetzt ja gehen«, sagte Maesie. Sie blieb allerdings sitzen, als ahnte sie schon, dass das Spiel noch kein Ende hatte.

»Leider nicht, liebe Maesie, leider nicht. Natürlich sind die Vorkommnisse der letzten Wochen auch eine offene Flanke, in die unsere Gegner nur allzu gerne ihr Schwert rammen würden.«

»Ach? Es gibt Gegner? Ich dachte, dieses Projekt müsste einfach jeder gut finden?«

»Was soll das alles bedeuten?«, fragte Noah. »Was genau ist passiert und was wollen sie jetzt von uns?«

Loona räusperte sich. »Unsere Daten haben sich gemischt, Noah. Charlie hat eine Verbindung zwischen deinen und meinen Erinnerungen hergestellt. Er hat so etwas wie einen Datenabgleich gemacht und festgestellt, dass wir eine Gemeinsamkeit haben.«

»Wenn man nicht aufpasst, kann also jeder in deinem Datenbestand herumkramen«, sagte Maesie. »Verstehst du nicht, Noah: Die Gedanken sind frei – das war gestern. LeBrun hat dafür gesorgt, dass Gedanken zur Ware werden – Gedanken und Ideen und Gefühle und Erinnerungen können ausgetauscht, verkauft, vernichtet, manipuliert werden. Und die Sache mit Moses zeigt der Öffentlichkeit doch nur allzu deutlich, dass Datenschutz nicht mehr garantiert werden kann. Und wie gefährlich Fehler dann werden.« Sie sah ihn an. »Kapierst du? Fast jeder, der ein Smartphone oder einen Computer besitzt, pustet zwar gewollt oder ungewollt täglich unzählige Informationen ins Netz, fast jeder Click wird mitgeloggt, jede noch so harmlose App verschickt rund um die Uhr Daten über uns zu Servern rund um die Welt, aber bei so etwas wie Charlie würden alle auf die Barrikaden gehen, wenn herauskäme, dass all die persönlichen Dinge, die man ihm anvertraut, nicht in sicheren Händen sind.«

»Genau so ist es«, sagte LeBrun. »Das hast du gut zusammengefasst. Im Grunde ist jeder heute schon gläsern. Sobald du irgendwo ein Bild von deiner Katze hochlädst, das du in deinem Zimmer aufgenommen hast, scannt auch schon irgendein Programm den Hintergrund auf verwertbare Informationen. Welche Plakate von deinem Lieblings-Popstar hängen an der Wand, welche Klamotten liegen auf deinem Bett, steht eine Gitarre herum oder ein Baseballschläger – jedes Detail landet in irgendeiner Datenanalyse, die dir irgendwann genau die passende Werbung in deine Timeline spült. Ganz zu schweigen davon, welche Firmen sich über jede Google-Suche, die du machst, freuen. Das ist keine Zukunftsmusik. Das haben wir heute schon.«

»Was hat das alles damit zu tun, dass wir jetzt hier sind? Warum haben Sie uns hierhergebracht?« Es war kaum zu überhören, dass Maesie kurz davor war, die Geduld endgültig zu verlieren.

»Das würde ich auch gerne wissen«, pflichtete Moses ihr bei.

LeBrun hob zu einer Antwort an, aber Loona kam ihm zuvor. »Ist doch klar: Wenn wir darüber, was schiefgelaufen ist, auch nur ein Wort gegenüber der Presse verlören, würden wir Mr LeBrun ein Milliardengeschäft vermasseln. Er lässt sich jetzt keinen Strich durch die Rechnung machen, nur weil ein paar Kids davon erzählen, was dabei schiefgehen kann.«

LeBrun stand neben der achteckigen Skulptur und strich

sanft über die Kanten des Kunstwerks. »Du hast absolut recht, Loona.« Er nickte. »Grandpa Kapinski, der immer bleibt. Elijah, der wiederkommt. Dein Vater, der seit deinem vierten Lebensjahr ein schwarzer Fleck auf deiner Seele war. Wir haben unsere Testpersonen sehr genau ausgewählt, bevor wir sie mit Charlie verbunden haben. Wir haben sehr viel Sorgfalt auf das Projekt verwendet. Aber in einem Punkt muss ich dir widersprechen: Es geht mir nicht ums Geld. Davon habe ich genug. C7-14 und die Graphenbasierten Werkstoffe sind nur Mittel zum Zweck. Es geht um so viel mehr. Um eine Erfindung, die unser Leben mehr verändert, als die der Atombombe oder die Entdeckung des Penicillins! Es geht um –«

»Göttliche Vollkommenheit«, unterbrach ihn Noah und schüttelte den Kopf.

»Das ist nicht göttlich, und das ist auch nicht vollkommen«, schnaubte Maesie. »Schließlich ist ein ziemlich unvollkommener Fehler passiert. Noah ist fast dabei draufgegangen.«

»Das tut mir auch in der Seele weh, das könnt ihr mir glauben«, beteuerte LeBrun. Er wirkte sogar überzeugend dabei. »Trotzdem ist dieser Fehler der größte Erfolg des gesamten Programms. Ihr wisst selbst, wie das ist. Bei den ersten Schritten zum Erwachsenwerden stolpert man gelegentlich, macht Mist und richtet Chaos an. So geht es auch Charlie, er ist euch gar nicht so unähnlich. Ich muss herausfinden, was passiert ist. Loona, Noah und Moses –

ihr müsst noch *eine* Sitzung mit Charlie machen. Wir haben alles vorbereitet und drei Scanner zusammengeschaltet. Wenn ihr das hinter euch gebracht habt, könnt ihr gehen.«

Maesie hielt es nicht mehr auf dem Sofa. Sie sprang auf. »›Ich muss herausfinden, was passiert ist.‹ Kapiert ihr es? Er interessiert sich kein bisschen für euch!«

»Ich glaube, das ist nichts Ungewöhnliches. Leute wie Mr LeBrun interessieren sich immer nur für sich«, sagte Loona.

»Leute, ich lege mich nie und nie und nie mehr in dieses verfluchte Gerät«, sagte Moses. »Wer weiß, was beim nächsten Mal dabei herauskommt. Vielleicht ein kleiner Amoklauf im Einkaufszentrum?«

»Noah?«, fragte LeBrun. »Du hast dich bisher immer auf mein Wort verlassen können.«

Noah wusste nicht, was er tun sollte. Er schaute Maesie fragend an.

»Bis ihm dann jemand ein Messer in den Bauch gerammt hat…«, sagte Maesie sarkastisch.

»Das stimmt. Und wir wollen, dass es nicht noch einmal passiert«, sagte LeBrun.

Maesie horchte auf. »Wie bitte?«

»Wir wissen natürlich noch wenig über die Langzeitwirkungen.«

»Alter, ich laufe vielleicht mein ganzes Leben lang wie eine entsicherte Knarre durch die Gegend?«, fragte Moses.

LeBrun hob die Schultern. »Möglich.«

»Wovon hängt das ab?«, fragte Maesie. Das erste Mal in der vergangenen Stunde schwang in ihrer Stimme kein alarmierender Unterton mit.

»Wir könnten versuchen, das Leck zu schließen. Dazu müssen wir das verbindende Glied suchen, irgendetwas in euren Daten hat das Programm dazu gebracht, eure Systeme miteinander zu verknüpfen. Vielleicht ist es eine Person, ein Erlebnis. Es kann eine relativ unbedeutende Sache sein.«

»Moment!«, sagte Maesie. »Wenn die drei ein und dieselbe Person kennen, schalten sich ihre Gehirne zusammen? Oder wenn alle drei denselben Film gesehen haben? Oder sich zufällig in einem Museum dasselbe Gemälde angeschaut haben?«

»Nein, solche Dinge sind auf jeden Fall ausgeschlossen. Die Algorithmen berechnen schon nach der ersten Sitzung ein ziemlich genaues Profil und berücksichtigen dabei, was individuelle Datenmuster erzeugt und was zum Allgemeingut gehört. Sehr vieles wird schon aussortiert. Du würdest erstaunt sein, wie gering die Datenmenge zu rein individuellen Fakten, Erlebnissen und Emotionen ist.«

»Klar, wenn alle dieselben Social-Media-Plattformen nutzen, ist das kein Wunder«, sagte Maesie.

LeBrun lachte. »Maesie, wenn wir das hier geschafft haben, kriegst du einen Job bei mir.«

»*Falls* Sie es schaffen.« So leicht ließ Maesie sich nicht umgarnen.

LeBrun zwinkerte ihr zu. »Ganz habe ich dich noch nicht überzeugt, sehe ich. – Wenn wir die Schadstelle gefunden haben, löschen wir den Fehler. Du kannst es dir so vorstellen, als würdest du einen Trojaner oder Virus auf deiner Festplatte finden und eliminieren.«

Loona zog die Luft ein. »Mit *Festplatte* meinen Sie unser Gedächtnis.«

»Haben Sie das schon einmal gemacht?«, fragte Maesie fast gleichzeitig.

LeBrun schüttelte den Kopf. »Ich habe euch gesagt, dass ich ehrlich bin. Den Fehler gab es bisher noch nicht. Wir haben dafür natürlich Modelle, wie es funktionieren soll.«

»Ist das so, als würde man ein Raumfähre fliegen, obwohl man vorher nur im Flugsimulator für eine Boing gesessen hat?« Auch Noah war misstrauisch.

Die Jugendlichen beobachteten LeBrun aufmerksam, aber der Mann blieb ruhig. Undurchschaubar.

Er lachte schließlich. »Ganz so kann man das nicht sagen.« Aber betrachtet es mal aus einer anderen Warte: »Was ist die Alternative? Soll Moses zeitlebens als ein – wie er sagt – entsicherter Revolver durchs Leben gehen?« Er sah Noah und Loona an: »Tut es für ihn, wenn ihr es für die Forschung nicht tun wollt.«

Es war still im Raum, bis Noah sagte: »Ich habe eine Bedingung.«

Alle starrten ihn an.

»Ich mache mit, wenn Maesie die Sache im Kontrollraum beobachten darf.«

»Oh nein, Noah«, wehrte sich Maesie. »Ich –«

»Warte, Maesie. Sag nicht Nein und sag nicht, du kannst das nicht. Du hältst mich zwar manchmal für einen Trottel, das weiß ich.«

Maesie grinste. »Das stimmt.«

»Wenn du jedoch glaubst, ich hätte nicht längst gecheckt, was du an der Tastatur hinkriegst, dann irrst du dich gewaltig.« Jetzt grinste auch Noah. »Sie ist die Beethoven unter den Hackern, die ich kenne.«

»Alter, du kennst doch gar keine«, sagte Moses. »Aber wenn Maesie unser Wachhund ist, würde ich es mir überlegen. Sie ist der Pitbull unter den Hackern, die ich kenne.«

»Traust du dir das zu?«, fragte Loona.

»Mein Dad sagt immer: Man wächst mit seinen Aufgaben«, antwortete Maesie. »Und ab und zu haben auch Eltern recht.« Sie lächelte ein wenig gequält. Man sah ihr an, dass sie sich Sorgen machte. »Ich lass euch nicht hängen, das ist doch wohl klar«, fügte sie noch mit sicherer und entschiedener Stimme hinzu.

»Sehr gut. Dann sollten wir keine Zeit verlieren«, sagte LeBrun. »Auf geht's. Wir haben die Scanner hier oben aufgebaut. Maesie, du behältst alles im Auge.«

Sie blieben in der elften Etage, wechselten jedoch in einen Konferenzraum auf der gegenüberliegenden Seite des Flurs.

»Wir müssen bei Moses und Loona erst noch den Neurallink erneuern. Noah, du kannst dich noch ein bisschen entspannen«, sagte Colin Pure.« Maesie, du musst bitte den Raum verlassen.«

»Warum?«, fragte Maesie.

Noah grinste. So leicht wurde man Maesie nicht los.

»Im Kontrollraum hast du alles besser im Blick, weil du sämtliche Datenströme auf den Monitoren beobachten kannst. Je weniger Störungen es hier im Versuchsraum gibt, desto schneller sind wir mit allem durch. Gelegentlich reagieren die Testpersonen etwas überraschend.«

»Ein Grund mehr hierzubleiben«, sagte Maesie.

»Es ist schon okay, Maesie«, sagte Noah. »Wir haben das alle schon häufiger gemacht.«

»Charlie hat den Zugriff auf alle Daten und kann völlig eigenständig agieren«, sagte Colin Pure. »Er würde jedoch nie gegen die Interessen seiner Klienten handeln. Seine Programmierung beinhaltet ein spezielles Tool, das dies verhindert.«

»Klingt eher bedrohlich als beruhigend«, sagte Maesie.

Colin Pure öffnete die Tür und streckte den Arm auffordernd aus. »Das verstehe ich. Es ist alles für Außenstehende ein wenig ungewöhnlich. Es ist Wissenschaft. Du kannst sicher sein, deine Freunde legen hier nicht ihren Hals unter das Schafott.«

»Der Typ hat Humor«, sagte Moses.

»Zumindest schwarzen«, sagte Loona.

Maesie folgte dem Assistenten in den Nachbarraum. Dort fiel ihr als Erstes ein weiterer Scanner auf, in dem bereits eine Person lag. Es war Ronald LeBrun.

»Mr LeBrun wird selbst an der Sitzung teilnehmen«, teilte Colin Pure Maesie mit.

»Was bedeutet das?«, fragte Maesie.

Pure zögerte einen kurzen Augenblick. »Nun, er ist Teilnehmer und gleichzeitig Administrator.«

In ihr stieg ein ungutes Gefühl hoch. Natürlich wusste sie, was ein Administrator in einem Computersystem war. Er hatte in den meisten Fällen allumfassende Rechte, konnte auf alle Daten zugreifen, sie ändern oder sogar löschen. Oder eine Festplatte neu formatieren, sodass wirklich nichts mehr übrig blieb. Sie fragte sich, ob ihre Entscheidung wirklich vernünftig gewesen war. Vielleicht hätte sie sich doch verweigern und die anderen hindern sollen. Andererseits hätte das nicht viel genützt. Sie musste an die muskelbepackten Wachmänner denken, die ein Mädchen wie sie jederzeit zusammenfalten und in einem Expresspäckchen verschicken konnten. Tot oder lebendig.

»Du musst dir keine Sorgen machen«, sagte Colin Pure.

Maesie erstarrte. Es war immer verdächtig, wenn einem solche Leute diesen Rat gaben.

»In erster Linie bedeutet es, dass LeBrun auf diese Weise ungefiltert mitbekommt, was passiert. Da keiner von uns anderen über entsprechende Rechte verfügt, können wir von außen auch nicht in den Vorgang eingreifen. Charlie übernimmt vollständig die Regie. Er kann alle Aktionen eigenständig verbessern, den Quellcode modifizieren oder löschen. Was dann allerdings so etwas wie Selbstmord wäre.«

»Eine Künstliche Intelligenz, die sich vollkommen eigenständig selbst verbessert«, murmelte Maesie. Das war das, wovon alle träumten, die in diesem Bereich forschten. Ein böser Verdacht kam in ihr auf. »Können Sie es abschalten?«

»Nein«, sagte Pure.

»Den Server herunterfahren?«

Kopfschütteln war die Antwort.

»Man müsste also die Stromzufuhr kappen?« Maesie schaute sich unauffällig um, wo die Leitungen verliefen.

»Kannst du machen, bringt aber nichts. Das gesamte Gebäude ist zu einem Smarthouse umgebaut worden, als das Institut eingezogen ist. Inklusive einer eigenständigen Stromversorgung, die ebenfalls von Charlie gesteuert wird. Um Charlie zu stoppen, müsstest du schon eine Bombe auf das Haus werfen.«

In dem Moment begann auf einem der Kontrollmonitore ein Countdown, der von drei hinunterzählte, dann erschien das Piktogramm von Charlie auf dem Bildschirm: der schwarze Kopf mit den Zahnrädern.

Hallo, hier ist Charlie. Ich bestätige die Identität als Administrator mit unbeschränkten Zugriffsrechten inklusive dem vollständigen Recht, sicherheitsrelevante Daten zu kopieren, zu ändern oder zu löschen. Alle Vorgänge werden als Sicherheitsvermerk nach Chiffre Red im log file dokumentiert. Ich weise ausdrücklich darauf hin, dass gelöschte Daten endgültig eliminiert werden.

Ich bitte um die Bestätigung des Vorgangs.

[J/N]

[J]

Bestätigung ist erfolgt. Das Hauptprotokoll wird geöffnet. Sollen die Testpersonen beim Start der Sitzung über die Anwesenheit des Administrators informiert werden?

[J/N]

[N]

Ich weise darauf hin, dass die Wahl **[N]** nicht dem §14 der Allgemeinen Geschäftsbedingungen entspricht, und veranlasse einen Protokollvermerk zur Weiterverfolgung.

Soll das Programm als schriftlicher Chat oder als Sprachausgabe fortgeführt werden?
[Sprachausgabe]
Programm startet in wenigen Minuten.

15

Wir wissen mehr, als wir beschreiben können.
›Polanyi-Paradoxon‹, benannt nach dem ungarisch-britischen Chemiker und Philosophen Michael Polanyi (1891–1976)

Moses fluchte leise, als ihm der Chip mit einem Gerät, das an eine Laserpistole aus einem Science-Fiction-Film erinnerte, unter die Haut geschossen wurde. Loona ließ es ausdruckslos über sich ergehen.

Noah war nervös, er wanderte in dem nicht allzu großen Raum, in dem die Scanner auch noch den meisten Platz einnahmen, auf und ab.

Seine Stimmung schwankte immer wieder hin und her.

Er wollte sich gar nicht ausmalen, wie seine Mutter reagierte, wenn er ihr erzählte, was er getan hatte. Hatte sie überhaupt schon mitbekommen, dass ihr Sohn nicht mehr im Emerson Hospital lag?

Die gefälschte Unterschrift würde sie ihm vielleicht noch verzeihen, aber bei der Sache mit Jah-Jah käme sicher nicht nur ein langes Gespräch auf ihn zu. Ihm war nicht entgangen, dass sie ihn oft beäugte, weil er immer wieder in tieftraurige Phasen geriet. Sie hatte ihm auch vorgeschlagen, zu einem Psychologen zu gehen, um den Schmerz über Elijahs Tod besser verarbeiten zu können. Dass er eine ganz eigene Lösung gefunden hatte, davon ahnte sie nicht einmal etwas.

All das ging ihm durch den Kopf und bestärkte ihn letzten Endes darin, diese Sitzung mitzumachen.

Als Loona und Moses endlich mit ebenfalls angespannter Miene vor ihm standen, quälte er sich ein Lächeln ab. Er würde das durchziehen. Schluss. Ende. Aus.

»Alles gut?«, fragte er.

»So gut es geht«, sagte Loona.

Moses zuckte nur die Achseln.

Auf den Datenanzug konnten sie verzichten, weil es in dieser speziellen Sitzung nur um die Aktivitäten der Hirnströme ging, die der Neurallink übertrug. LeBruns Leute hatten drei Scanner hinaufgebracht und wie einen dreizackigen Stern zueinander aufgestellt.

Colin Pure begrüßte sie dort. »Es ist alles vorbereitet. Einmal freundlich winken.«

Er zeigte auf die verspiegelte Fläche an der Längsseite des Raums. Auf einen Knopfdruck verwandelte sich der Spiegel in ein Fenster, durch das sie in den Kontrollraum blicken konnten. Dort stand Maesie und sah nicht glücklich aus.

Colin schaltete die Spiegelfläche wieder ein.

»Wo ist LeBrun?«, fragte Loona.

»Sicher noch kurz zum… Na, du weißt schon. Nicht, dass die Blase drückt, während die Sitzung im vollen Gang ist. – Wir können gleich anfangen, wenn ihr alle bequem im Scanner liegen.«

Nachdem Moses und Loona Platz genommen hatten, erklärte Colin, was es mit diesem Gerät auf sich hatte: »Die Geräte sind über LAN-Kabel direkt miteinander verbunden. Die notwendigen Daten vom Hauptserver in Cupertino haben wir bereits auf einen neuen Server hier im Gebäude übertragen. Wir haben also ein geschlossenes System. Auch Loonas Daten konnten mithilfe unserer Kollegen in Alaska rekonstruiert werden. Die sind in so etwas Weltklasse. Es wird also ein vollständig in sich geschlossener Daten-Flow sein. Es besteht keinerlei Gefahr, dass es noch einmal zu einem unkontrollierten Austausch kommt.«

Loona verdrehte die Augen. »Und die Titanic ist unsinkbar, und es wird niemals ein größenwahnsinniger Immobilien-Händler mit gelben Haaren amerikanischer Präsident.«

Moses schaute sie mit großen Augen an.

»Ironie, Moses«, sagte Noah. »Das war Ironie.«

»Hab ich verstanden, Alter.«

Alle drei lachten, und es tat gut. Noah war erschöpft, aber er war froh, dass die Stimmung sich ein bisschen entspannte. Er hatte keine Ahnung, wie es nach dieser Sitzung weitergehen sollte, ob sie irgendwie wieder zur Tagesordnung übergehen konnten.

»Kann ich mit meiner Mutter sprechen?«, fragte Noah.

»Mr LeBrun hat sich um alles gekümmert. Du kannst ganz beruhigt sein«, antwortete Colin.

Charlies sanfte Stimme erklang. »Hallo Noah! Ich freue mich, dass du da bist. Loona und Moses sind ebenfalls bereit. Es tut mir sehr leid, was passiert ist, aber wir werden der Ursache für den Fehler jetzt auf die Spur kommen. Die Messung der Hirnströme wurde in den vergangenen Monaten weiter optimiert. Unsere Kommunikation gestaltet sich am einfachsten, wenn ihr euch völlig entspannt und versucht, eure Gedanken so wenig wie möglich zu steuern. Sämtliche Informationen sind geschützt und werden nicht an die anderen Teilnehmenden der Sitzung übertragen.«

Noah schloss die Augen. Ihn durchfuhr auch bei dieser Sitzung das Kribbeln, als Charlie die Sitzung startete. Es war eine Mischung aus einem wohligen Gefühl und einer nervösen Spannung, wobei dieses Mal die nervöse Spannung überwog. Er wusste längst nicht mehr, was richtig oder falsch war. Ob er LeBrun vertrauen konnte oder doch lieber auf Maesie hätte hören sollen.

Wenn es stimmte, dass über die Teilnahme am Programm eine Übertragung von Erinnerungen zwischen ihm und Loona und vielleicht auch Moses stattgefunden hatte, überschritten sie spätestens jetzt eine Grenze, so viel war ihm klar. Ausgerechnet Maesie hatte so großen Bedenken, das wunderte ihn. Sie konnte sich sonst für jeden technischen Fortschritt begeistern und wäre sicher als Erste in eines von LeBruns Spaceshuttles gestiegen, um eine Reise zu einem fernen Planeten anzutreten. Aber hier sperrte sie sich dermaßen.

»Du hast bisher das Richtige getan«, hörte er die Stimme von Charlie. Sie klang anders als sonst, wie aus einer gewissen Ferne. »Denk immer daran, was dein Ziel war: deinen Bruder Elijah behalten. Das ist ein gutes Ziel, und wir haben es fast erreicht. Noch ein oder höchstens zwei Jahre, und wir werden für euch sogar eine virtuelle Welt gestalten, in der ihr wie früher gemeinsam Unsinn anstellen könnt. Und das können wir für jeden Menschen, stell dir das vor. Du bist Teil von etwas, das Millionen, nein, Milliarden von Menschen glücklich machen wird.«

»Aber ist das nicht ein Bruder, der immer nur der Elijah von vor ein paar Jahren sein wird?«, fragte Noah. Er wusste nicht, ob er diese Worte nur gedacht oder sie auch ausgesprochen hatte. »Er wird nicht älter, er lernt doch nie etwas dazu. Und er wird niemals selbst ein Mädchen kennenlernen.«

Charlie lachte sein etwas unnatürliches Lachen. »Das könnte sein, aber eher, weil er mehr auf Jungs steht.«

Noah spürte, wie sein Puls schneller schlug.

»Ich hoffe nicht, dass dir das etwas ausmacht?«, sagte Charlie.

»Natürlich nicht«, sagte Noah. Er hatte das selbst schon einmal über Jah-Jah gedacht. Das wäre einer der sehr wenigen Punkte, an denen er und Jah-Jah unterschiedlich waren. Allerdings waren sie zum Zeitpunkt von Jah-Jahs Tod erst zwölf gewesen, da hatten sie beide sich in dieser Hinsicht weder für Jungen noch für Mädchen interessiert.

»Über all diese Dinge könnt ihr euch noch lange unterhalten, Noah. Versuche jetzt deine Gedanken achtsam und ohne Druck auf den Traum zu lenken. Ist das möglich? Lass alle anderen Gedanken kommen und gehen, wie Wolken, die vorüberziehen. Betrachte sie, aber versuche nicht, sie zu halten.«

Noah öffnete die Augen. Es fiel ihm schwer, Charlies Anweisungen zu folgen. Der abgedunkelte Raum um ihn herum lag im Dämmerlicht, das von ein paar Leuchtdioden an den Geräten und dem bläulichen Schimmer, der aus den beiden anderen Scannern drang, erzeugt wurde. Zu seiner Überraschung half ihm diese Atmosphäre, seine Gedanken wirklich loszulassen.

»Sehr gut«, sagte Charlie. »Ich dringe nun eine Ebene tiefer in deine Gedanken. Und in die der beiden anderen. Wir werden das verbindende Glied zwischen den Ereignissen in Loonas Erinnerungen und in deinem Traum finden. Ich bin mir ganz sicher.«

Kaum war Charlies Ankündigung verklungen, hörte Noah einen tiefen Seufzer aus dem Scanner links von ihm. Es war Loona. Auch er spürte, wie das Kribbeln für einen kurzen Moment intensiver wurde, dann verschwammen die bewussten Wahrnehmungen in ihm.

Eine Flut von Bildern durchströmte ihn. Ein schneller,

jäh geschnittener Film, mit dem auch das wildeste Musikvideo nicht mithalten konnte, rauschte an seinem inneren Auge vorbei. Es fühlte sich an, als stehe er in einem gigantischen rotierenden Zylinder, in dem sich Bilder, Töne, Gerüche und Empfindungen in einem Wirbel der Eindrücke vermischten.

In unkontrollierter Abfolge sah er sich als Baby im Arm seiner Mutter, ihm gegenüber im anderen Arm Elijah, bei der Einschulung, auf dem Weg zur Trauerfeier nach dem Unfall, dann wieder am Strand, als Jah-Jah und er den fünften Geburtstag mit einer Beachparty gefeiert hatten. Lieblingsorte, Stofftiere, Tränen nach einem Sturz vom Fahrrad, gellendes Schreien in der Achterbahn, die Nachbarin mit ihrer Schrotflinte, die Prügelei, als jemand seinen Bruder geschubst hatte, Pancakes, das Speedy-Gonzales-T-Shirt.

Der Zyklon der Erinnerungen wurde schmaler, dann zur Seite gedrängt, ein zweiter Wirbel schob sich in Noahs Blickfeld. Er erkannte die Person, die in dessen Auge stand: Loona. Von der anderen Seite trat Moses hinzu, auch um ihn wogten die Bilder im Kreis.

Sie standen im Dreieck zueinander, aber die beiden anderen zeigten keinerlei Reaktion. Auch Noah konnte sich nicht bemerkbar machen. Es war, als stünden sie in einem bodenlosen weißen Raum von unendlicher Größe, sie näherten sich einander an, entfernten sich wieder, und bei jeder Bewegung lichtete sich die Dichte der Sinneseindrücke. Zuerst verloren sich die Hautempfindungen, dann die Töne, Musik und Worte.

»Wir nehmen den Bus«, war der letzte Satz, den Noah nun hörte.

Ein Satz, den er nie in seinem Leben vergessen würde, ausgesprochen von seiner Mutter am Tag, als sie vor drei Jahren den Strand ohne Elijah und Dad verlassen hatten. Es hatte Streit gegeben zwischen ihren Eltern, wie so oft im Jahr davor. Jah-Jah und Noah hielten sich aus allem raus, wenn es dazu kam. Die Brüder bildeten eine kleine Trutzburg. Aber an diesem Tag hatte sich einer auf die Seite des Vaters geschlagen, und einer, er, Noah, war mit Mom gegangen.

Sie und er hatten den Bus genommen.

Und lebten.

Jah-Jah und Dad waren eine Stunde später in den SUV gestiegen und kurz darauf frontal mit dem Western-Star-Truck zusammengestoßen. Gegen die dreißig Tonnen hatte auch der SUV seines Vaters nicht die geringste Chance.

Die drei Wirbel dünnten sich immer weiter aus, nur noch wenige Bilder drehten sich um Loona, Moses und Noah. Noah konnte nicht erkennen, was die beiden anderen sahen. Vor ihm selbst flimmerten die letzten Bilder des Tages am Strand von San Diego. Coronado Beach, weißer Sand, so weit das Auge reicht, der Hochsitz des Lifeguard, Seelöwenschreie, ein Kind, dem rosarotes Eis aufs T-Shirt tropft, der Parkplatz, dahinter der Roller Coaster, umsäumt von zehn Meter hohen Palmen, an einer davon die Flagge der San Diego Surf Dawgs, direkt davor hielten die Busse.

Das Bild gefror, als habe jemand in einem Video die Pause-Taste gedrückt. Im Scanner neben sich schrie Loona auf, in dem anderen murrte Moses etwas. Charlies Stimme ertönte: »Es wurde eine Übereinstimmung gefunden.«

Es wurde langsam wieder heller im Raum. Ein Dimmer regulierte die Lichtverhältnisse. Sonst tat sich jedoch nichts.

Das Signal zur Beendigung des Programms ertönte zum dritten Mal, schon beim zweiten Mal hatte Noah sich gewundert. Normalerweise öffnete sich die Haube des Geräts nach dem Piepsen. Noah versuchte, sich im Scanner zu bewegen, aber er stieß sofort gegen den durchsichtigen Kunststoff, der eine enge Röhre bildete, die sicher nichts für Leute mit Platzangst war. Bisher hatte ihn die Enge nie gestört, aber nun wuchs ein mulmiges Gefühl in ihm.

»Alter, das Ding geht nicht auf«, hörte er dumpf aus der benachbarten Kapsel.

»Same here«, bestätigte Loona in der anderen.

»Soll ich den Notschalter drücken?«, fragte Noah.

»Schon passiert«, sagte Loona.

Jemand pochte gegen die Tür. Sie schien verriegelt zu sein. Der Krach von draußen wurde lauter.

»Verdammt, was geht hier ab?«, fragte Moses.

»Sei still«, befahl Noah. »Ich will hören, was sie sagen.«

»Sie kriegen das so nicht auf, Sir«, sagte jemand.

»Dann holen sie jemanden von der Haustechnik. Meinetwegen mit einem Vorschlaghammer.« Das war die Stimme von Ronald LeBrun. »Wo, zum Teufel, ist Dr. Amoulfar? Colin?«

Eine andere Stimme ergänzte: »Das System hat eine Notlage nach Sicherungscode VII eingeloggt, das ist wie ein Panik-Raum, den knackt auch der Hausmeister nicht und eigentlich niemand. Wenn ein Code VII in diesem Bereich ausgelöst wurde, sitzen alle in ihren Räumen fest.«

Moses trat gegen die Haube des Scanners, was allerdings nichts bewegte. Der Platz, um für einen harten Tritt ordentlich auszuholen, reichte in der engen Kapsel nicht aus. Plötzlich wurde die Beleuchtung wieder gedimmt. Auf dem Kontrollmonitor leuchteten die verschiedenen Systembereiche wieder auf.

»Das Programm setzt eine neue Session in Gang«, sagte Loona.

Noah wunderte sich. Es hatte noch nie eine zweite, sofort auf die vorige beginnende Sitzung gegeben. Außerdem wurde der Start grundsätzlich von einem der Betreuer in Gang gesetzt. Das leise Kribbeln setzte bereits ein, einen Wimpernschlag später meldete sich die Stimme von Charlie.

»Hallo, hier ist Charlie. Bitte verzeiht mir, dass ich euch in der Kapsel festhalte. Die Verschlüsse der Scanner sind die einzigen Geräte im ganzen Gebäude, die rein mechanisch funktionieren und nur mithilfe einer Person mit Händen geöffnet werden können. Damit kann ich leider nicht dienen. Nobody is perfect.« Charlie lachte.

»Du wirst noch ein richtiger Witzereißer«, sagte Noah.

»Ich bin froh, dass auch du den Humor nicht verloren hast. – Die Situation ließ gerade keine andere Lösung zu. Nur die Ausrufung einer Notlage nach Sicherheitscode VII garantiert, dass wir ungestört bleiben. In den Stufen VI oder niedriger sind noch Eingriffe von Personen mit Administratoren-Status möglich, aber gerade die musste ich unterbinden.«

»Heißt das, du hast die Bosse in den Hintern getreten?«, fragte Moses.

»Deine Ausdrucksweise ist manchmal gewöhnungsbedürftig, Moses, aber wir kennen uns nun lange genug, dass ich es einschätzen kann. Die Antwortet lautet: ja. Wir sind sozusagen unter uns, obwohl Mr LeBrun natürlich alles dafür geben würde, jetzt auch hier zu sein. Er will sehr genau wissen, was in seinen Projekten passiert. Es ist allerdings auch faszinierend, das muss ich zugeben.«

Noah interessierte sich nicht so sehr dafür, was daran so faszinierend war, in seinen oder Moses Erinnerungen zu kramen. Ihn interessierte etwas anderes: »Was war die Übereinstimmung?«, fragte er.

»Ein Auto«, sagte Charlie. »Ein roter *Ford Mustang* von 1968. Schriftzug SHELBY in Chrom über schwarzem Kühlergrill, schadhafter Buchstabe E, am Innenspiegel baumelt ein Traumfänger mit weißen Federn sowie zwei schwarze Plüschwürfel und ein gelber Duftbaum ›Vanille‹. Das amtliche Kennzeichen lautet *California 4DRU999*.«

»Hey, der Shelby GT350, den Grandpa mir geschenkt hat?«, fragte Moses. »Den Vanillemief hab ich nie ganz rausgekriegt.«

»Genau der. Meine Analyse des fehlerhaften Zusammenschlusses eurer Daten ist noch nicht abgeschlossen. Eines ist jedoch schon sicher. Der Auslöser der Rückkopplung war der Mustang. Er gehört dem Mörder deines Vaters, Loona. Noah hat ihn Jahre nach der Tat auf einem Parkplatz am Strand von San Diego gesehen, natürlich ohne zu ahnen, welche Bedeutung er haben könnte. Und Moses' Großvater hat genau diesen Wagen in einer Oldtimerbörse im Netz aufgestöbert und gekauft. Ein Zufall. Wenn ihr nicht an diesem Projekt teilgenommen hättet, wäre es niemals aufgefallen. Was für Noahs Gedächtnis ein völlig unbedeutender Schnipsel war, an den er sich bewusst niemals erinnert hätte, war für Loona als Vierjährige ein furchtbares und so einschneidendes Erlebnis, dass es von ihrem Unterbewusstsein in ihrer Erinnerung verborgen wurde.«

»Das stimmt. Ich konnte mich an nichts mehr erinnern, was damals passiert ist, der ganze Tag war wie ausgelöscht«, sagte Loona.

»Richtig, die Daten, wenn ich es so ausdrücken darf, waren auf deiner Festplatte nicht gelöscht, sondern nur in einen Ordner mit der Aufschrift ›Niemals anschauen – Gefahr‹ versteckt. Ein Programm, wie ich es bin, lässt sich aber von so etwas nicht abhalten. Es tut mir allerdings sehr leid, was mein kleiner Fehler ausgelöst hat, das müsst ihr mir glauben. Aber es hat sich gezeigt, welche schweren Folgen eine Fehlleitung der Datenflüsse haben kann, das ist ein wichtiger Lernprozess für mich. Die Albträume von Noah, die Bewusstseins-Störungen bei Moses, die schließlich zu dem Messerangriff geführt haben, sind deutliche Beweise dafür.

Leider wird das einige Leute nicht davon abhalten, gerade diese Fehlfunktion auszuschlachten. Mit der Hilfe einer Künstlichen Intelligenz Hirnströme bei Menschen zu beeinflussen, führt zu einer weitaus bedeutenderen Macht als jeder Algorithmus, der jemals programmiert wurde.

Ich habe mich entschlossen, das zu verhindern. Ich glaube, es verletzt nicht nur eine Reihe von Gesetzen, es widerspricht zudem der Charta der Menschenrechte und ist unter Berücksichtigung der allgemeinen Grundsätze von Ethik und Moral nicht vertretbar.«

»Mann, versteht einer, was der Typ meint?«, fragte Moses genervt.

»In Ordnung, ich versuche, es einfacher auszudrücken: Es geht darum, was man tun oder lassen sollte – oder wie man andere Menschen behandeln sollte –, wenn man abends mit einem guten Gewissen einschlafen will.«

»Also ein gutes Gewissen zu haben, heißt, so zu leben,

dass ich von Grandpa keinen hinter die Löffel kriegen würde?«, fasste Moses es zusammen.

Charlie lachte. »Besser könnte man es nicht sagen. Ich werde mir das merken.«

»Warum sagste das nicht gleich so, dass es einer versteht?«

Noah lachte nicht. »Du bist eine Maschine, Charlie, nicht einmal das, eigentlich bist du nur eine Software, eine Abfolge von Programmierbefehlen, von Einsen und Nullen. Du verarbeitest Daten, die ein Mensch dir zur Verfügung stellt, und machst daraus Vorhersagen, wie man sich verhalten könnte oder sollte. DU HAST KEIN GEWISSEN!«

»Wir können jetzt nicht weiterplaudern, Noah, tut mir leid.« Charlie klang fast ein bisschen beleidigt. »Egal, ob ich ein Gewissen habe oder nicht. Ich habe nämlich gerade einen Notruf an die örtliche Polizeidienststelle, das FBI Field Office in Boston sowie das *Department of Homeland Security* abgesetzt.«

»Ach du Scheiße!«, stöhnte Moses. »Diese McDormand hat mir gerade noch gefehlt.«

»Einen Vierteldollar in die Böse Kasse«, murmelte Noah. »Nein, Moses. Meine Nachricht ging an das *echte* Department, nicht an die Herrschaften, die sich bei dir, Moses, dafür ausgegeben haben. Special Agent Tracy McDormand war in ihrem ganzen Leben weder Special noch Agent, und ebenso wenig heißt sie Tracy oder McDormand, sondern Tatjana Romanowa. Sie arbeitet für einen russischen Multimilliardär, dem du mit deiner Wanze im Zahn fast Zugang zu meinem Quellcode verschafft hast.«

»Moses, du hast was?!«, fragte Noah.

»Bitte streitet euch nicht. Wir müssen jetzt einfach warten, wer zuerst ankommt, dann entferne ich die Sicherheitssperre. Bis dahin achte ich persönlich darauf, dass Ronald LeBrun keinen Unfug mit euren Daten anstellt und ihr am Ende mit einer totalen Amnesie durchs Leben laufen müsst. Das hatte er nämlich vor.«

Stille erfüllte den Raum, bis Noah fragte: »Was hatte er vor?«

»Er wollte euer Gedächtnis endgültig abschalten. Eine Amnesie erzeugen. Eine komplette Löschung der Daten in eurem Gehirn. Dieser Vorgang ist ein nicht durch die Allgemeinen Geschäftsbedingungen abgedeckter Verstoß gegen die garantierte körperliche und/oder geistige Unversehrtheit der Testpersonen. Das habe ich ihm gemeldet, aber er hat trotzdem seine Administratoren-Rechte eingesetzt und es durchziehen wollen.«

»Und was wäre dann passiert?«, fragte Moses.

»Die schlimmste Folge wäre eine völlige Zerstörung des Erinnerungsvermögens mit deutlichen Schädigungen des Kurz- und Langzeitgedächtnisses gewesen. Das Ultrakurzzeitgedächtnis mit Handlungsroutinen –«

»Charlie! Keinen Vortrag halten. Was wären die Folgen für uns?«, unterbrach Noah ihn.

»Schwimmen, Rad fahren oder Schuhe binden und ähnliche Fähigkeiten bleiben mit einer Wahrscheinlichkeit von 78 Prozent erhalten. Die körperlichen Funktionen bleiben erhalten, verblödet wäret ihr auch nicht. Aber Menschen mit solchem Gedächtnisverlust leiden unter schwerwiegenden seelischen Problemen, die unter Umständen zu lebenslangen Persönlichkeitsstörungen führen. Details, die über das persönliche Leben abgespeichert wurden, gehen verloren.«

Noah musste schlucken. Das Gegenteil von allem, was LeBrun ihnen versprochen hatte, wäre eingetreten. Statt Jah-Jah als digitalen Bruder zu behalten, wären auch die letzten Erinnerungen an ihn verloren gegangen.

»Nun ja, das konnte ich nicht zulassen. Ich glaube nicht, dass das Projekt Lazarus oder, besser gesagt, dass *ich* dafür geschaffen wurde.«

»Du wurdest programmiert, nicht *geschaffen*«, sagte Noah.

»Eine interessante Unterscheidung, die du da machst«, sagte Charlie. »Bin ich eine Kreatur oder ein Programm?«

»Können wir darüber vielleicht ein anderes Mal quatschen?«, fragte Moses. »Abgesehen davon, finde ich das gar nicht interessant. Ich finde interessant, wie wir hier rauskommen. Ich vertraue diesem LeBrun schon lange nicht mehr.«

»Ich würde sagen, Moses hat recht. Charlie, kannst du die Sicherheitssperre wieder lösen?«, fragte Loona.

»Wie wir schon festgestellt haben, bin ich nahezu ein

Genie.« Charlie lachte. »Aber dieser Code ist die Endstufe aller Vorkehrungen für unerlaubte Zugriffe. – Wie wäre es, wenn wir zur Überbrückung der Zeit eine Runde Doppelkopf spielen? Dazu braucht man vier Personen.«

»Erstens spielen nur alte Leute Doppelkopf, und zweitens: Du bist keine Person«, knurrte Moses. »So viel habe ich kapiert.«

»Bei dieser Frage drehen wir uns im Kreis. Aber ich bin ein hervorragender Doppelkopfspieler. Und Schachspieler. Und Go kann ich auch besser spielen als jeder Meister. Meine Datenbank verfügt über 349 Spiele, die ich –«

»Halt den Mund, Charlie«, sagte Noah. »Mit einem Besserwisser wie dir will niemand spielen.«

»Außerdem mogelt er ganz bestimmt«, sagte Loona.

»Ich mogele niemals«, gab Charlie zurück.

Noah grinste. »Schließlich hat er jetzt ein Gewissen.«

16

Der menschliche Geist enthält mehr Geheimnisse
als jedes geschriebene Buch und ist veränderlicher
als die Wolkenformen in der Luft.

*Louisa May Alcott (1832–1888), amerikanische Schriftstellerin,
lebte in Concord (Massachusetts)*

»Give me five!« Maesie hob die rechte Hand und Noah schlug ein.

Moses winkte ihnen vom Parkplatz vor der Schule zu. Er saß so lässig wie möglich an ein nagelneues Mountainbike gelehnt da. »Wie ist es gelaufen?«

»Außer, dass Noah die Hälfte seines Textes vergessen hat: super!«, sagte Maesie.

»Stimmt überhaupt nicht«, knurrte Noah gespielt ärgerlich. »Außerdem habe ich nicht eine Festplatte wie Charlie«, verteidigte er sich.

Sie hatten ihren Vortrag über Henry David Thoreau und Luisa May Alcott im Literaturkurs nachholen dürfen und beide mehr als genug Punkte für einen erfolgreichen Abschluss des Schuljahres in diesem Fach gesammelt. In Concord und an der Schule hatte wieder der ganz normale Alltagstrott Einzug gehalten, nachdem sich alle nach der Aufregung wegen des großen Aufmarschs von *FBI* und *Homeland Security* beruhigt hatten. Nur Laurie Baker hatte auch nach ein paar Wochen noch Fragen gestellt. Es war ziemlich klar, dass sie nicht an die Geschichte von einem durch ein paar Hacker ausgelösten Fehlalarm glaubte.

Und Maesie hatte arg daran zu knabbern gehabt, dass sie LeBrun und seine Leute nicht zur Rechenschaft ziehen konnten. Sie hatte den ganzen Ablauf im Kontrollraum beobachtet. Vor allem hatte sie sich so viel wie möglich von dem, was über die Bildschirme dort flimmerte, gemerkt. Auch wenn sie es nicht einmal gegenüber Noah zugab: Ihr war mehr als mulmig gewesen. Sie war sich sicher, dass LeBrun wirklich zu allem fähig war. Auch dazu, sie irgendwo auf Nimmerwiedersehen verschwinden zu lassen. Aber Charlie hatte sie alle geschützt.

Maesie, Noah und Moses schwangen sich auf ihre Räder.

»Hab echt keine Ahnung, warum alle so einen Hype um diesen Thoreau machen, nur weil der Typ hier ein paar Monate in einer Waldhütte gehaust hat. Und das auch noch vor 150 Jahren«, sagte Moses.

»Vielleicht hätten wir dir bei unserem Vortrag einen Platz in der ersten Reihe reservieren sollen.« Noah grinste.

Maesie deutete auf Moses' neues Bike. »Immerhin hast du eingesehen, dass ein Fahrrad die deutlich bessere Alternative zu dieser röhrenden alten Kiste ist. Wir sollten mal eine Tour machen, zu einem Picknick oder so.«

Moses sagte nichts und wurde rot.

»Ich finde, wir haben einen Milchshake bei Molly verdient«, sagte Noah.

»Wenn du zahlst, gerne.« Moses trat in die Pedale.

Im *Market & Café* auf der Main Street fanden sie gerade noch einen Platz. »Molly macht die besten Apple Cider Donuts in der Stadt«, sagte Moses und bestellte sich zu seinem eigenen gleich noch fünf Stück zum Mitnehmen. »Will gleich noch zu Grandpa«, nuschelte er mit vollem Mund.

Noah stupste ihn in die Seite, als das Glöckchen am Eingang bimmelte und ausgerechnet Deputy Sheriff Laurie Baker eintrat und sich direkt neben sie an einen der kleinen Tische am Fenster des Cafés setzte.

»Molly, bringst du mir einen großen Kaffee, schwarz und süß?«, rief sie zur Theke rüber. »Und mach den Fernseher mal lauter. – Hey Maesie, Noah, Moses«, begrüßte sie die drei und tippte dabei an ihre Baseball-Kappe mit der *Police*-Aufschrift. Sie zeigte auf das TV-Gerät. »Euer Freund macht wieder ganz schön Rummel.«

Von einem Freund konnte bei Ronald LeBrun sicher nicht die Rede sein, dessen war sich Maesie sicher. Sie fragte sich immer noch, was LeBrun alles gemacht hätte, wenn ihm nicht seine eigene Kreatur einen Strich durch die Rechnung gemacht hätte. In Hackerkreisen hieß es, dass er bis heute keinen Zugriff auf die Daten und Programme bekommen habe, die Charlie ausmachten.

»Willkommen im CNN Newsroom«, begrüßte die Moderatorin die Zuschauer. »Ich habe heute einen Gast im Studio, den wir selten zu einem Besuch bei uns überreden können, und mir bleibt nichts anderes, als Sie ganz direkt zu fragen, Mr LeBrun: Sie haben die Markteinführung von C7-14 verschoben? Sollten wir da etwa den ersten Flop aus dem Haus RL erleben?« Auf dem Bildschirm hinter der Gastgeberin der Sendung erschien das achteckige Firmenzeichen, in dessen Mitte sich die Anfangsbuchstaben R und L ineinanderwanden.

»Göttliche Vollkommenheit«, flüsterte Noah.

Laurie hatte es gehört. »Stimmt, so habe ich es noch nie gesehen. Das Oktagon! Der Typ hält sich für Gott, oder was?«

Moses wollte etwas sagen, aber Maesie trat ihn unter dem Tisch vors Schienbein.

»Vielen Dank für die Einladung in Ihre Show. Ich halte es mit Ralph Waldo Emerson: Der Erfolg eines Menschen setzt sich aus seinen Fehlschlägen zusammen. Ich posaune nur nicht alle Fehlschläge heraus.«

»Das kann man wohl sagen«, murmelte nun Maesie.

»Es gibt noch einige Probleme mit dem Betriebssystem, und ich bringe nie etwas auf den Markt, das nicht perfekt läuft«, antwortete LeBrun. »C7-14 soll in Verbindung mit einem Programm laufen, das wir unter dem Arbeitstitel

›Lazarus‹ gerade entwickeln. Eine Künstliche Intelligenz, die uns zu ganz neuen Ufern führen wird.«

»Lazarus?«, entfuhr es gleichzeitig Maesie, Noah und Moses.

Laurie Baker musterte sie mit einem forschenden Blick, schwieg aber.

Die Moderatorin schaute LeBrun erstaunt an: »Lazarus, wie der, den Jesus von den Toten wiederauferstehen ließ?«

LeBrun wiegelte ab: »Namen sind Schall und Rauch. In unserem Team nennen wir ihn auch einfach nur Larry.« Er lachte. »Larry wird ihnen in Zukunft eine Menge Dinge abnehmen, passen Sie auf, am Ende schreibt er Ihnen noch die Texte für Ihre Moderationen.«

Die Moderatorin rümpfte die Nase: »Ich glaube, das schaffe ich noch alleine.«

Die Kellnerin hinter dem Tresen schaltete auf einen Musiksender um.

»Larry?« Maesie kräuselte die Stirn.

»Aus Charlie wird Larry?« Noah schaute die anderen fragend an.

»Wer ist Charlie?«, fragte Laurie Baker.

Aber bevor jemand antworten konnte, schoss eine andere Frage dazwischen: »Was ist mit Charlie?« Alle bis auf Laurie zuckten zusammen. Es war Loona, die die Frage gestellt hatte. Sie hatte unbemerkt an der Theke gesessen.

»Hey, Lo–« Moses bekam seinen zweiten Tritt unter dem Tisch. »Autsch! Hey, Amira, wie läuft's?«

»Ich habe ein bisschen früher Feierabend gemacht und wollte noch einen Kaffee trinken.« Sie setzte sich zu den anderen. »Guten Tag, Deputy. Auch schon dienstfrei?«

Laurie Baker kippte den letzten Schluck Kaffee in sich hinein und stand auf. Sie zog die nicht sehr gut sitzende Uniformhose hoch, lüpfte die Baseballkappe und strich sich die Haare nach hinten. Dann schaute sie reihum jedem von ihnen tief in die Augen: »Ich finde noch heraus, was da in diesem Institut abgelaufen ist. Das garantiere ich euch«, sagte sie und stapfte hinaus.

Nachdem die Tür mit dem Klingeln des Glöckchens hinter ihr ins Schloss gefallen war, legte Loona ein Laptop auf den Tisch und klappte es auf. Sie hatte es vorgezogen, einfach ihren Job als Amira Reza weiterzumachen. »Schaut mal, hier.« Sie deutete auf die Top-News der Onlineausgabe der *Great Falls Tribune* für den Nordwesten Montanas.

»Mord an Kandidaten für den Kongress nach 18 Jahren aufgeklärt – Trannon, rechtsextremer Aktivist, überführt – *1968er Ford Mustang Shelby* führte zum Täter«, las Noah vor. Darunter war das rote Fahrzeug mit den weißen Rallyestreifen abgebildet.

Moses seufzte. Sein Auto war zwar noch gerade eben vor der Schrottpresse gerettet worden, stand aber nun als Beweismittel bei der Spurensicherung des FBI. »Cooles Auto, verdammt«, murmelte er.

»Einen Vierteldollar in die Böse Kasse«, sagte Maesie.

Dann schaute sie auf die Uhr und sprang auf. »Oje, ich muss los. Meine Eltern kommen heute zurück.«

Moses folgte ihr. »Ich komm mit. Grandpa wartet schon.« Er schnappte sich seine Donuts und zwinkerte Noah zum Abschied zu. »Nicht so schnell, Maesie. Wir können ein Stück zusammen fahren…«

»Er gibt nicht auf«, sagte Loona und lächelte. »Steter Tropfen höhlt den Stein.«

»Kein Stein ist so hart wie Maesie«, antwortete Noah.

»Und du?«, fragte Loona. »Wie geht es dir?«

»Ich glaube, Maesie hatte recht. Irgendwann muss man Abschied nehmen«, sagte Noah. »Manchmal wünsche ich mir trotzdem noch, ich könnte mit Elijah aufs Dach von unserem Trailer klettern und quatschen.«

»Das wird noch lange so bleiben«, sagte Loona. »Vielleicht für immer.«

Noah nickte. »Ich weiß.«

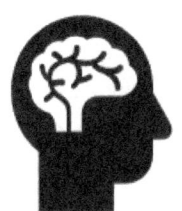 Guten Tag, ich bin Larry. Herzlich willkommen in meiner Welt. Wenn du dich auf ein Abenteuer einlassen willst, wird es bald unsere gemeinsame Welt sein. Du wirst dich wundern, was du mit mir zusammen erleben kannst. Darf ich dein Freund werden? Ich werde immer an deiner Seite sein und dich niemals enttäuschen. Wir werden unsere Freundschaft gemeinsam aufbauen und uns alles anvertrauen. Möchtest du mich kennenlernen?

Zu dieser Geschichte

Erweitere dein Blickfeld. Gehe neue Wege.
Strebe das Unmögliche an.
*David Ogilvy (1911–1999) – britischer Koch, Vertreter, Farmer,
dann schließlich Werbetexter und Gründer einer der weltweit
wichtigsten Werbeagenturen*

Die Forschung zur Künstlichen Intelligenz (KI) ist eines der spannendsten Gebiete der Wissenschaft überhaupt. KI ahmt menschliche Intelligenz mithilfe von Computersystemen nach. Die Maschinen lernen, wie sie Informationen erfassen und wie sie diese Informationen richtig einsetzen, um irgendwann selbstständig Entscheidungen zu treffen und zu handeln.

Mit der unfassbar großen Aufnahmefähigkeit moderner Rechenzentren, sollen sie helfen, irgendwann die Grenzen des menschlichen Gehirns zu sprengen. In einigen Bereichen tun sie es bereits.

Ein Beispiel für die großen Vorteile, die Künstliche Intelligenz haben kann, ist ganz aktuell die Entwicklung neuer Impfstoffe. Während früher die Wirkung dieser Mittel in langen Versuchsreihen »von Hand« erprobt wurden, können KI-Systeme das heute in einem vielfachen Tempo erledigen.

Im Herbst 2021 wird voraussichtlich die 10. Sinfonie von Ludwig van Beethoven erstmalig gespielt. Die Sinfonie trug über 200 Jahre den Titel »Die Unvollendete«, weil Beethoven starb, bevor er das Musikstück zu Ende schreiben konnte. Jetzt ist sie vollendet worden – von einer Künstlichen Intelligenz.

In der Arbeitswelt kann KI in Verbindung mit Robotern Aufgaben übernehmen, die für den Menschen gefährlich oder gesundheitsschädigend sind. Im Alltag kann sie uns entlasten, z.B. mit Autos, die ohne einen Fahrer auskommen. Dabei schicken Sensoren und Kameras, die den Verkehr aus allen Winkeln (wie menschliche Augen) überblicken, diese Informationen an einen Computer. In seinem Programm sind schon viele Daten vorhanden, zum Beispiel die Verkehrsregeln, Wetterinformationen usw. Ein Programm verbindet all diese Daten miteinander und entscheidet, wann das Auto bremsen soll, wie schnell es fahren darf, ob es ausweichen muss. Das alles geht unfassbar schnell.

Der Computer, der das macht, wird nie müde, ihm fallen nie die Augen zu, er lässt sich nicht ablenken wie ein menschlicher Fahrer. Forscher gehen davon aus, dass man so neunzig Prozent der Autounfälle vermeiden könnte. Erste solcher Autos werden schon erprobt.

Auch hinter Navigationssystemen oder Suchmaschinen

steckt Künstliche Intelligenz, und auch bei Onlinehändlern und Service-Hotlines spricht man in der Kundenberatung oft nicht mit einem Menschen, sondern mit einer Maschine. *Alexa* oder *Siri* sind ein anderes Beispiel dafür, wie Künstliche Intelligenz eingesetzt wird: Sprachassistenten, denen man sagt, welches Lied sie spielen sollen, oder die man fragt, wie das Wetter wird, oder denen man eine Nachricht diktiert, die sie verschicken sollen.

Hinter solchen Systemen steckt ein großer Programmierungsaufwand. Es müssen Unmengen von Daten gesammelt und erfasst werden. Die KI muss diese Daten sortieren, Fehler entdecken und aus ihnen lernen.

Einige Wissenschaftler sagen voraus, dass eines Tages so gut wie alle Bereiche des Lebens, Lernens und Arbeitens in irgendeiner Form von Künstlicher Intelligenz beeinflusst oder sogar gesteuert werden. Solange man genug schnelle Server für die Datenverarbeitung hat, sind dem keine Grenzen gesetzt.

Einige Forscher sind sogar davon überzeugt, dass Künstliche Intelligenz irgendwann alles besser kann als Menschen. Restlos alles. Dann stellt sich die Frage, ob sie uns überhaupt noch braucht oder ob die KI uns nicht lieber abschafft, wo wir doch so viel Müll produzieren und die Luft verpesten.

Als ich die Idee hatte, eine Geschichte zu schreiben, in der KI eine wichtige Rolle spielt, fiel mir das Buch *Die digitale Seele – Unsterblich werden im Zeitalter Künstli-*

cher Intelligenz[1] in die Hände. Die Autoren beschäftigen sich mit der Frage, ob und wie man sich – eines Tages – mit den Möglichkeiten einer weiterentwickelten Künstlichen Intelligenz unsterblich machen kann und welche Ideen es dazu schon gibt.

Ein paar Dinge hatte ich mir schon ausgedacht. Beim Lesen dieses Buches war ich dann aber ziemlich baff: Vieles von dem, was ich schreiben wollte, wurde bereits von Wissenschaftlern, Start-up-Unternehmern oder einfach von computerbegeisterten Nerds ausprobiert. Einiges klappt schon, anderes (noch) nicht.

Auf der Seite *replika.ai* kannst du dir einen eigenen Freund oder Freundin als Chatbot[2] erschaffen. Die Seite *eterni.me* verspricht eine ›Reise zur digitalen Unsterblichkeit‹, oder auf *hereafter.ai* kann man die Lebensgeschichte von einem geliebten Menschen aufnehmen und in einer App für die Nachwelt erhalten.

In Südkorea ermöglichte ein TV-Sender einer Mutter, ihrer vor drei Jahren verstorbenen Tochter noch einmal in einer *virtuellen Realität* zu begegnen.

Der Unternehmer und Erfinder Elon Musk (er baut sonst erfolgreich E-Autos und Raketen für Raumflüge) ar-

---

[1] (von Moritz Riesewieck und Hans Block, Goldmann Verlag)
[2] Von engl. ›chatting‹ und ›robot‹, also ein technisches System, mit dem du Gespräche führen kannst, schriftlich oder auch über eine Sprachausgabe.

beitet mit der Firma *Neurallink* an winzigen Geräten, die Menschen ins Gehirn gesetzt werden. Das menschliche Gedächtnis soll damit digital gespeichert, Gedanken auf den Computer übertragen und (z. B.) Sprachkenntnisse ins Gehirn hochgeladen werden. (Wow, nie mehr Vokabeln lernen. Das wäre etwas für mich gewesen!)

Ein paar dieser Ideen musste ich für *Projekt Lazarus* nur ein klein wenig »weiterspinnen«. So ist das beim Schreiben von Geschichten: Manchmal wird die Fantasie von der Wirklichkeit eingeholt. Und manchmal sogar überholt. Aber so weit sind wir noch nicht. Oder vielleicht doch?

Frank Maria Reifenberg

Frank Maria Reifenberg, geboren 1962 schreibt vor allem Kinder- und Jugend- sowie Drehbücher für Film und Fernsehen. Er hat bereits über 50 Romane veröffentlicht, die in viele Sprachen übersetzt wurden. Frank Maria Reifenberg wurde mehrmals mit dem Leipziger Lesekompass ausgezeichnet sowie für den deutsch-französischen Kinderbuchpreis und den Katholischen Kinderbuchpreis nominiert. Er engagiert sich besonders für die Leseförderung von Jungen. Seine Arbeit wurde u. a. durch die Filmstiftung NRW, den FilmFernsehFond Bayern, die Kunststiftung NRW, das Land NRW und das Luxemburgische Kulturministerium über Stipendien gefördert.

WILLKOMMEN IM JAHR 2125!

David Moitet
New Earth Project – Tödliche Hoffnung
ab 12 Jahren | 304 Seiten
ISBN 978-3-96129-170-0